D1723006

SILBERKRONE

MONIKA GRASL
ASMODINA TEAR

DER FLUCH DES PIRATEN

SILBERKRONE

Der Fluch des Piraten

© / Copyright: Monika Grasl & Asmodina Tear, 2024

Lektorat: Christiana König
Korrektorat: Hannah Koinig (Lektorat Butterblume)
Cover: Christiana König
Buchsatz und Illustration: Christiana König

ISBN: 978-3-903387-10-2

1. Auflage

Silberkrone - Verlag
Pfanghofweg 3 8045 Graz
www.silberkrone-verlag.com
E-Mail: organisation@silberkrone-verlag.com
Instagram: @silberkrone.verlag

WIDMUNG

All jenen Freibeutern wie Anne Bonny, Charles Vane, Edward Teach und Jack Rackham sei die nachfolgende Geschichte gewidmet. Euer Freiheitsdrang hat die Welt erst zu einer ganz anderen gemacht.

EINLEITUNG

Liebe Lesende,

es dürfte bekannt sein, dass das Leben eines Piraten voller Schrecken und Gewalt war. Bitte seid euch vor dem Lesen im Klaren, dass blutige, gewalttätige und sadistische Szenen vorkommen können.

Wenn euch das nicht abschreckt, dann viel Spaß beim Fluch des Piraten.

PROLOG

Verehrte Sterbliche!

Es ist ein wenig seltsam für mich, meine Geschichte mit diesen Worten zu beginnen. Dabei steht ihr in der Evolution eigentlich sehr weit unter mir. Wenn es sein müsste oder ich Lust hätte, könnte ich euch mit einem Schlag zerquetschen, wie lästige Fliegen. Auch in Sachen Wissen und Erfahrung bin ich euch um Milliarden von Seemeilen voraus. Niemand von euch kann mir diesbezüglich das Meerwasser reichen, also versucht es gar nicht erst. Aber wenn ich euch mit dem Tode drohe oder mein Vorhaben in die Tat umsetzte, hätte ich niemanden, der dieses Buch liest. Die Toten sind für mich zwar sehr gut sichtbar, aber in Sachen Belesenheit und Bildung nicht unbedingt die beste Gesellschaft. Ganz im Gegenteil, ihr Heulen bringt mich zuweilen an den Rand der Verzweiflung und ich benötige ein hohes Maß an Selbstbeherrschung, hier nicht alles in Schutt und Asche zu legen. Ihre klagenden Stimmen im Ohr belasten mich mehr, als ihr es euch vorstellen könnt.

Aber das hier ist mein Zuhause. Seit nunmehr fünfzig kurzen Jahren existiere ich hier. Daher wäre es fast schon eine kleine Tragödie, sollte es über mir zusammenstürzen. Gut, es ist sowieso ein verlassener Ort, aber der perfekte Unterschlupf für mich. Zwar wandle ich seit Äonen zwischen Himmel und Erde, sodass man meinen könnte, ich sei über solche Bedürfnisse längst erhaben. Was ich in der Regel auch bin, doch zuweilen überkommt mich das Bedürfnis nach Ruhe. In dieser Zeit habe ich ganz gern einen Ort, an den ich mich zurückziehen kann. Selbst Wesen wie ich schätzen Trubel nicht unbedingt.

Warum ich euch nun diese Zeilen schreibe? Nun … bis vor einigen Stunden hätte ich euch diese Frage mit einem einzigen Wort erwidert: Langeweile. Für euch ist die Ewigkeit faszinierend, weil ihr sie niemals erleben werdet. Doch für mich erscheint sie oft wie eine endlose Wüste, in der die Zeit überhaupt nicht vergeht. Und wenn man sich langweilt, braucht man irgendeine Beschäftigung, nicht wahr?

Aber je länger ich darüber in der Vergangenheit nachdachte, desto mehr spürte ich, dass es mehr war. Denn es gibt etwas, das ich bis heute nicht vergessen kann und das, obwohl alle Beteiligten längst im Jenseits sind. Ich sehe es vor mir, als wäre es erst gestern gewesen. Eigentlich kann ich sehr gut vergessen. Das muss ich, weil ich sonst dem Wahnsinn verfiele. In über fünftausend Jahren sieht man unglaublich viel und nicht alles davon ist schön – das könnt ihr mir glauben.

Aber dieses eine Erlebnis verschwindet einfach nicht aus meiner Erinnerung. Obwohl ich es im Laufe der Zeit immer wieder versuchte, es zu vergessen. Ich sehe ihn nachts, wenn der Vollmond scheint, noch ganz deutlich vor mir. Die Wildheit in den zwei Augenpaaren und ihre starke Entschlossenheit, dem Unvermeidlichen zu entkommen. Diese Reaktion beeindruckte mich. Die meisten Sterblichen sind vor Angst erstarrt und geben ihren Widerstand innerhalb von ein paar Sekunden auf. Nicht so er, und sie zog dieser junge Mann mit sich … in jedem Bereich.

Dabei genoss ich es sehr, seine Haut mit meinen eiskalten, feuchten Händen zu berühren und ihr damit jegliche Wärme zu entziehen. Ich mochte das Gefühl, als sich unsere Blicke trafen und ich in seine Gedanken schauen und gleichzeitig an ihnen saugen konnte. Von diesem Gefühl schwärme ich bis heute noch. Ich bin schon vielen Rebellen begegnet und habe von ihnen gekostet. Ihr Geschmack ist einzigartig und kein Vergleich zu ruhigen Menschen. Deren langweilige Gedanken möchte ich am liebsten wieder ausspeien. Sie sind ähnlich wie verdorbene Lebensmittel für euch.

Es gab also einen jungen Mann, der mutig war und es gewagt hat, sich meiner tödlichen Umarmung zu entziehen. Ob es ihm auf die Dauer gelungen ist? Nun, ich zücke meine Feder und berichte euch.

KAPITEL 1

Tut das gut, wieder zu Hause zu sein.

Zufrieden lächelnd wandte Alejandro Hernández Ruiz seinen Blick vom Hafenbecken ab und richtete ihn stattdessen auf die angrenzenden Häuser. Wie üblich war beides um diese Zeit relativ still. Mitternacht lag noch eine gute Stunde vor ihm. An einem Wochentag hielt es die spanische Obrigkeit jedoch für angebracht die meisten Tavernen auf deren Befehl hin, geschlossen zu halten.

Nun ja, es gibt immer jemanden, der sich über solche Anordnungen hinwegsetzt. Selina schert sich eben nicht um die Gesetze.

Das Meer verharrte beinahe regungslos in seiner Position. Nur ein gelegentlicher Windstoß ließ es winzige Wellen schlagen. Auch die Straßen schienen fast gespenstisch ruhig, lediglich ein paar junge Männer, die dem Alkohol ein bisschen zu sehr gefrönt hatten, torkelten grölend einige Meter an ihm vorbei. Er schenkte ihnen keine weitere Beachtung, schließlich gehörten solche Menschen zum vertrauten Bild seiner Heimat.

Ich bin einfach nur froh, wieder zu Hause zu sein.

Beinahe zwölf Monate hatte Alejandro mit seinen Kameraden auf See verbracht. Eine Zeit, die ihm rückblickend unendlich lange vorkam. Gut, seine Mannschaft und er hielten zusammen wie Brüder und sie waren auch die Einzigen, mit denen er sein Leben teilte. Dennoch forderte das Dasein auf See einige Entbehrungen. Dabei waren die unbequeme Pritsche und die wenig angenehme Enge noch das kleinste Problem. Auch war Alejandro bis heute dankbar, diesmal von schlimmeren Krankheiten verschont geblieben zu sein. Nicht einmal Ungeziefer wie Ratten oder Würmer hatte sich an Bord befunden.

Wahrscheinlich war das der Grund, weshalb mein Erster Maat sich dazu entschieden hat, die Regel zu brechen und Äpfel mitzunehmen.

Im Nachhinein war er ihm aufrichtig dankbar dafür. Obwohl es ein Risiko darstellte, weil süße Früchte ein besonderer Leckerbissen für alle möglichen Parasiten waren. Auf der anderen Seite gab es nahezu kein besseres Mittel gegen Skorbut. Eine unheilvolle Krankheit, die ebenfalls an ihnen vorbeigezogen war.

Die Beute konnte sich sehen lassen, fand er. Auch wenn die Mannschaft ausnahmsweise keinen genauen Plan verfolgt hatte. Sie orientierte sich an den üblicherweise stark befahrenen Handelswegen und schlug zu, wenn sich eine günstige Gelegenheit ergab.

Und davon gab es diesmal reichlich.

Ein strahlendes Lächeln offenbarte seine weißen Zähne. Prisen hatte es ausreichend gegeben. Schmuck, Goldbarren und andere kostbare Waren fielen ihnen wie reifes Obst in die Hände. Viele Handelsschiffe waren unvorsichtig gewesen, weil so gut wie niemand mit dem Auftauchen der Piraten gerechnet hatte. Zwar hatten die meisten genug bewaffnete Männer an Bord, aber das Überraschungsmoment befand sich nichtsdestotrotz auf ihrer Seite. Und jenes wusste Alejandro meisterhaft zu nutzen. Ebenso wie der Rest seiner Mannschaft.

Diesen Trick hat mir mein Vater beigebracht. Wie so vieles andere auch ... trotzdem hatte ich immer das Gefühl ...

Für den Bruchteil einer Sekunde verdüsterte sich Alejandros Gesicht. Er hatte großen Respekt vor seinem Vater, selbst über den Tod hinaus. Schon früh hatte er ihn in das raue Leben eines Piraten eingeführt und ihm dadurch aufgezeigt, dass es für ihn keinen anderen Lebensweg gab.

Unsereins kann nur als Pirat überleben. Gewöhne dich besser daran, Junge, sonst wird dein Erbe, das Los, das du mit deiner Geburt gezogen hast, dich zerfressen.

Wie oft sein Vater diesen Satz zu ihm gesagt hatte, wusste Alejandro nicht mehr. Es mussten unzählige Male gewesen sein. Auf jeden Fall reichte es aus, damit er ihn niemals vergaß und außerdem komplett verinnerlichte. Obwohl er sich besonders als junger Spund oft gefragt hatte, wie ein rechtes Leben ohne Gefahr und Diebstahl wohl aussähe.

Aber das waren unerreichbare Träume und im Laufe der Zeit hatte er sich damit abgefunden. Es blieb ihm nur, das Beste aus der Situation zu machen, und jenes tat Alejandro so gut wie möglich. Dabei gestaltete sich die Ausbildung, die er von seinem Vater erhielt, anders als bei den meisten Piraten. Das merkte Alejandro oft, wenn es darum ging, neue Männer anzuheuern. Ein Großteil von ihnen besaß zwar Stärke, einige aber auch ein besonderes Talent. Sei es im Umgang mit dem Rapier oder einer Schusswaffe, was so manchen Raubzug erfolgreich machte. Andere verstanden die Sprache des Meeres vortrefflich und ermöglichten es ihnen, Stürmen rechtzeitig auszuweichen. Einige wenige wussten sogar um die Kunst der Medizin, obwohl das eher selten vorkam.

Aber die meisten können nicht lesen und schreiben.

Innerlich schüttelte Alejandro den Kopf, während er sich langsam auf den Weg zur Taverne machte. Es war noch zu früh, aber ein paar Minuten mehr oder weniger konnten nicht schaden. Vielleicht konnte er sich ein wenig mit Selina unterhalten, ehe die Mannschaft dazukam. Obwohl ihm merkwürdigerweise heute nicht der Sinn nach warmen Frauenschenkeln stand. Dabei ließ die lange Enthaltsamkeit auf See etwas anderes vermuten. Zumal er es hasste, Selina, die ihm von Zeit zu Zeit gern schöne Augen machte, zu enttäuschen. Außerdem war sie eine große Versuchung, der man nur schwer widerstehen konnte.

Doch heute kreisten seine Gedanken stark um die Vergangenheit, ohne dass er einen konkreten Grund dafür benennen konnte.

Lag es vielleicht am plötzlichen Tod seines Gönners Djego? Der Mann hatte, kurz vor ihrem letzten Beutezug, bei einem versuchten Überfall auf See sein Leben verloren. Möglicherweise lag darin der Ursprung seiner aktuellen Stimmung. Schließlich war der Freund seines Vaters mehr ein Vater für ihn gewesen als sein Erzeuger selbst.

Für ihn hatte es nur die Härte und den Kodex der Piraten gegeben. Sein Leben war außerdem die See. Zwar nahm er mich immer mit, doch gleichzeitig war er Hunderte von Meilen entfernt. Für ihn war ich nur der Nachwuchs, aber niemals sein Sohn.

Nicht einmal um seine geliebte Mutter hatte Alejandro trauern dürfen. Im Gegenteil, sein Vater hatte ihm verboten, nur eine Träne zu vergießen.

„Ein Pirat weint nicht", war einer seiner Leitsätze gewesen und diesen hatte der Mann bis in sein kaltes, nasses Grab, auf dem Grund der See, befolgt.

Und Alejandro hatte ihm gehorcht. Zumindest auf den ersten Blick. Tapfer hatte er die üblichen Dinge wie Kämpfen mit Waffen und Fäusten, Kartenlesen und Navigieren gelernt. Wobei sein Vater auch auf Lesen und Schreiben großen Wert legte.

„Damit hast du deiner zukünftigen Mannschaft etwas voraus."

Im Nachhinein musste Alejandro zugeben, dass sein Vater damit nicht ganz unrecht gehabt hatte. Schließlich hatte er sich dadurch schnell zum Kapitän hochgearbeitet. Weswegen auch sein Gönner entschieden hatte, ihn nach dem Tode seines Vaters unter seine Fittiche zu nehmen. Jedoch wusste Djego nichts von seinem Kodex, so gut wie möglich auf das Töten zu verzichten. Auch seinem Vater hatte Alejandro nie davon erzählt, zumal es bei einigen in der Mannschaft nicht unbedingt auf Gegenliebe stieß. Aber er war fest entschlossen, ein Leben nach seinen eigenen Regeln zu führen. Koste es, was es wolle. Obwohl der Hafen schon recht weit entfernt lag, warf Alejandro einen langen Blick in die Richtung.

Es scheint wie gestern, dass Djego sein Leben verloren hat. Er gab mir den letzten Schliff zum Piraten und ein großes Geschenk. Die St. Elizabeth.

Ein ungewöhnlicher Name für ein Piratenschiff, ab er durchaus nützlich, wenn es darum ging, irgendwo offiziell einzureisen. Im Gegensatz zu vielen anderen wählte Alejandro für seine Raubzüge stets den Weg des geringsten Widerstandes. Und wenn dafür nötig war, vorerst unter weißer Flagge zu reisen, dann tat er das.

„Hey … was soll das?"

Von einer Sekunde zur anderen versteifte sich Alejandros Körper, als ihn jemand, wie aus dem Nichts, von hinten packte. Natürlich ging er als Pirat nie ohne Waffe los. Aber der

Unbekannte war verdammt geschickt und drehte seine Arme so auf den Rücken, dass es unmöglich war, an seine Messer heranzukommen. Auch Treten bildete keine Option, da er mit hoher Wahrscheinlichkeit das Gleichgewicht verlieren würde.

„Bei Neptun … was willst du von mir?"

Dass er damit sofort verriet, dass er zur See fuhr, ignorierte Alejandro geflissentlich. Denn vermutlich wusste der andere sowieso Bescheid. Nach einem Zufall sah dieser Angriff nicht aus, dafür war der Fremde zu geschickt.

„Ah … unser falscher Pirat."

Das Flüstern jagte ihm einen Schauder über den Rücken. Entgegen Alejandros Erwartung roch der Atem des Unbekannten nicht nach Alkohol. Der Angreifer wusste also genau, was er tat und schien nicht an einer sinnlosen Schlägerei interessiert.

„Was … was meinst du mit *falscher Pirat*?"

Sein Herz klopfte bis zum Halse, zumal der Kerl hörbar ein Messer zog und es ihm an die Kehle hielt. Das kalte Metall drückte schmerzhaft gegen seine Haut, obgleich die Klinge sich nicht bewegte. Dennoch fühlte Alejandro, wie spitz sie war. Schweißperlen rannen über seine Stirn. Obwohl er nicht zu den Feiglingen zählte, machte ihm die Situation Angst. Nicht zuletzt, weil er wehrlos war und das Messer seine Bewegungsfähigkeit einschränkte. Wenn er den anderen wenigstens auf den Rücken heben könnte, dann …

„Ich töte nicht. Ich bin ganz friedvoll", meinte der Mann spöttisch. „Du bist eine Schande für diesen Beruf. Solche wie du gehören nicht auf ein Schiff."

Alejandro schluckte. Nicht, weil diese Worte ihn berührten, sondern weil er die ganze Zeit darüber nachdachte, um wen es sich bei seinem Geiselnehmer handelte. Viel wichtiger war zudem, wer diesen beauftragt hatte.

„Lass mich los … und kümmere dich um deinen eigenen Kram", drohte Alejandro so gut wie möglich, obwohl er der Schwächere war.

„Was hast du gerade gesagt?" Der Griff um seine Schultern verstärkte sich und auch die Klinge bohrte sich tiefer in seine Haut. „Dir ist bewusst, dass ich dir mit einer einzigen Bewegung die Kehle aufschlitzen könnte. Ebenso wie allen, die dir etwas bedeuten. Wenn ich es mir recht überlege, mache ich das sowieso, wenn du es noch einmal wagst, einen Fuß auf ein Schiff zu setzen. Du bist der *St. Elizabeth* nicht würdig. Und wenn du dich widersetzt, werde ich dich an die Obrigkeit verraten. Dann wirst du am Galgen baumeln."

Augenblick mal! Schlagartig fing Alejandro an zu grübeln. *Woher weiß er, wie mein Schiff heißt? Und dass es mir gehört?*

Natürlich hatte das ganze Land von Djegos Tod gehört. Das war nicht ungewöhnlich. Aber dass er Alejandros Gönner gewesen war und ihm sein Schiff vermacht hatte, wussten nur eingeweihte Leute. Nicht zuletzt, weil man als Pirat gut darin tat, keine Aufmerksamkeit auf sich zu ziehen. Zwar hielt die Obrigkeit bezüglich der illegalen Geschäfte weitgehend die Füße still. Zum einen, weil sie selbst davon profitierten und zum anderen, weil die Piraten mittlerweile an Zahl und Stärke gewannen. Trotzdem hatten sie mit Sicherheit nichts dagegen, wenn ihnen ein Pirat auf dem Silbertablett serviert wurde.

„Erst werden deine Freunde sterben und anschließend baumelst du am Galgen." Ohne, dass der Fremde es merkte, lockerte sich sein Griff. „Anschließend wird die *St. Elizabeth* in gefährliche Gewässer segeln und dem Tod ins Gesicht schauen. Sobald das Blut vergossen wurde, warten die schillerndsten Schätze auf den neuen Kapitän."

Der Unbekannte warf den Kopf in den Nacken und lachte schallend. Einen Wimpernschlag lang glaubte Alejandro sogar, er hätte den Verstand verloren. Doch das kümmerte ihn nicht. Vielmehr nutzte er die Gelegenheit, rammte dem Fremden seinen Ellbogen in den Bauch und wirbelte in derselben Bewegung herum. Das Messer flog durch die Luft und verschwand in der Dunkelheit.

Super. Er ist maskiert.

Obwohl es nicht unerwartet kam, presste er frustriert die Lippen zusammen und ließ seine Hand nach vorne schnellen. Leider war der Maskierte wieder zur Besinnung gekommen und seine kräftigen Finger schlossen sich schmerzhaft um Alejandros Handgelenk. Dieser unterdrückte nur knapp einen Aufschrei. Die Augen hinter der Maske erinnerten ihn an glühende Kohlen.

. „Das wirst du mir büßen", zischte der Kerl und presste kurz seine Hand vor den Bauch. „Ich werde dich langsam ermorden. Damit ist das Problem gelöst und du kannst nicht plaudern."

Um ihn zu provozieren, grinste Alejandro ein wenig und fand endlich Gelegenheit, sein Messer zu ziehen. Mit der Klinge in der Hand fühlte er sich nicht mehr so wehrlos, obwohl der Angreifer nach wie vor die Oberhand hatte. Aber vielleicht …

… kann ich mir seinen Bauch zunutze machen.

Anstatt ihn mit dem Messer zu attackieren, griff Alejandro nach dessen Armbeugen. Er zog den, wie er jetzt merkte, schlanken Körper mit einer schnellen Bewegung an sich heran und stieß dem Maskierten sein Knie in den Unterleib.

„Verfluchter … Bastard …"

Die Worte kamen nur stoßweise und kaum, dass der Fremde auf die Knie sank, hustete er einen Schwall Blut. Alejandro nutzte die Gelegenheit, ihn an den Haaren zu packen und seinen Kopf nach hinten zu ziehen.

„Wollen wir doch mal sehen, wen wir hier haben."

Seine Hände spürten bereits den Stoff der Maske, als sein Angreifer sich von einer Sekunde zur anderen losriss. Jedoch machte er keine Anstalten, ihn erneut anzugreifen, sondern senkte stattdessen den Kopf. Bevor Alejandro reagieren konnte, fiel der Körper wie ein nasser Sack nach vorne. Er zuckte noch ein- oder zweimal, danach rührte er sich nicht mehr. Sofort packte Alejandro den regungslosen Leib an der Schulter und drehte ihn auf den Rücken.

„Das darf doch nicht wahr sein."

Erst jetzt bemerkte er die riesige Blutlache, welche sich unter dem Maskierten bildete. Ebenso starrten seine Augen ihn leblos an. Am Hals prangte außerdem ein tiefer Schnitt, den er sich selbst zugefügt und ihm einen schnellen Tod beschert hatte.

Warum habe ich nicht an ein zweites Messer gedacht?

Alejandro stieß die Luft aus. Als Pirat waren Kampf und Tod seine regelmäßigen Begleiter, aber das hier war etwas anderes. Er straffte die Schultern und zog die Leiche in eine dunkle Gasse. Dabei schlug sein Herz bis zum Hals.

Wer hatte diesen Fremden geschickt? Und was sollte diese Drohung?

Dass er mit seiner Einstellung unter den anderen Piraten herausstach, wusste Alejandro. Aber das eben … Nach einigen Minuten hob er seinen Dreispitz auf, der zu Boden gefallen war, und rückte ihn zurecht. Anschließend setzte er seinen Weg in die Taverne *Zum sinkenden Schiff* fort. Es machte keinen Sinn, sich einschüchtern zu lassen. Aber ein Gespräch mit der Mannschaft war auf jeden Fall notwendig.

KAPITEL 2

Mit einem Anflug von Stolz betrachtete Kapitän Lean Martínez González das prachtvolle Schiff. Die *St. Juliette* lag sicher im Hafen von Cádiz vertäut. Auf dem Deck herrschte geschäftiges Treiben. Die Männer reichten Fässer, Stoffballen und Truhen von einer Hand zur nächsten weiter. Lean erinnerte der Anblick an jene Zeit, als er auf der *St. Elizabeth* unter Kapitän Djego gesegelt war. Ein harter Kerl, der jedoch in Lean lediglich einen verweichlichten Jungen vom Land gesehen hatte. In der Zeit kam er erstmals mit seinem größten Widersacher in Berührung. Ein Bursche, der sich anmaßte, ihn ständig zurechtzuweisen, und sich bei Djego unablässig einschleimte.

Er schob die Erinnerung an diese umtriebige Zeit von sich. Stattdessen betrachteten seine grünen Iriden die Galionsfigur vom Steg aus. Bösartige Zungen behaupteten, dass das Gesicht der Meerjungfrau Ähnlichkeiten mit seiner Ersten Maat aufwies. Lean hoffte, den Tag zu erleben, an welchem jemand dies in Udanes Gegenwart laut aussprach. Die Frau würde demjenigen die Zunge herausschneiden und sie mit einem Grinsen verspeisen.

Vermutlich auch nicht, revidierte er seine Überlegung, während sein Blick hoch zum Deck glitt. Zwischen den nackten Oberkörpern der Mannschaft stand sie: Udane Suarez Rubio. Die dreißig Jahre sah man ihr nicht an. Der leichte Baumwollmantel flatterte im ständig vorherrschenden Wind von Cádiz. Sie trug ein graues Kopftuch, welches im Nacken festgebunden war. Darunter verbarg sie das kurzgeschnittene, schwarze Haar.

„Ist mir gleich, was du für die verdammten Stoffballen verlangst. Sieh zu, dass wir sie loswerden. Und wenn du Selina in dem Punkt schon hintergehen willst, dann sag ihr nicht, dass sie von einem Sklavenschiff kommen. Die Frau kauft nicht alles, das weißt du, Eloy."

Die Aussage veranlasste Lean, den Quartiermeister seines Schiffes zu mustern. Eloy war kaum kleiner als Udane, aktuell wirkte er merklich eingeschüchtert. Der Umstand überraschte Lean nicht. Seit Wochen segelten sie mit den Stoffen übers Meer. Soweit er es beurteilen konnte, stand das Gewebe vor Läusen. Er hegte seine Zweifel, dass Selina ihnen das Zeug abkaufen würde.

Mit derlei Kleinigkeiten konnte er sich gegenwärtig ohnehin nicht herumschlagen. Er hatte Wichtigeres zu erledigen. Etwas, bei dem er Udane an seiner Seite wissen wollte, weshalb er zum Deck hinabrief: „Udane, lass den armen Kerl in Frieden! Wir müssen los!"

Die Erste Maat drehte sich um. Ihre kräftigen Arme stützten sich auf die Reling, als sie hinabrief: „Er braucht einen Arschtritt!"

„Jetzt komm endlich!" Sein Tonfall besaß eine Ungeduld, welche keinerlei weitere Verzögerung duldete.

Udane erkannte dies, weshalb sie letztlich nickte. Bevor sie das Schiff verließ, versetzte sie Eloy Fernández Gomez einen Stoß gegen die Brust. Lean bemerkte, dass sie noch etwas zu dem sechs Jahre älteren Muskelprotz sagte. Schließlich ging sie von Bord der *St. Juliette* und näherte sich über den Steg.

In der gleichen Sekunde wandte sich Lean ab und ging voraus. Er schloss die enganliegende Kurzjacke, um die Tätowierungen auf der Brust zu verbergen. Der Flügel einer Schwalbe zog sich trotzdem seinen Hals empor. Das Tier stand für die zurückgelegten Seemeilen, während sich über seine rechte Körperhälfte eine Meerjungfrau erstreckte. Die Nixe schützte jeden Seefahrer vor dem Ertrinken. Ihm hatte sie zumindest einmal das Leben gerettet. Die Erinnerung daran stieg lebhaft vor ihm auf. Kurz mutmaßte er, wie alt er zu dem Zeitpunkt gewesen war. Vermutlich acht Jahre, wenn Lean sich richtig erinnerte. Es war ein sonniger Tag in Sevilla gewesen. Die Familie hielt sich am Strand auf, seine Mutter rief ihm immer wieder mahnende Worte zu, während Lean im Ozean planschte. Er besaß dabei nicht die Eleganz seiner Schwester, sondern die eines Treibgutes, welches weiter aufs Meer hinausgezogen wurde. Genauso erging es ihm. Die Strömung trieb Lean vom Strand fort, das Meerwasser benetzte seine Lippen und seine Arme kämpften gegen die Wellen an.

In jenem Moment ergriff ihn unendliche Furcht. Verzweifelt strampelte er, rief nach seinem Vater und hoffte, dass irgendwer sein Verschwinden bemerkte.

Als die Kräfte ihn verließen und sein Kopf endgültig unter Wasser verschwand, schlug etwas auf der Meeresoberfläche neben ihm auf. Ein starker Arm schloss sich um seinen schmächtigen Körper, ehe er die Wasseroberfläche durchstieß und verzweifelt keuchte. An jenem Tag rettete ihm ein Seefahrer das Leben. Lean konnte sich nicht an den Namen des Mannes erinnern, doch die Nixe auf dessen Oberarm ließ ihn seitdem nicht mehr los.

Er schüttelte die Erinnerung daran ab. Seine Blicke streiften während des Weges immer wieder die übrigen Schiffe im Hafen. Er sah kleine Handelsschiffe, große Segel und Kisten, welche verladen wurden. Was er nicht ausmachte, war die *St. Elizabeth*. Alejandro segelte demnach irgendwo im Westen herum.

„Er ist nicht hier", äußerte Udane seine Überlegung.

Lean verzog die Mundwinkel zu einem spöttischen Grinsen. „Vielleicht ist der liebe Gott ja mal mit mir und hat diese Landplage mitsamt seinem Schiff auf den Grund des Meeres geschickt."

„Wir wissen beide, dass das kaum der Fall sein wird. Außerdem macht die Runde, dass er zuletzt zwölf Monate am Stück auf See war. Da muss die Mannschaft schon sehr gut auf ihn hören, dass sie so schnell wieder ablegen. Im Hafen wird erzählt, dass sie diesmal nicht viel Proviant mitgenommen haben. Angeblich sollen sie bei Selina auch nicht lange um die Preise gefeilscht haben. Fehlt nur noch, dass sie uns jetzt im Anschluss daran allen das Leben schwer macht. Ich will verflucht sein, wenn Eloy mit den Stoffen wieder auftaucht."

„Lass mir wenigstens einen kleinen Funken Hoffnung in Bezug auf unseren falschen Piraten, Udane", wies Lean die Erste Maat zurecht. „Was hast du übrigens zu Eloy gesagt?"

„Wann?", gab sich Udane unwissend.

Abrupt blieb Lean stehen und sah über die Schulter. Er brauchte nichts zu sagen. Seine Ungeduld und Wut sah man ihm deutlich an. Ein Umstand, welchen seine Familie ihm Zeit seines Lebens vorgehalten hatte. Hinzu kam, dass er auf ein Dasein in Wohlstand verzichtet hatte. Aufgegeben für das

Setzen der Segel und der damit verbundenen Freiheit. Doch nichts geschah letztlich ohne das Erbringen eines Opfers.

„Ich sagte ihm, dass er sich zum Teufel scheren kann, wenn er die Stoffballen nicht verkauft", erklärte Udane schließlich. „Wozu ist er Quartiermeister?"

„Du weißt um die Arbeit besser als sonst einer, meine Liebe. Letztlich sind wir von Selinas Launen abhängig."

„Dann soll Eloy mal das Bett mit ihr teilen. Wie lange kann er schon durchhalten? Ein paar Minuten? Hinterher ist Selina ebenfalls umgänglicher und wir das Zeug endlich los."

„Selina schläft mit niemandem", erwiderte Lean.

Er steuerte auf die Plaza de San Juan de Dios zu. Marktstände reihten sich aneinander. Vielzählige Dialekte flogen über die Köpfe der Anwesenden hinweg. Händler, Adelige und das einfache Volk suchten nach Waren aus der Neuen Welt. Lean betrachtete nichts davon. Er ging weiter und überdachte seine Aussage bezüglich Selina. Die Frau ähnelte in gewissen Zügen seiner ältesten Schwester. Unverheiratet, das Familienunternehmen führend, allerdings dazu gezwungen sich hinter einem männlichen Verwalter zu verstecken. In dem Punkt besaß Selina völlig freie Hand.

Nicht zum ersten Mal überlegte Lean, ob seine Schwester Juliette damals Stillschweigen bewahrt hatte. Es musste der Fall sein, ansonsten würde er längst wegen Diebstahls in der Erde verfaulen. Den Familienschmuck zu stehlen, nachdem er jahrelang auf See gewesen war, stellte ein Klischee dar. Vermeintlich für andere, für Lean hingegen nicht. Er hatte so handeln müssen, um sein Erbe zu erhalten. Ohne das Geld wäre er nie an die *St. Juliette* gekommen.

Bei dem Gedanken schielte er zu Udane, die neben ihm ging. Ihre Stiefel polterten über das Kopfsteinpflaster. Ebenso hatte es vor Jahren geklungen, als sie den Schädel des alten Kapitäns der Schaluppe ein ums andere Mal auf das Oberdeck geschlagen hatte. Keiner aus der Mannschaft hatte einen Finger gegen die Frau gerührt. Ihre Brutalität war in diesem Augenblick zu einer Legende geworden. Das und die Tatsache, dass sie Lean als neuen Kapitän präsentiert hatte. Blutspritzer im Gesicht und ein zufriedenes Grinsen auf den Lippen, so sah er Udane jedes Mal, sobald er die Augen schloss.

„Bereust du es?"

„Was?", fragte Lean.

„Mich nach der damaligen Nacht zur Ersten Maat erklärt zu haben. Du hättest jeden der Männer aus der Mannschaft für diese Stellung vorschlagen können."

Lean musterte die Frau flüchtig, während er den Kopf schüttelte. „Du hättest mir hinterher den Schädel eingeschlagen. Abgesehen davon, hast du mehr als einmal bewiesen, dass du die richtige bist, um diesen ungeordneten Haufen zu bändigen. Außerdem weiß ich, was ich dir zu verdanken habe und die Männer hätten keinen anderen gewählt. In dem Punkt brauchen wir uns nichts vorzumachen."

„Du hast recht. Ich hätte dir den Schädel eingeschlagen." Ein knappes Lächeln zierte Udanes Lippen. Der Anblick ließ sie jünger erscheinen und gab ihr zugleich etwas Spitzbübisches. Es verdeutlichte Lean, wieso sie so lange als Junge auf der *St. Juliette* durchgegangen war.

Damals hieß das Schiff noch anders, rief er sich in Erinnerung. Wobei er nicht zu sagen vermochte, wie genau der Name gelautet hatte. Für ihn war es schlicht die *St. Juliette* - in Anlehnung an seine Schwester. Und wenn man ihn fragte, so besaß die Meerjungfrau bedeutend mehr Ähnlichkeit mit selbiger, als jede andere Frau, die er kannte.

„Wohin jetzt?", wollte Udane wissen.

Lean bemerkte, dass er mehr oder weniger ziellos durch die Gassen von Cádiz ging. Er blinzelte und versuchte, sich zu orientieren. Unweit, zu seiner Rechten stand ein Brunnen. Ringsum wurde die Plaza de las Flores gesäumt von Blumenständen. Der Beschreibung nach, welche er von einem Händler erhalten hatte, mussten sie noch ein Stück die Straße hinunter.

„Dort." Ohne weitere Erklärung drängte sich Lean zwischen mehreren Leuten durch. Jemand stieß ihm den Ellbogen in die Seite. Im gleichen Moment rempelte Udane den Unbekannten an. Ihre Hand verschwand flink und ungesehen im Lederbeutel des untersetzten Kerls.

„Verdammt, könnt Ihr nicht aufpassen, wohin Ihr geht?"

„Verzeihung", murmelte Lean und deutete eine Verbeugung an. Seine Augen glitten nach rechts. Das Zeichen für Udane, eiligst zu verschwinden.

„Ich kenne Euch doch", sagte der Unbekannte in dem Augenblick.

Lean strich sich über den Dreitagebart. Nachdenklich betrachtete er sein Gegenüber. Er schüttelte den Kopf und brachte damit sein schulterlanges, braunes Haar in Bewegung. „Mit Verlaub, nicht dass ich wüsste, werter Herr."

„Doch, Ihr ... Ihr kommt mir bekannt vor. Sind wir uns nicht vor Jahren in Sevilla über den Weg gelaufen?"

Die Worte lösten ein beklemmendes Gefühl bei Lean aus. Ihm kam das aufgedunsene Gesicht ebenfalls vertraut vor. Noch bevor sein Gegenüber zu einer weiteren Erläuterung ansetzen konnte, ballte Lean die Hände, auf welchen gut sichtbar die Worte *Hold Fast* tätowiert waren. Er stand kurz davor, dem Unbekannten seine Faust ins Gesicht zu schlagen, entschied sich jedoch dagegen. Zu viele Augen beobachteten sie. Dementsprechend wirbelte er auf dem Stiefelabsatz herum und rannte los.

„Señor! Señor Lean!"

Er schenkte den Rufen keine Beachtung. Er hätte es sofort sehen müssen. Dieses gutmütige Lächeln und die Nachlässigkeit. Eindeutig der Hausvorsteher seiner Eltern. Die angesehenen Stoffhändler von Sevilla. Jene Menschen, welche ihren Sohn verachteten und für tot erklärt hatten. Leans Freiheitsdrang war für beide ein unverständlicher Umstand gewesen. Die Eskapaden seiner Jugend wollte er da gar nicht bedenken. Insbesondere da er seinen Eltern einen erhofften Erben vorenthielt. Seine Vorlieben für das eigene Geschlecht kannten sie nicht mal. Wahrscheinlich würden sie ihn dafür in einen der sieben Höllenkreise verwünschen.

Im gleichen Ausmaß wie sein Vater ihn für seine Freiheitsliebe verachtete, so sehr stieß Lean das eintönige Leben seiner Familie ab. Er konnte und wollte dorthin nicht mehr zurückkehren.

An der nächsten Straßenecke rannte er in Udane hinein. Münzen glitten aus ihrer Hand und fielen klimpernd zu Boden. Das Geräusch erinnerte ihn an den Abend, als er mit dem Familienschmuck aus dem Anwesen geflohen war. Er sah Juliette vor sich. Sie hielt ihm die Tür auf und sagte: *„Such deine Freiheit dort, wo sie der Familie wenigstens keine Schande bereitet."*

„Wer war der Kerl?"

Lean antwortete nicht, die Erste Maat fragte nicht erneut, sondern sammelte die Goldmünzen auf. Er wartete, bis sie so weit war, ihm zu folgen. Erst dann suchte er sich weiter einen Weg durch die engen Gassen, ehe sie vor der Callejón del Duende standen.

Der Sonnenstand verriet Lean, dass es bereits später Nachmittag war. Das Gässchen vor ihnen war gerade breit genug, dass eine Person hindurchpasste. Am Ende des Weges befanden sich eine Sackgasse und eine unscheinbare Tür. Dorthin lenkte Lean seine Schritte.

„In so einer Gasse findet man schneller den Tod, als man glauben möchte", kam es leise von Udane.

„Dann warte draußen auf dem Platz", gab er barsch zurück.

Ihn reizte die plötzliche Unsicherheit seiner Ersten Maat. Hätte er auf tiefgründige Äußerungen einen Wert gelegt, so stünde nun Eloy neben ihm. In seinem Rücken erklangen stattdessen Udanes Schritte, was ihn einmal mehr an diesem Tag grinsen ließ. Die Frau steckte nicht zurück. Ein Aspekt, welchen er schätzte. Im Gegensatz zu Männern wie Alejandro. Dessen ständiges Zögern, was Ermordungen bei Plünderungen anbelangte, ließ Lean nicht los. Eine derartige Haltung gebührte einem wahren Piraten nicht, jedenfalls vertrat Lean diesen Aspekt. Dementsprechend sah er nur eine Möglichkeit, den Mann loszuwerden, da Anschläge auf sein Leben ein ums andere Mal fehlschlugen: Einem Fluch konnte sich sogar Alejandro nicht entziehen.

Die Tür, vor welcher Lean stehen blieb, hing ein wenig schief in den Angeln. Er drückte die Türklinke hinunter und stemmte sich mit der Schulter gegen das Holz. Lautlos, jedoch nur langsam, schwang die Tür auf.

Eine Nebelwand hüllte ihn sofort ein. Irgendwo weiter hinten hustete jemand. Geflüster erklang, während sich Lean einen Weg durch das vorherrschende Zwielicht suchte. Tische reihten sich aneinander. Afrikaner, Europäer und zwei Indios standen oder saßen dahinter. Sie feilschten mit den anwesenden Männern und Frauen. Ihre Waren besaßen eine andere Form von Exotik als das, was am Hafen angeboten wurde.

Äffchen, eingelegt in Alkohol, standen aufgereiht auf einem Tisch. Schlangen zischten aus den Tiefen von Korbgeflechten hervor. Folianten und Bücher stapelten sich in der hinteren Ecke des kargen Raumes. Jemand pries faustgroße Rubine und Smaragde an. Von dieser Form der Reinheit konnten sie auf dem Markt nur träumen.

Lean ging von einem Tisch zum nächsten. Er zeigte ein desinteressiertes Gesicht, in der Hoffnung, dass sein eigentliches Ziel damit verborgen blieb.

Udanes Atem streifte unablässig seinen Nacken. Der Raum wies schlicht eine zu kleine Größe auf, um sich aus dem Weg zu gehen.

„Da hinten", sagte Lean letztlich und steuerte auf die Bücher und Folianten zu.

„Ihr sucht den unablässigen Glauben?", fragte die verhüllte Gestalt.

„Ich suche das allumfassende Wissen", erwiderte Lean und betrachtete die abgegriffenen Ledereinbände. Einige wiesen deutliche Bruchspuren am Buchrücken auf.

„Folgt mir", befahl der Unbekannte und hielt auf einen Durchgang zu.

„Ist das eine gute Idee?", fragte Udane.

„Ist es. Hier kommen wir unserem Ziel endlich näher."

„Wenn du es sagst, Lean. Ich wäre trotzdem vorsichtig."

Er konnte sich ein Grinsen nicht verkneifen, als er sich zu Udane umdrehte. „Was glaubst du, warum ich dich dabeihaben wollte?"

„Hier entlang", mischte sich die Gestalt ein, welche einen hinkenden Gang besaß.

„Ihr seid ein Mönch, nicht wahr?", fragte Udane.

„Was bringt dich zu dieser Vermutung, Frau?"

„Das Leben und die Erfahrung dessen."

„Ah, eine von denen, welche im Schutz der Kirche aufwuchs und ihr ebenso schnell den Rücken kehrte."

„Nein. Jemand, der vor langer Zeit zu der Überzeugung gelangte, dass die Kirche keinen Schutz bietet. Sie beutet aus und versteckt es hinter lieblichen Worten. Die Gesten sprechen dagegen eine andere Sprache."

„Nun, ein bedauerlicher Umstand, dass du solch eine Erfahrung gemacht hast. Gewalt hängt mir persönlich nicht an, aber es gibt sie auch hinter den Klostermauern. Für manche erscheint das Leben auf der Straße somit sicherer."

„Jedenfalls sind die Regeln dort eindeutig, Mönch."

„Ordensbruder, wenn ich bitten darf", berichtigte der Mann sie mit scharfer Stimme.

Lean räusperte sich hörbar, als die drei eine schmale Treppe hochstiegen. Unter ihnen wurden die feilschenden Stimmen leiser. Der Ordensbruder öffnete eine Tür und führte sie in eine Kammer. Einzelne Sonnenstrahlen fielen durch zwei kleine Fenster. Die Luft war erfüllt von einer Mischung aus Staub, Hitze und dem Geruch von zu viel Bienenwachs.

Mühsam unterdrückte Lean ein Husten, stattdessen räusperte er sich erneut. Sobald das hier erledigt war, brauchte er einen Becher Rum aus der Taverne *Zum sinkenden Schiff.*

„Mir wurde gesagt, was Ihr sucht. Das Buch ist selten und kostet dementsprechend."

„Um die Bezahlung solltet Ihr Euch nicht sorgen. Wie ist es um Euren Glauben bestellt, wenn Ihr etwas derart Kostbares einfach verkauft? Wird Gott Euch dafür richten?"

„Mein Glaube und meine Überzeugung können Euch einerlei sein", antwortete der Ordensbruder. „Wollt Ihr es nun oder verschwendet Ihr schlichtweg meine Zeit?"

„Zeigt her", forderte Lean und setzte sich auf den einzigen Schemel im Raum. Selbiger stand vor einem Tisch, auf welchem sich ein Holzkrug befand. Zwei Becher umsäumten den Wasserkrug, allerdings bot ihnen der Ordensbruder nichts zu trinken an. Stattdessen bückte er sich und holte unter dem Bett ein brüchiges Tuch hervor.

Vorsichtig legte er dieses und den dicken Inhalt auf dem Tisch ab. Ebenso umsichtig schlugen die dürren Finger den Stoff beiseite und gaben den Blick auf ein Buch frei. Das schwarze Leder besaß weder eine Verzierung noch einen Titel. Erst als Lean es aufschlug, stand in schwarzer Handschrift etwas auf der ersten Seite: *Die Glaubensabschriften und Flüche des heiligen Bruders Mateo.*

„Das ist es?"

„Was habt Ihr erwartet?", fragte der Ordensbruder nach.

„Nichts derart Einfaches", mischte sich Udane ein.

Der Kirchenmann sank mit einem müden Seufzen auf das Bett. „Das Okkulte besitzt nie etwas Schlichtes. Es ist ein umfassend gefährliches Werk, obwohl man es dem guten Stück kaum ansieht. Aber das liegt in der Natur der Sache, nicht wahr? Die Gefahr tarnt sich als etwas Harmloses. Es schlägt seine Klauen in den Unbedachten, sobald dieser nachlässig wird und leichtfertig handelt."

„Wo finde ich jetzt den Fluch über Tannin?"

Lean bemerkte, dass der Ordensbruder die Hände zu Fäusten ballte. Etwas passte dem Mann nicht. Vermutlich wartete er auf seine Bezahlung. Frustriert holte er den Geldbeutel aus der braunen Jackentasche und warf selbigen in die Richtung des Geistlichen. Der Beutel landete mit einem dumpfen Laut auf dem Boden, wo er unbeachtet liegen blieb.

„Was ist los, Geistlicher? Überkommt Euch soeben ein Anflug von Reue?"

„Was Ihr vorhabt … Das Unterfangen könnte scheitern, wenn Ihr es falsch anfangt."

„Tatsächlich? Und wie sollte ich es, Eurer Meinung nach, richtig anfangen?"

„Ihr müsst den Fluch von Tannin kombinieren. Verbindet ihn mit Airón, wenn Euer Opfer nicht sofort sterben soll. Denn genau das wird passieren, solltet Ihr Tannin als einzigen Fluch über denjenigen legen."

„Seinen Tod wünsche ich so oder so!"

Der Ordensbruder schüttelte den Kopf. „Wenn Ihr so weit geht, dann gibt es kein Zurück mehr. Ihr wisst nicht, welches Unheil Ihr damit heraufbeschwört. Der Fluch kann kaum rückgängig gemacht werden."

Lean blinzelte nicht, als er sagte: „Was glaubt Ihr eigentlich, Geistlicher? Das mich dies irgendwas schert? Ich wünsche den Tod dieses Hundes, also ist es mir gleich, ob er sofort stirbt oder leidet."

„Wenn wir ihn leiden lassen, haben wir vermutlich mehr davon", warf Udane ein.

„Habe ich dich nach deiner Meinung gefragt?"

„Nein, aber ..."

„Dann halt den Mund", unterbrach Lean die Erste Maat.

Ruckartig stand er von dem Schemel auf, trat auf den Ordensbruder zu und starrte zu diesem hinab. „Ihr wisst es?"

„Meine Seele ist geläutert. Ich habe es zudem vermutet, als ich Euch sah, Pirat. Es quillt wie ein Geschwür aus Euren Poren. Ihr seid längst dem Bösen verfallen und hofft Eure Seele mit dieser Tat von all ihren Lastern reinzuwaschen. In Wahrheit ladet Ihr noch mehr Schuld auf Euch. Sobald Ihr dies erkennt, wird es zu spät sein. Doch vielleicht ist es das längst."

Lean erkannte unter der Kutte den Anflug von hellblauen Iriden. Eine Gänsehaut jagte über seinen Rücken. Unter seiner Kleidung juckte die frisch gestochene Stelle mit dem Nautical Star. Selbiger stand dafür, niemals die Orientierung zu verlieren. Genau das traf auf diese Situation zu. Er konnte den Ordensbruder nicht am Leben lassen, das wussten alle Anwesenden.

„Es tut mir nicht leid und ich suche nicht Eure Vergebung", sagte Lean, zog sein Entermesser und stieß es dem Geistlichen in den Bauch.

Hastig wich er zurück, trotzdem spritzte das Blut auf seine Hosenbeine. Später müsste er die Kleidung wechseln. Dann, wenn er betrunken genug war und das hier zu Ende gebracht hatte.

Er drehte sich zurück zum Tisch und Udane, welche ihn teilnahmslos betrachtete. Lean sagte nichts, blätterte stattdessen durch das Buch und stieß auf die Seite mit Airón.

„Und?", fragte Udane nach einigen Herzschlägen.

„Es handelt sich wohl um eine prärömische Gottheit. Keine Ahnung, wie dieses Wesen aussieht. Brunnen und Quellen dürften ihm zu Ehren errichtet worden sein."

„Vermutlich meinte der Mönch das damit. Dass du erstmal klein anfangen sollst. Alejandro gleich mit etwas niederzustrecken, das ihn umbringt, davon haben wir nichts. Er soll immerhin leiden und alles verlieren. Das Vertrauen seiner Mannschaft an erster Stelle und dann seinen eigenen Glauben. Damit treffen wir ihn", sagte Udane.

„Dann eben Airón und Tannin erst später. Ist in meinen Augen dennoch sinnvoll, wenn die Flüche auf einmal ausgesprochen werden."

„Und steht da auch, wie genau das stattfinden soll?"

Lean blätterte einige Male vor und zurück, ehe er zu dem toten Ordensbruder schielte. Er hätte den Kerl vorher fragen sollen. Daran war jetzt nichts mehr zu ändern. Also galt es zu improvisieren. Lean hatte in den letzten beiden Jahren genügend okkulte Schriften gelesen, um zu wissen, dass sie alle mit einem Blutopfer einhergingen.

„Na ja, wir brauchen wohl Blut", begann er.

„Praktisch", meinte Udane und deutete auf den Toten. „Da blutet gerade einer aus."

„Sehr witzig, Udane."

„Ich bin eben Pragmatikerin. Was genau du bist, kann ich nicht sagen. Im Moment erscheinst du mir ein wenig unorganisiert."

„Weil das so nicht geplant war."

„Aha. Und wie sollte es ablaufen?"

Er antwortete nicht, ging stattdessen zu dem Toten und strich mit den Fingern über die blutende Wunde. Der Ordensbruder stieß einen röchelnden Laut aus. Er war noch nicht tot. Lean wusste, dass es einige Zeit dauern würde, bis er starb. Die Verletzung würde ihn langsam dahinraffen.

„Airón, ich rufe dich. Tief in meinem Herzen bist du der Herr des Todes. Komm und ergreife von Alejandro Hernández Ruiz Besitz. Lass ihn in der Nähe eines jeden Brunnens die schlimmsten aller Qualen erleiden. Er soll dein Wasser unaufhörlich spucken. Bringe ihn dazu, sein Leben als eine Qual zu betrachten und von jeglicher Flüssigkeit die Finger zu lassen. Er soll ein Verdurstender vor vollen Krügen sein. Hernach rufe ich dich, Tannin, auf das sein Leid ins Unermessliche steigt. Verwehre ihm die Freude des Lebens und der See. Sein Körper soll sich wandeln. Er soll zu dir werden und durch meine Hand sein Ende finden. Gewährt mir diese Gunst im Angesicht des Opfers, welches ich euch darbringe." Lean trat von dem Sterbenden zurück, holte die Steinschlosspistole hervor und füllte in aller Ruhe das Pulver und die Kugel. Er richtete die Waffe auf den Ordensbruder, ehe er den Abzug drückte.

Unten, in dem vernebelten Raum, verstummten die Stimmen. Für die Zeitspanne dreier Herzschläge schien es, als stünde die Welt still. Als bahnte sich etwas seinen Weg aus der Finsternis empor und durch die Gassen von Cádiz. Der darauffolgende Sturm ließ die Fensterläden klappern und katapultierte Lean ins Hier und Jetzt zurück.

Er blinzelte. Zusammen mit Udane stand er auf dem Platz vor der engen Gasse. In seinen Händen ruhte nicht mehr die Steinschlosspistole, sondern das eingewickelte Buch. Die Erste Maat wandte sich im gleichen Moment ab und ging los.

Offensichtlich hatte sie ihn hinausgebracht. Lean wusste nicht, ob ihn diese Erkenntnis beunruhigen sollte. Ihm fehlte ein Wimpernschlag seines Lebens und er glaubte noch immer, die Stimmen aus der Unendlichkeit zu vernehmen.

Sie hatten ihm geantwortet. In einem Echo nicht enden wollenden Gemurmels hatten sie ein einziges Wort gesprochen: *„Ja."*

Die Vorstellung trieb ihm sogar eine gute Stunde später den Schweiß auf die Stirn. Er saß eingepfercht zwischen der Wand der Taverne *Zum sinkenden Schiff* und Udane an einem Tisch. Ihnen gegenüber Eloy, der seine roten, halblangen Haare immer wieder hinters Ohr strich.

Gesprächsfetzen drangen in Leans Bewusstsein vor, als der Quartiermeister sagte: „Und dann besitzt sie die Frechheit mir zu erklären, dass sie den Teufel müsste. Die Stoffe wären voller Läuse, das wüsste sie genau."

„Hast du sie vom Gegenteil überzeugt?", fragte Udane gereizt.

„Habe ich versucht. Rede du doch mal mit ihr. Ich kann froh sein, dass sie mir nicht gleich alle Gliedmaßen abgerissen hat."

„Du bist echt das Letzte als Quartiermeister", gab Udane wütend zurück und stand auf. „Wir klären das jetzt ein für alle Mal. Ich nehme die verdammten Stoffe nicht noch mal aufs Schiff. Eher wickle ich dich darin ein und schmeiß dich über Bord."

Eloy sagte noch etwas, während sich die beiden in den hinteren Bereich der Taverne begaben. Lean blieb zurück. Vor sich ein Humpen mit Rum gefüllt und ein Teller, auf welchem eine Ansammlung von Wurst und Brot lag. Nichts davon brachte er hinunter. Seine Augen befanden sich auf der unablässigen Suche nach dem Ursprung der geflüsterten Antwort, obwohl es sein Verstand besser wusste. Die Wesen zeigten sich nicht. Nicht ihm. Sie kämen einzig zu Alejandro. Ihm galt ab sofort ihr gesamtes Interesse und daran beabsichtigte sich Lean zu weiden.

Was jedoch seine Aufmerksamkeit erweckte, war ein Bursche, der an einer Holzkonstruktion lehnte. Er hielt den Blick auf Lean gerichtet, während er einen Schluck aus einem Becher nahm. Nicht zum ersten Mal lungerte der Junge in der Taverne herum. Lean hatte ihn bereits einige Male hier gesehen, aus diesem Grund winkte er den Unbekannten nun heran.

„Kapitän Lean", grüßte der Bursche ihn.

„Du kennst mich?"

„Wer würde solch ein Gesicht vergessen, wenn er es einmal gesehen hat." Dieser rauchige Tonfall jagte Lean einen Schauder über den Rücken. Er konnte sich ein Grinsen nur schwerlich verkneifen, als ihm einfiel, wo er den Burschen noch gesehen hatte: bei einem aus der Mannschaft.

„Bist du heute Nacht frei?"

Unschlüssig zuckte sein Gegenüber mit den Schultern. „Ist aktuell schwierig, an Kunden zu kommen, wenn die Obrigkeit überall ihre Augen und Ohren offen hat."

„Schon mal auf einem Schiff gewesen?"

Ein breites Grinsen bildete sich auf den Lippen und offenbarte mehrere Zahnlücken. „Ist schon einige Zeit her. Wollt Ihr mich anwerben, Kapitän?"

Lean musterte den jungen Mann. „Nicht für die Arbeit auf Deck, aber für diese Nacht. Dir winkt ein Beutel mit Silbermünzen."

„Dazu sage ich gewiss nicht nein", erwiderte der Bursche und stellte seinen Becher mit Rum auf den Tisch.

Ein knappes Lächeln spiegelte sich auf Leans Lippen wider. Der Bursche war tatsächlich hübsch, aber auch dumm, wenn er so unvorsichtig mit einem Piraten wie ihm mitging. Wenigstens würden sie beide eine erfüllende Nacht erleben, ehe der Junge später als Leiche endete. Lean beherzigte in diesem Punkt einzig die Worte seiner Schwester: Er bereitete der Familie keine öffentliche Schande.

KAPITEL 3

Im aufkommenden Ostwind ertönte ein anhaltendes Klappern. Der Laut mischte sich mit weiterem Scheppern, welches von den Häuserwappen stammte. Neben einer Schmiede erstreckte sich ein niedriges Gebäude in die Länge. Über dem Eingang hing ein in zwei Teile gebrochenes Schiff. Die Taverne *Zum sinkenden Schiff* galt als einer der bekanntesten Orte von Cádiz. Unter den Piraten kannte jeder die Inhaberin Selina.

Die Vierzigjährige entzündete eben die letzte Laterne und hängte selbige neben der Theke auf einen Haken, als die Tür polternd aufflog. Selina warf einen flüchtigen Blick zum Eingang, während ihre Hand nach dem Dolch an ihrem Gürtel tastete. Ärger stand in der Taverne an der Tagesordnung. Sie hatte den Haufen rachsüchtiger, eifersüchtiger und trunkener Männer zwar gut im Griff, gab sich jedoch keiner Illusion hin: Sobald sie nachlässig handelte, würde ihr irgendwann einer die Kehle durchschneiden.

Sie runzelte die Stirn. Niemand stand im Türeingang. Calisto, der struppige Straßenhund, rührte sich an seinem Platz im hinteren Teil der Taverne ebenso wenig. Einzig ein eisiger Wind fegte durch den großen Raum. Er verursachte eine Gänsehaut auf Selinas nackten Unterarmen. Sie rückte mit einer Hand den ständig verrutschenden Ärmel zurecht. Gleich darauf kratzte sie an einem Bienenstich in Höhe des Schlüsselbeins. Hier befand sich die einzige Tätowierung, welche Selina besaß. Ein Anker, umwickelt von einem kräftigen Seil. Sie hatte das Symbol nicht zufällig gewählt. Es stand für Schutz und ebenso ewige Treue. Beides war für Selina wichtig.

Aktuell galt es jedoch herauszufinden, was zu der offenen Tür geführt hatte. Noch eine gute Stunde, dann kämen die ersten Männer hierher. Jeder von ihnen auf der Suche nach einer anderen Art der Zerstreuung, und manche darauf aus, mit Selina zu feilschen. Was hatte also die Türe aufgerissen?

Derart heftig tobt der Sturm nicht, überlegte Selina.

Sie umschloss die Waffe fester, als sie hinter dem Tresen hervorkam. Ihre großgewachsene Statur zwang Selina dazu, einem der niedrigen Stützbalken auszuweichen. In der Sekunde streifte etwas ihren Rock. Erschrocken trat sie aus. Ein Winseln ertönte im gleichen Atemzug, während Selina geräuschvoll ausatmete.

„Verdammt, Calisto!"

Der Straßenhund zog die Lefzen in die Höhe und zeigte die Zähne. Diese Reaktion stimmte Selina zusätzlich misstrauisch. Calisto knurrte sie niemals an. Das Tier wandte zudem den Kopf und fixierte die Tür. Selina folgte seinem Blick und streckte den Rücken ruckartig durch. Etwas bewegte sich beim Türeingang. Ein Stück Stoff flatterte im Wind.

„Tritt aus dem Schatten. Ich kann dich sehen. Also zeig dich!" Selina verlieh ihrer Stimme so viel Stärke, wie sie aktuell fähig war aufzutreiben. Das ungute Gefühl in ihrer Magengegend versuchte sie zu ignorieren. Sie konnte sich Schwäche in ihrem Gewerbe schlichtweg nicht leisten.

Die Gestalt rührte sich nicht. Selina ließ sich nicht zum Narren halten, dementsprechend entschlossen durchquerte sie den Mittelgang des Raumes. Zu beiden Seiten standen bereits entzündete Kerzen auf den Tischen. Einige, in der Nähe des Einganges, flackerten unruhig im Luftzug, ehe sie nach wenigen Herzschlägen erloschen.

„Komm rein oder verschwinde, aber treibe keine Scherze mit mir."

Sie stand beinahe an der Schwelle, als draußen ein Blitz über den Himmel zog. Das darauffolgende Donnergrollen ging Selina durch Mark und Bein. Calisto begann zu bellen, was sie dazu trieb, zu dem Straßenhund zu sehen. „Aus, Calisto!"

Das Tier hörte nicht auf, knurrte und bewegte sich vorwärts. In der Sekunde nahm Selina eine Bewegung im Augenwinkel wahr. Sie fuhr auf dem Absatz herum, riss den Dolch aus der Gürtelhalterung und hielt abrupt inne. Im Wind flatterte ein roter Stofffetzen. Er hing in der Türangel fest.

Selina erlaubte sich ein erleichtertes Seufzen, während sie den Dolch zurück an seinen Platz steckte. Unmittelbar darauf strich sie sich über die Stirn und weiter durch die geflochtenen, grau-schwarzen Haare. Manchmal war sie zu sehr in ihren kreolischen Wurzeln verankert. Gewitternächte hatten bereits bei ihrer Großmutter stets den Drang ausgelöst, in den Schatten Gestalten zu sehen, welche nicht existierten.

Ihre braunen Augen fixierten in der Sekunde den roten Stoff. Es handelte sich um eine Stola, reichhaltig mit Goldfäden bestickt. Für die Gegend rund um den Hafen war das Stück zu hochwertig. Möglicherweise hatte es jemand gestohlen. Ebenso konnte es sein, dass irgendwer Selina den Diebstahl anhängen wollte. Instinktiv riss sie die Stola von der Angel los, knüllte sie zusammen und starrte hinaus auf die menschenleere Straße. Einige Fensterläden klapperten im Wind. Sonst rührte sich nichts. Sogar nebenan, beim Schmied, herrschte eine unnatürliche Ruhe vor. Selina trat langsam zurück in die Taverne und schloss die Tür. Kurz überlegte sie, den Riegel vorzuschieben, doch sie brauchte die Einnahmen und die Piraten benötigten einen Ort zum Zechen und Spielen. Für heute Nacht war ein Hahnenkampf in den hinteren Räumlichkeiten der Taverne angesetzt.

Bei dem Gedanken starrte Selina einmal mehr auf die Stola in ihren Händen. Wer hatte das verfluchte Stück an ihrer Tür zurückgelassen?

Bevor sie eine Antwort auf diese nagende Frage finden konnte, gab Calisto einen grunzenden Laut von sich. Verwundert drehte sich Selina um und zuckte zusammen, als sie eine Gestalt neben dem Straßenhund kauern sah. Hände, welche unter ledernen Handschuhen verborgen lagen, strichen durch das braune, dreckige Fell.

„Wer …?"

„Er scheint ein gutes Tier zu sein. Ein hervorragender Beschützer." Die Stimme klang ruhig, jedoch mit einem Anflug von Unsicherheit. Allerdings hörte Selina diesen Unterton einzig heraus, weil ihre Ohren darauf geschult waren das Unbedeutende zu beachten. Im Handel mit den Piraten sicherte es ihr das Überleben.

„Hände weg von ihm."

„Du fragst gar nicht, wie ich hereinkam", stellte die Person fest, welche Selina unweigerlich als Frau identifizierte.

Sie warf einen Blick auf die Stola und verzog die Mundwinkel zu einem spöttischen Grinsen. „Ich nehme an, die gehört dir. Du hast sie an der Angel zurückgelassen und dich im Schatten auf der anderen Seite gehalten. Bist wohl hereingeschlüpft, als ich danach griff."

„Du kannst sie behalten", erwiderte die Frau und richtete sich auf.

„Ich benötige keine Almosen."

„Dann betrachte es als Entschädigung dafür, dass ich mich dir nicht gleich gezeigt habe."

Selina ließ die Aussage auf sich wirken, ehe sie nickte. „Ich verstehe. Wer hat dich hergeschickt?"

„Ist das wichtig?"

„Nein", erwiderte Selina, knüllte die Stola erneut zusammen und trat damit auf die Feuerstelle im hinteren Bereich der Taverne zu. Schwungvoll warf sie den Stoff in die Flammen und beobachtete, wie die Goldfäden in der Hitze schmolzen.

Was für eine Vergeudung. Allein, was dieses Stück kostet, aber ich kann es nicht verkaufen. Die Piraten brauchen es nicht und Stoffhändler wären misstrauisch. Dennoch, von den Einnahmen könnte ich gut leben, ging es Selina für einen Moment durch den Kopf.

„Eine ziemliche Verschwendung, findest du nicht?"

Selina antwortete nicht. Als eine Beschützerin nahm sie von anderen grundsätzlich kein Geld, obwohl es häufig vermutet wurde. Solch edle Stücke oder auch Schmuck führten jedoch unweigerlich dazu, dass zu viele Fragen gestellt wurden. Nicht nur von den Piraten, Gleiches galt für Händler, an die es verkauft werden musste. Selina konnte nichts von den Stücken für sich behalten.

Sie würdigte die Unbekannte keines Blickes, als sie schließlich fragte: „Vor wem bist du auf der Flucht?"

Mehr als ein Seufzen bekam sie nicht zu hören. Der Laut veranlasste sie nun doch über die Schulter zu blicken. Die Unbekannte setzte sich auf einen der Stühle und fixierte Selina unter der Kapuze des Umhangs hervor.

„Wer ist hinter dir her, Frau?"

Ihr Gegenüber ließ sich Zeit, ehe es erwiderte: „Die Kirche."

Ein raues Lachen entstieg Selinas Kehle. Sie schüttelte gleichzeitig den Kopf und lehnte sich gegen einen der hohen Stützbalken. Ihr ganzer Körper wurde von dem Lachen geschüttelt, welches sich nicht unterbinden ließ. In all den Jahren hatte es Selina mit der spanischen Gerichtsbarkeit, mit dem Adel und mit schlagenden Ehemännern zu tun gehabt. Verglichen dazu mutete die Kirche absurd an. Andererseits galt niemand als derart unnachsichtig wie ein Mann Gottes.

„Hast du jemanden aufs Kreuz gelegt von denen? Ketzerei? Hexerei? Was wirft man dir vor?"

„Allwissenheit."

Ein Ruck ging durch Selina. Das stellte eine ganz neue Dimension der Verfolgung dar.

„Du bist eine Nonne", schlussfolgerte sie sogleich.

„Ich war eine. Doch … Nun, es gibt verschiedene Arten Gott zu dienen. Diese stand jedoch nicht in meinem Sinne."

Selina sagte dazu nichts. Vielmehr wollte sie Gewissheit, dass unter dem Umhang tatsächlich eine hilfsbedürftige Frau steckte. Zu oft hatte die Gerichtsbarkeit bereits versucht, sie an den Galgen zu bringen. „Zeig dich mir. Ich helfe niemandem, der sich vor mir versteckt."

Zögerlich hob die Angesprochene die Hände. Es dauerte einige Sekunden, bevor sie sich überwinden konnte, die Kapuze abzustreifen. Selina betrachtete teilnahmslos das Gesicht, welches darunter zum Vorschein kam. Eine Hälfte wies merkliche Schwellungen des Wangenknochens und des Auges auf. Ob hierfür die Kirche die Verantwortung trug, vermochte Selina nicht zu sagen. Sie beschloss, nicht danach zu fragen. Ihre Aufgabe bestand einzig darin, zu entscheiden, ob sie der Frau half oder sie zurück auf die Straße schickte.

„Wie lautet dein Name?"

„Carmen Ortega Sánchez."

„Gut. Ich heiße Selina. Dann erklär mir, warum ich dir helfen sollte, Carmen?"

„Mir wurde gesagt, dass du ..."

Selina hob ruckartig die Hand und kam jedem weiteren Wort zuvor. „Ich will nicht hören, was man sich über mich erzählt. Sag mir, warum ich dich und deine Allwissenheit vor der Kirche beschützen soll?"

„Weil dieses Wissen allen zugänglich sein sollte. Es kann nicht sein, dass die Kirche Dinge versteht und begreift, die Menschen jedoch nicht daran teilhaben lässt."

„Bei manchen Leuten ist es besser, wenn sie nicht zu viel wissen. Nimm die Männer und Frauen hier im Hafen. Sie wissen, wie man mit Seilen, Eisen und ihrem Körper umgeht. Jeder kann etwas davon entbehren oder verkaufen. Also was sollten sie mehr vom Leben erwarten?"

„Das mag auf einige zutreffen, aber sogar dem Adel werden bestimmte Informationen vorenthalten."

„Und du willst die Menschen von dieser Unwissenheit befreien, weil ...?" Abwartend hob Selina die Augenbrauen und wartete auf eine schlüssige Erklärung.

„Weil sie das Recht darauf haben, selbst darüber zu bestimmen, was ihnen wichtig ist und was nicht. Mag sein, dass nicht jeder wissen will und muss, wie man einen Fluch bricht. In deinen Augen müssen die Leute möglicherweise nicht erfahren, was sie gegen ein Leiden ihrer Seele unternehmen sollen. Vielleicht ist es dir gleich, wenn hinter den Klostermauern das Wissen um Heilung verborgen liegt. Mir ist all dies nicht gleichgültig. Ich ..."

Selina lächelte, während sie den weiteren Ausführungen keine Beachtung schenkte. Die Frau gefiel ihr. Sie besaß eine unverkennbare Stärke. Durch ihre sonnengebräunte Haut würde sie hier nicht großartig auffallen. Das lange, rötliche Haar benötigte jedoch eine unleugbare Waschung, derart fettig, wie es herabhing. Somit nickte Selina letztlich. „Na gut. Ich kann dir für einige Zeit hier Unterschlupf gewähren. Nicht ewig, aber lange genug, damit wir uns überlegen, wohin dein weiterer Weg dich führt."

„Ich danke dir, Selina."

„Mir ist nicht klar, ob man dir sagte, was für ein Ort das hier ist."

„Eine Taverne", kam es spitzfindig zurück.

„So einfach gestaltet es sich nicht", erwiderte Selina. „Die Männer, welche hierherkommen, sind keine Heiligen. Es handelt sich um raue Gestalten. Männer, die es gewohnt sind, sich zu nehmen, was und wen sie wollen, wenn man sie nicht im Zaum hält."

„Und du vermagst dies?"

Selina zuckte mit den Schultern. „Jeden Tag. Und jeden Tag ist es ein Kampf. Wenn die Männer dich sehen, werden sie annehmen, dass du eine neue Spielgefährtin für sie bist. Halt dich hinter der Theke auf, wenn es sein muss. Du schenkst Grog, Rum und Wein aus, das wird den Männern hier als Blick auf dich genügen müssen. Ansonsten schweige einfach oder bleib am besten im Hinterzimmer." Bei den letzten Worten deutete sie nach links. Fünf Stufen führten von dort hoch zu Selinas Wohnstätte. Sie hatte immer ein Bett mehr bereit für Fälle wie Carmens. Frauen, welche sich bei ihr versteckten, ehe sie ein neues Leben an einem anderen Ort begannen.

„Warum tust du das alles?", fragte Carmen just.

„Du hast mich überzeugt."

„Nein, ich meine, warum hilfst du irgendwelchen Leuten, die du nicht kennst? Du bringst dich damit selbst in Gefahr."

Selina musterte die Frau. Wie lange Carmen blieb, hing von ihrem eigenen Verhalten ab. Zu viel Neugier stellte meist ein Problem dar. Es führte unweigerlich zu einer nagenden Geschwätzigkeit, welche Selina unter ihrem Dach nicht duldete. Sie spürte gegenüber Carmen dennoch eine gewisse Verbundenheit. Sogleich schüttelte Selina das Gefühl ab. Sie konnte es sich nicht erlauben, unvorsichtig zu sein.

„Es ist so", erklärte sie ausweichend.

„Aber die Obrigkeit hat dich somit ständig im Auge."

„Das haben sie ohnehin. Ich bin eine Frau und führe eine Taverne. Allein dieses Geschäft zieht ungewollte Aufmerksamkeit auf sich."

„Und dennoch bist du hier", stellte Carmen fest.

„Dennoch bin ich hier", bestätigte Selina.

Im gleichen Moment wandte sie sich ab und bedeutete Carmen, ihr zu folgen. Was sollte sie der Frau mehr von ihrem Leben anvertrauen? Niemanden ging es etwas an, dass bereits ihre Großmutter Männer und Frauen in der Taverne vor der Obrigkeit versteckt hatte. Als Kreolin war ihre Großmutter selbst auf der Flucht gewesen. Die Taverne *Zum sinkenden Schiff* hatte ursprünglich einem reichen Kaufmann gehört. Eine schnelle Liebelei, eine kurze Ehe und ein Kind später stand nun Selina hinter der Theke. Ihre Mutter hatte sie nie kennengelernt. Die Frau war im Kindbett gestorben, wie es so vielen von ihnen erging.

Die Schrecken einer Geburt und das mögliche eigene Ende hatten Selina dazu getrieben, es nicht so weit kommen zu lassen. Einsamkeit kannte sie dennoch nicht. Die Piraten bildeten ihre Familie. Männer, die sie teils mochte, einige schätzte und andere zum Teufel wünschte. Es blieb die Frage, wie es Carmen dauerhaft hier ergehen würde. Doch Selina wusste, dass die Frau nicht ewig hier verweilen würde. Sie trug mehr als Allwissenheit mit sich herum. Jedem Menschen wohnte ein Schicksal inne, welches er früher oder später erfüllen musste. Obwohl Selina nicht ahnte, was auf Carmen zukam, ging sie davon aus, dass es in ihrer Taverne seinen Anfang nahm.

„Du kannst das hintere Bett, neben dem Fenster, nehmen", erklärte sie an Carmen gewandt, als sie die Tür zur Wohnstätte öffnete.

Die Unterkunft war schlicht gehalten. Zwei Betten, eine Truhe und ein Tisch mit zwei Stühlen. Selina legte nicht viel Wert auf Luxus. Für Carmen würde es ebenfalls genügen. Es musste einfach. An diesem tosenden Gewitternachmittag braute sich etwas zusammen, was Selina nicht abzuschätzen vermochte. Aber sie war sicher, dass Carmen noch ein Abenteuer bevorstand.

KAPITEL 4

Vor zwei Tagen hatte die *St. Juliette* den Hafen von Cádiz verlassen. Gewöhnlich lagerten in dieser Zeitspanne bereits die ersten Fässer, Truhen und Kisten im Frachtraum. Raubgüter unschätzbaren Werts von den Überfällen auf die Handelsschiffe. Lean hatte sich in dem Punkt innerhalb eines Jahres einen Namen gemacht. Heute beobachtete Udane den Kapitän vom Deck aus.

Sie kannte Leans Obsession bezüglich des Kapitäns der *St. Elizabeth*. Der unablässige Konkurrenzkampf wurde zuweilen zu einem Problem zwischen den Piraten. Für Udane bedeutete dies, als Erste Maat die Mannschaft hinter dem Kapitän zu einen. Allerdings gab es Zeiten, in denen Lean ihr die Arbeit keineswegs erleichterte. Er hatte früher bereits waghalsige Entscheidungen getroffen. Beispielsweise vor einigen Monaten, als er ein voll beladenes, englisches Handelsschiff vorbeiziehen ließ. Stattdessen war es zur Enterung einer kleinen Schaluppe gekommen. Den Kapitän hatte Lean an den Mast der *St. Juliette* gebunden und in der Sonne verdursten lassen. Die übrigen Männer waren von den Piraten noch an Ort und Stelle hingerichtet worden.

Ein grausames Spektakel, welches keinerlei Prise mit sich brachte. Die Schaluppe hatte lediglich drei Fässer Rum und eine geringe Menge Dörrfleisch geladen. Den nachklingenden Unmut innerhalb der Mannschaft, über die Vergeudung von Kanonenkugeln und Munition, beseitigte Udane mit einigen Faustschlägen und der Aussicht auf eine erfolgreichere Prise. Tatsächlich ging es Lean an jenem Tag einzig darum, von dem holländischen Kapitän zu erfahren, wie er jemanden verfluchte. Woher Lean die Informationen über diesen Mann besaß, wusste Udane bis heute nicht. Am wahrscheinlichsten war es, dass er einen seiner bezahlten Liebhaber auf den Holländer angesetzt hatte. Und ebenso galt es als möglich, dass der Verehrer mit einem Messer im Rücken sein Ende gefunden hatte. Sicherlich war es jedoch ein gnädigerer Tod gewesen als jener des Burschen vor einigen Nächten. Udane hatte erst in den Morgenstunden dessen ausgeweidete Leiche neben Lean in der Kapitänskajüte entdeckt. Schweigend hatte sie den Toten über Bord geworfen, während Lean in einem katatonischen Zustand verblieben war. Erst mit der Setzung der Segel hatte sich dieser Umstand gelegt, aber seitdem wechselte Lean alle drei Stunden den Kurs.

„Gibt er auch noch irgendwann einen Befehl, wo wir eigentlich hinsegeln?"

Udane unterdrückte ein Zusammenschrecken und drehte sich zum Quartiermeister um. Eloy würdigte sie keines Blickes. Vielmehr ruhten seine grünen Iriden auf Lean. Der missmutige Ausdruck auf dem Gesicht des muskulösen Mannes gefiel Udane nicht. Rasch schielte sie zum Rest der Mannschaft. Drei kümmerten sich um das Hauptsegel, weitere Männer reinigten die Kanonen, während fünf das Deck schrubbten. Die übrigen Piraten waren nicht zu sehen. Sie hielten sich offenbar unter Bord auf, was nichts Gutes bedeutete.

„Was ist los, Eloy?"

„Na was soll sein?", gab dieser wütend zurück. „Die Männer reden darüber, Lean abzuwählen. Und mit ihm, gleich dich dazu. Du hältst immer noch die Hand über ihn, dabei haben wir nach dem letzten Verkauf und abzüglich der Ausgaben für Munition, Wein, Bier und Zitrusfrüchte keinerlei Gewinn. Die Mannschaft wird das nicht länger hinnehmen. Als Erste Maat steht für dich das Wohl der Männer über allem, sogar über dem des Kapitäns."

Sie hätte seinen Worten gern etwas entgegengesetzt. Bedauerlicherweise musste Udane zugeben, dass sie in den vergangenen Monaten Lean allzu sehr unterstützt hatte.

„Du hast recht", gestand sie mit einem Anflug von Zorn in der Stimme ein. „Sag mir eines, Eloy. Reden die Männer davon, dich ebenfalls abzuwählen? Als Quartiermeister bist du für die Ausgaben verantwortlich. Ohne meine Hilfe hättest du letztens die Stoffballen nicht verkauft. Weiß die Mannschaft davon? Hast du es ihnen gesagt oder lediglich in den Raum geworfen, dass ich Lean zu wenig die Stirn biete?"

„Ich brauchte gar nichts sagen. Sie sehen, dass du ihn in jeder Situation in Schutz nimmst. So jemand kann nicht länger Kapitän sein."

„Er hat uns gute Prisen eingebracht", erwiderte Udane.

„Ja, zu Anfang. Die Männer kümmert das nicht. Es geht ihnen um das *Jetzt*. Jetzt brauchen sie Gold und Silber, welches sie in den Tavernen ausgeben können. Sie wollen sich nicht an Früher erinnern. Egal ob dieses Früher lediglich ein paar Wochen oder ein Jahr zurückliegt. Keiner von ihnen lebt in der Vergangenheit. Sie denken an einen flüchtigen Augenblick. Also kümmere dich darum, dass die Truhen gefüllt sind und die Entermesser stecken bleiben. Ansonsten kannst du davon ausgehen, dass Lean die Rückkehr nach

Cádiz nicht mehr erleben wird – und du möglicherweise ebenso wenig."

Udanes Augen verengten sich zu Schlitzen, als sie auf Eloy zutrat und ihm gegen die Brust schlug. Aus den Augenwinkeln bemerkte sie, dass diejenigen innehielten, welche das Deck reinigten. Es schwebte eine angespannte Stimmung über ihnen allen. Ein falsches Wort konnte zu einer Revolte führen, die es bereits zuvor im Keim zu ersticken galt.

„Schrubbt gefälligst weiter!", keifte Udane.

Sogleich nahmen die Seefahrer ihre Arbeit wieder auf. Stolz flutete Udanes Brust. Noch besaß sie ihre Macht und dies würde sie Eloy gegenüber demonstrieren. Neuerlich stieß sie ihm gegen die Brust und ließ ihn somit einige Schritte nach hinten taumeln. Der Quartiermeister warf einen Blick über die Schulter zur Reling, an der er nun lehnte, und in die Tiefen der See blicken konnte.

„Droh mir nicht, du Bastard. Du verdankst es mir, dass Lean dich überhaupt als Quartiermeister in Betracht gezogen hat. Du warst es immerhin, der als einziger gegen ihn stimmte. Ich habe damals für dich ein gutes Wort eingelegt und Lean davon abgehalten, dich über die Planken zu schicken. Denk dran, was er mit dem holländischen Kapitän angestellt hat. Willst du ebenso enden?" Udane richtete den Blick bei der Frage auf den Mast des Hauptsegels. Noch immer waren daran die Spuren eingetrockneten Blutes zu erkennen. Der Kapitän hatte den quälenden Durst nicht länger ertragen und sich an dem Holz den Schädel aufgeschlagen.

Bevor Eloy zu einer Erwiderung fähig war, wandte Udane sich ab. Sie schritt die wenigen Stufen hoch zum Oberdeck und positionierte sich neben Lean. Der Kapitän berührte flüchtig ihre Schulter, ließ die Hand ihren Rücken hinab wandern und hielt eine Handbreite über Udanes Hintern inne.

„Wie schlimm ist es?"

„Was glaubst du, Lean?"

Der großgewachsene Mann zuckte mit den Schultern und nahm das safranfarbige Halstuch ab. Er wischte sich damit über die Stirn und sagte: „Die Männer sind vermutlich unzufrieden."

„Das beschreibt es nicht mal im Ansatz. Sie fordern eine Wahl."

„Welchen Kandidaten haben sie sich denn ausgesucht?"

„Ist unerheblich, solange du nicht länger Kapitän bist. Ganz egal welches Schiff als nächstes hier vorbeikommt, Lean, wenn du deine Stelle als Kapitän behalten willst, dann lass es entern. Die Männer wollen Gold und Silber sehen", erklärte Udane und senkte im nächsten Moment die Stimme. „Sie können mit ausgesprochenen Flüchen und Verwünschungen nichts anfangen. Abgesehen davon würden sie dich über die Planke schicken."

„Du versuchst deine eigene Haut zu retten, Udane."

„Wirfst du mir das etwa vor?", fragte sie wütend. „Ich decke dein Verhalten bereits seit Wochen vor der Mannschaft. Zuallererst bin ich den Männern auf diesem Schiff verpflichtet. Ein Schiff, welches du ohne meine Hilfe niemals bekommen hättest. Erst danach bin ich dafür zuständig, dass dir als Kapitän ..."

Der Faustschlag kam derart schnell, dass Udane nicht reagieren konnte. Sie stolperte nach hinten und hielt sich die Nase, während Lean sagte: „Du vergisst, dass du mich quasi angebettelt hast, Kapitän dieser Schaluppe zu werden. Erinnere dich daran, wie es war, als die Männer erfahren haben, dass eine Frau seit Jahren mit ihnen segelte. Jeder einzelne wollte dir die Kleider vom Leib reißen. Sie wünschen dir heute noch den Tod. Du verdankst es also mir, dass du noch am

Leben bist, Udane. Ich hingegen bin dir absolut nichts schuldig."

„Handelsschiff, voraus!", schrie in der Sekunde die hohe Stimme des Ausgucks.

Udane und Lean sahen beide in die Richtung. Backbordseitig segelte ein spanisches Schiff. Die Größe ließ auf eine beträchtliche Prise hoffen, was Leans Stellung bei der Mannschaft wieder festigen konnte. Das gleiche erkannte der Kapitän, als er rief: „Klar machen zum Entern!" Er drehte das Steuerrad hart nach Backbord und warf Udane einen kurzen Seitenblick zu. „Die Kanonen bereit machen, Erste Maat. Hol die Männer unter Deck hervor. Öffne die Waffentruhen und sorge dafür, dass jeder über ausreichend Munition verfügt. Bei dem Schiff habe ich ein gutes Gefühl."

Kurz zögerte Udane. Sie wollte die Befehle verweigern, alles hinschmeißen und Lean von seinem Posten als Kapitän verdrängen. Auf der anderen Seite wusste sie, welches Schicksal sie hinterher erwartete. Die Mannschaft würde sie schänden und im nächsten Hafen aussetzen. Was für ein Leben blieb ihr danach? In irgendeiner Taverne als Hure zu enden? Ein oder zwei Jahre so zu überleben, ehe ihr jemand die Kehle aufschlitzte?

Die Vorstellung dessen jagte ihr einen Schauder den Rücken hinab. Dementsprechend wischte sie sich über die Oberlippe und verschmierte das Blut, welches aus ihrer Nase lief. Sie rang sich ein Grinsen ab und eilte das Oberdeck hinunter.

„Na los, an die Kanonen! Backbordseitig alles laden, was wir haben. Eloy, gib die Waffen und die Munition aus! Jeder Mann an Deck und an die Kanonen!"

Hektisches Treiben setzte ein. Trotzdem ergab sich ein geordnetes Bild, wenn man genauer hinsah. Kräftige Hände luden die Kanonen, weitere trugen die reich verzierten Truhen aus der Kapitänskajüte. Eloy holte den Schlüssel hervor, der um seinen Hals baumelte und sperrte die Schlösser auf. Der Anblick erinnerte Udane daran, dass sie später mit Lean reden musste. Ein aufsässiger Quartiermeister mit dem Schlüssel zu den Waffen stellte eine schlechte Kombination dar.

Udane verfolgte mit wachsender Unruhe, wie das Handelsschiff näherkam. Noch wusste die Mannschaft auf dem Schiff nicht, womit sie es zu tun bekam. Rastlosigkeit erfüllte sie, als sie zu Lean hochsah. Er hatte den Befehl für die Flagge noch nicht gegeben. Würden sie heute Gefangene nehmen oder alle töten?

„Was ist mit der Flagge?", hörte sie einen der Piraten fragen.

Lean, gib endlich den Befehl für die Flagge, ging es Udane durch den Kopf. Das Handelsschiff rückte kontinuierlich näher. Es wurde Zeit zum Abfeuern der Kanonenkugeln.

„Kapitän?", rief Udane schließlich und deutete auf die Kanonen.

Lean steuerte unbeirrt auf das Handelsschiff zu.

„Kapitän!"

Er ließ sich Zeit, warf Udane einen wütenden Blick zu und hob die Stimme an. „Hisst die rote Flagge!"

Die Mannschaft der *St. Juliette* machte in diesem Moment, wie üblich, ihrem Namen alle Ehre. Unter Geschrei, wilden Verwünschungen und Schmähungen wurde jene Flagge gehisst, welche keine Gefangenen besagte. Udane nahm indes zwei Steinschlosspistolen, Pulver und Munition von Eloy entgegen. Der Quartiermeister zeigte ein gleichgültiges Gesicht, doch sie konnte er nicht täuschen. Er würde alles unternehmen, um Lean von seinem Posten als Kapitän zu entbinden.

„Kanonen backbord- und steuerbordseitig bereit machen!", rief Lean und winkte einen der Männer zu sich. Er überließ diesem das Steuerrad und begab sich mit schnellen Schritten zum Rest der Mannschaft.

„Auf mein Zeichen; Beschuss des Hauptmasts!"

Udane stand keine Armlänge von Lean entfernt, als dieser ruckartig den Arm bewegte. Es handelte sich um das Zeichen, weshalb sie sofort rief: „Schießt!"

Die beiden Kanonen donnerten los. Kettenkugeln wurden über die glitzernde See gefeuert. Ein hohes Pfeifen ertönte, ehe der Einschlag auf dem Handelsschiff erfolgte. Längst war den Männern dort bewusst, mit welchem Feind sie es zu schaffen hatten. Der Hauptmast splitterte bereits beim ersten Schuss auseinander. Schreie ertönten und wurden über das Meer getragen. Das Hauptsegel schlug auf dem Deck auf. Irgendjemand schien die Geistesgegenwart zu besitzen, eine Kanone abzufeuern. Die Reichweite fiel zu weit aus. Die Kugel schlug hinter der Breitseite der *St. Juliette* donnernd ins Wasser. Durch die ruckartige Wellenbewegung geriet das Schiff in eine kurze Schräglage und ließ die Mannschaft taumeln. Udane griff nach dem Mast, welchem sie am nächsten stand. Im gleichen Atemzug packte jemand ihren Arm und riss sie grob zur Seite. Gerade noch rechtzeitig, da eine weitere Kanonenkugel über ihren Kopf hinwegsauste.

Der Mast der *St. Juliette* hielt dem kleinen Geschoss zwar stand, knirschte jedoch verdächtig. Udane sah hoch zum Segel und erkannte einen Riss im Stoff.

„Entern! Lasst keinen am Leben!", ertönte Leans Stimme neben ihr.

Erst jetzt bemerkte sie, dass seine Finger ihren Oberarm umfassten. Ihm hatte sie ihr Leben zu verdanken. Es blieb keine Zeit für dankende Worte. Die *St. Juliette* krachte gegen das Handelsschiff. Enterhaken schlugen in das gegnerische Schiff. Die ersten Schüsse ertönten und ließen jemanden aus der Mannschaft ins Meer stürzen. Ein verzweifeltes Kreischen erklang, als derjenige zwischen den beiden Schiffen erdrückt wurde.

Udane blieb Lean dicht auf den Fersen, als dieser auf das feindliche Deck sprang. Mit einer Donnerbüchse schlug er einem Angreifer ins Gesicht. Im nächsten Moment feuerte er die Waffe gegen einen zweiten ab. Udane bekam unterdessen einen Schlag in den Rücken. Sie fuhr auf dem Absatz herum, riss das Entermesser aus dem Gürtel und stach es einem Seefahrer in den Hals.

Im Gewimmel aus Armen, Beinen und sterbenden Männern verlor sie Lean aus den Augen. Sie musste einen Angreifer mit einem Faustschlag auf Abstand bringen, zog die Steinschlosspistole und feuerte sie direkt in dessen Gesicht ab. Den nächsten Schuss richtete sie gegen einen untersetzten Burschen, der auf dem Deck umhereilte und mit einer Axt auf die Enterhaken einschlug.

„Keiner bleibt am Leben!", ertönte Leans Stimme übers Deck. Udane versuchte, ihn auszumachen, bekam jedoch einen Stoß in die Seite. Sie stolperte. Ihr Fuß verfing sich in den Seilen des herabgestürzten Hauptsegels. Sie verlor das Gleichgewicht und schlug mit dem Kopf hart gegen einen Holzbalken. Blut lief ihr ins Auge. Ihre Sicht verschwamm mit jedem Herzschlag. Schemenhaft sah sie Füße an sich vorbeilaufen. Jemand ging vor ihr in die Hocke und zeigte ein hinterhältiges Grinsen, während sich die Hand nach ihr ausstreckte. In der Sekunde kreischte die Gestalt, Blut spritzte Udane ins Gesicht, als ein abgehackter Unterarm neben ihr auf dem Deck landete. Der klatschende Laut trieb ihr die Galle hoch. Sie versuchte hochzukommen, konnte ihren Körper jedoch nicht dazu bringen, sich zu bewegen.

„Du verdankst es mir, dass du noch lebst, vergiss das nie." Der Satz war das letzte, was Udane hörte, ehe eine erlösende Finsternis sie umfing und in die Arme des Meeresgottes trieb. Ihr Gesicht wurde dabei von warmen Sonnenstrahlen beschienen. Udane stand an einem Strand, den Blick auf den Horizont gerichtet. Die Sehnsucht nach den Weiten des Meeres wurde zu einem unüberwindlichen Hindernis. Ganz gleich, an welchem Ort sie sich hier befand, sie musste verschwinden. Immer wieder warf sie einen Blick über die Schulter, betrachtete das rege Treiben einer unbekannten Stadt und spürte das Böse daraus hervorquellen. Etwas lauerte in den Gassen auf sie. Jemand forderte einen Preis als Opfer für einen Fluch. Udane wusste nicht warum, ging jedoch davon aus, dass sie diesen Wert zu entrichten hatte.

„Ich kann ihn nicht bezahlen", flüsterte sie.

Unruhe überkam sie, als über die Stadt ein Schatten fiel. Dunkelheit entströmte den Gassen und versuchte, nach ihr zu greifen. Klauenartige Finger formten sich aus der Finsternis. Ein kehliges Lachen ertönte und zerrte zusätzlich an ihren Nerven.

„Udane." Der Klang ihres Namens hallte über den Strand hinweg. Er brachte die tosenden Wellen zum Verstummen und tauchte die Stadt in vollkommene Schwärze.

„Udane, wach auf." Der Befehlston war nicht laut, dagegen eindringlich genug, damit sie ruckartig vom Strand fortgezogen wurde. Als hinge sie an unsichtbaren Fäden, riss sie jemand an die Oberfläche ihres Bewusstseins und brachte Udane dazu, die Augen zu öffnen.

Ihr Herz schlug schnell, angestrengt schnappte sie nach Luft und setzte sich mit einem Stöhnen auf. Etwas drückte gegen ihren Kopf. Mühsam tastete sie danach und berührte einen rauen Stoffverband.

„Du hattest wohl einen Albtraum. Immerhin lebst du noch."

Sie hob den Blick und starrte in das grinsende Gesicht ihres Kapitäns. Lean hielt ihr einen Becher entgegen und wartete darauf, dass sie ihn ergriff. Ausdruckslos und schweigend sah sie ihn an. Udane rührte keinen Finger, was Lean veranlasste, ihr den Becher an die Lippen zu setzen. Der Geschmack von Weißwein benetzte ihre Unterlippe. Gierig trank sie und versuchte sich dabei nicht zu verschlucken. Letztlich griff sie nach dem Weinbecher und hielt ihn allein. Beiläufig betrachtete sie die Harpune auf ihrem linken Handrücken. Als sie unter dem alten Kapitän angeheuert hatte, war es das erste gewesen, was sie sich stechen ließ. In ihren Augen hatte es zu einem Fischkutter hervorragend gepasst. Die Schwalbe und der Hahn waren erst später auf jeder ihrer Brüste dazu gekommen. Der Leuchtturm an ihrem rechten Oberarm stand für das Glück, welches sie nie verlassen sollte.

Im Kampf war sie häufig verletzt worden, allerdings nie so sehr, dass sie sich in Leans Kajüte wiedergefunden hatte.

„Eloy hat versucht, dich zu töten", kam es unerwartet von Lean.

„Was?"

„Offenbar wusste er, dass er dir lediglich im bewusstlosen Zustand gewachsen war. Ich habe mir aber was Hübsches für ihn überlegt. Willst du es sehen?"

Wollte sie das? Was immer Eloy dazu getrieben hatte, sie anzugreifen, Leans Rache stünde dem in nichts nach. Abgesehen davon ließ er ihr ohnehin keine Wahl, als er ihren Arm packte und sie auf die Beine zog.

„Es wird dir bestimmt gefallen. Ich hatte ja erst überlegt, ihn einfach an den Mast zu binden und darauf zu warten, dass die Sonne ihre Arbeit erledigt. Aber nach dem Desaster mit dem holländischen Kapitän kam ich davon ab. Also habe ich das hier mit ihm angestellt." Mit den Worten öffnete Lean die Tür und gab den Blick auf das Deck und den Mast frei.

Die Mannschaft drehte sich eben zu ihnen. Zwei Männer hielten Entermesser mit blutigen Klingen in den Händen. Im gleichen Atemzug ließen sie Finger zu Boden fallen und traten beiseite.

Udane befreite sich aus Leans Griff und ging allein auf den Hauptmast zu. Sie musste ihn nicht umrunden, tat es jedoch, um das volle Ausmaß von Leans Grausamkeit zu sehen. Eloy war kopfüber an den Mast gebunden. Seine Füße fehlten. Blut lief aus den beiden Wunden. Ebenso tropfte es von den Fingerstummeln. Die Augenhöhlen wiesen schwarze Löcher auf, während aus dem Mund ein blutiger Speichelfaden hing.

Eigentlich sollte sie der Anblick beunruhigen. Leans Grausamkeit hatte ein neues Ausmaß erreicht. Auf der anderen Seite konnte sie sich keine Schwäche erlauben, weshalb sie fragte: „Und wer von euch Hunden hat mir die Ehre genommen, ihm die Zunge rauszuschneiden?"

„Das war ich, meine Liebe. Bedauerlicherweise konnten wir nicht warten, bis du wach warst. Nicht, nachdem ich herausgefunden habe, dass er die Einkünfte der letzten beiden Prisen nicht vollständig unter der Mannschaft aufgeteilt hat", antwortete Lean.

„Hätte ich ihm gar nicht zugetraut", erwiderte Udane.

Lean schüttelte den Kopf. „Wie sehr man sich in einem Menschen doch täuschen kann, nicht wahr?"

Udane begriff, dass sie ab jetzt ebenso auf der Hut sein musste. Ein falsches Wort und sie fand ein genauso grausames Ende wie Eloy. Der Kerl war zwar durchtrieben, aber letztlich ein verdammter Witz als Quartiermeister gewesen. Unterschlagung hatte man Eloy gewiss nicht vorwerfen können, vielmehr Dummheit beim Aushandeln von Geschäften.

Doch Udane hütete sich davor, etwas in dieser Richtung zu sagen. Sie hing an ihrem Leben.

„Setzt die Segel. Wir suchen uns die nächste lohnende Prise", erklärte Lean sogleich, begab sich ins untere Deck und zum Kartentisch.

Sie folgte ihm diesmal nicht. Udane musste nachdenken. Es galt die eigenen Möglichkeiten abzuwägen. Die *St. Juliette* durfte keinesfalls zu einem Schiff der Grausamkeiten innerhalb der Mannschaft verkommen. Oder hatten sie diesen Punkt bereits überschritten?

Udane betrachtete den leblosen Körper und wandte sich der Reling zu. Ihr Kopf pochte unangenehm. Sie musste Lean zurück auf sein eigentliches Vorhaben bringen: der bekannteste Pirat aller Zeiten zu werden und nicht der grausamste.

KAPITEL 5

Es existierten für Selina zwei Sorten von Menschen. Die eine, die aus Langeweile trank und die andere aus Frustration. In der Taverne *Zum sinkenden Schiff* herrschte heute keines von beidem vor. Stattdessen lag eine sonderbare Ruhe über dem Raum. Trotz der vorgerückten Nachtstunde saßen lediglich zwei Männer eines kleinen Handelsschiffes in einer Ecke. Die letzten Wochen machten Gerüchte unter den Piraten die Runde. Sie sprachen von Flüchen, Verwünschungen und einer unablässigen Gefahr. Sobald Selina genauer nachfragte, bekam sie jedoch keine Antworten. Einzig angsterfüllte Blicke wurden ihr zugeworfen, bevor die rauen Kerle in Schweigen verfielen.

Aktuell schielte sie zu dem zweiten Tisch, der sich in der Nähe der einzigen Wärmestelle befand. Die Frau in dem leichten Mantel starrte in ihren Becher. Gelegentlich führte sie selbigen an die Lippen, trank jedoch nicht daraus.

Nachdenklichkeit, ging es Selina durch den Kopf. *Eine ganz neue Form des Trinkens in meiner Taverne. Wird Zeit, dass ich la señora mal auf den Zahn fühle, was los ist.*

Die *St. Juliette* hatte gestern Abend im Hafen angelegt. Soweit Selina wusste, war das Schiff bereits entladen. Einen

Teil der Güter hatten die Piraten zu ihr gebracht, jedoch ließ sich der Quartiermeister bisher nicht blicken.

Selina warf den Handelsmännern einen flüchtigen Blick zu. Die beiden unterhielten sich gedämpft und schienen im Moment keinerlei Wünsche ihr gegenüber zu hegen. Dementsprechend griff sie nach einem Bierkrug, füllte diesen bis zum Rand und trat hinter dem Tresen hervor. Calistos Schnarchen erfüllte den Raum. Der Straßenhund hob nicht mal den Kopf, als sie an ihm vorbeitrat und sich zu Udane an den Tisch setzte.

„Eine Frau, die nicht trinkt, obwohl sie es will, trägt eine schwere Last mit sich."

Die Erste Maat verzog das Gesicht zu einem Grinsen. „Ein Spruch deiner Großmutter?"

„Sie hatte viele weise Sprüche", antwortete Selina und füllte den Becher der Frau. „Wann darf ich mit Eloy rechnen?"

„Wann hast du vor, zu sterben?"

Die Gegenfrage brachte Selina aus dem Konzept. Sie hatte mit einer schnippischen Erwiderung gerechnet, aber keineswegs mit einem derart gleichgültigen Tonfall.

„Was ist mit ihm passiert? Ist er bei einem Überfall gestorben?"

„Nein."

„Skorbut?"

Udane schüttelte den Kopf und kratzte sich hinter dem Ohr. Sie hielt den Blick in den Becher gerichtet. Die Unfähigkeit der Frau, sie anzusehen, ängstigte Selina mehr als jedes Geschwätz der Piraten über irgendwelche Flüche.

„Udane, was ist passiert?"

„Was soll schon geschehen sein? Lean verliert seinen verdammten Verstand und Eloy wurde kopfüber an den Mast gebunden. Diese ganze Mannschaft geht zum Teufel und jetzt

… Sie wählen den neuen Quartiermeister. Wer immer es sein wird, er kann nicht unfähiger als Eloy sein."

„Warum ist er tot, Udane?"

„Warum?" Die Erste Maat stieß ein Schnauben aus. „Lean behauptet, dass er die letzten beiden Prisen nicht auf die Mannschaft aufgeteilt hat. Ich war dabei, Selina! Verflucht, ich habe gesehen, wie er jedem der Männer den zustehenden Anteil in die Hände drückte."

Im gleichen Atemzug schlug Udane mit der flachen Hand auf den Tisch. Immerhin dieser Laut veranlasste Calisto dazu, sich zu erheben und zu ihnen zu trotten. Er legte den Kopf auf Udanes Oberschenkel und starrte sie aus seinen treuherzigen dunklen Augen an. Die Erste Maat kraulte ihn hinter dem Ohr, sagte jedoch sonst nichts weiter.

„Du hättest Lean die Stirn bieten müssen", erwiderte Selina.

„Du warst nicht dabei. Niemand hätte auch nur ein Wort gegen den Kapitän gesagt. Abgesehen davon hat Lean einen Zeitpunkt für Eloys Tod gewählt, als ich außer Gefecht gesetzt war."

„Ein Grund mehr, dass du die Mannschaft zur Vernunft bringst, Udane."

Die kräftige Frau schüttelte entschlossen den Kopf. „Glaubst du, alle Frauen haben es so einfach wie du? Die Männer respektieren mich so lange, wie die Prisen stimmen und es genug Raubzüge und Huren für jeden von ihnen gibt. Keiner will jedoch hören, dass mit Lean etwas nicht stimmt. Und ich kann es keinem von ihnen sagen, was es eigentlich ist. Sie würden es nicht verstehen."

„Dann sag es mir", schlug Selina vor.

„Was soll ich dir sagen? Die Wahrheit? Die Wahrheit ist, dass Lean etwas getan hat, dass nicht mehr rückgängig gemacht werden kann. Jedenfalls nicht, wenn es stimmt, was ihm eingeredet wurde. Er hätte die Finger von dem verdammten Buch lassen sollen."

„Dann hat dieser Idiot tatsächlich eines der Bücher genutzt?"

Die Erste Maat gab darauf keine Antwort. Allmählich bekam Selina eine Vorstellung davon, wovon genau Udane sprach. Der Kapitän der *St. Juliette* war für seine brutalen Raubzüge berüchtigt. Bei ihm gab es keine Gefangenen. Blutvergießen stand für ihn an erster Stelle, erst danach kam die eigentliche Prise. Ebenso wussten viele in Cádiz, dass Lean ein belesener Mann war. Er sammelte Bücher, Folianten und Schriftrollen. Selina hatte ihm einige Male Mittelsmänner zu Verkäufern genannt. Meist handelte es sich dabei um heilige Schriften oder Werke, welche von der Kirche verboten waren. Sie wäre demnach keinesfalls überrascht, wenn Leans Veränderung mit Alejandros Situation in Einklang zu bringen war. Doch wie sollte sie diesen Punkt Udane gegenüber ansprechen?

Die Erste Maat nahm ihr die Entscheidung unverhofft ab, als sie sagte: „Er hätte niemals auf der *St. Elizabeth* anheuern dürfen. Noch viel weniger hätte ich ihm die *St. Juliette* überlassen sollen."

„Was meinst du damit?"

Udane führte den Bierbecher erneut an die Lippen. Endlich trank sie einen kräftigen Schluck daraus und meinte im Anschluss: „Lean hat sich vom ersten Tag an mit Alejandro verglichen. Als beide auf dem Schiff des alten Djego waren und sogar, als Lean es verließ. Ständig ging es darum, wer von den beiden der bessere Kapitän wäre. Sie stritten sich wegen Nichtigkeiten. Wegen eines Toten bei einer Enterung. Sogar, wenn der alte Djego die Sterne zur Orientierung hernahm, glaubte Lean mehr Ahnung vom Segeln zu haben. Es wundert mich nicht, dass er die *St. Elizabeth* letztlich verließ. Oder besser gesagt, dass Djego ihn von seinem Schiff schmiss. Die beiden hätten sich beizeiten die Köpfe eingeschlagen und das wusste Djego."

„Djego besaß in dem Punkt eine ziemlich gute Menschenkenntnis", stimmte Selina zu. „Ich erinnere mich, als er hörte, dass Lean Kapitän der *St. Juliette* sei und wen er als Erste Maat gewählt hat. Damals sah er mich an und sagte, dass der Bursche keine Ahnung hat, welcher Gefahr er sich da aussetzt. In seinen Augen hatte Lean nie das Zeug zum Kapitän. Bei dir verhielt es sich offenbar anders. Deinen Namen kannte er bereits, obwohl du zu dem Zeitpunkt erst ein paar Tage den Posten bekleidet hattest."

„Soll ich das jetzt als Kompliment betrachten?", gab Udane frustriert zurück.

Selina zuckte mit den Schultern. „Du kannst es auch als Ansporn betrachten."

„Was meinst du?"

„Lean ist eine Gefahr für die Mannschaft und die Einkünfte, das sagst du im Grunde damit aus, dass du hier sitzt und nicht bei der Wahl des Quartiermeisters. Frage dich, ob die Männer vor dir wahrhaftig keinen Respekt haben oder einfach nur Lean hörig sind. Bis heute haben sie durch dich und deine Entscheidungen nicht schlecht verdient. Vielleicht hat der eine oder andere sogar was beisammengehalten und kann auf einen kleinen Schatz bauen. In jedem Fall solltest du dich fragen, ob du nicht eine bessere Kapitänin für die *St. Juliette* wärst."

Aufmerksam verfolgte Selina, was die Worte bei Udane auslösten. Sie blinzelte einige Male, ehe sie den Kopf neigte und zu den Handelsmännern sah, welche eben aufstanden und die Taverne verließen. Solche Männer bräuchte Udane an ihrer Seite. Zuverlässige Leute, die ihre Entscheidungen nicht hinterfragten. Bedauerlicherweise traf das auf keinen einzigen Piraten dies- und jenseits des Atlantiks zu. Jeder von ihnen verriet irgendwann den Kapitän. Ein Erster Maat zuweilen sogar noch eher als der Rest der Mannschaft.

„Vielleicht wäre es ohnehin besser, die *St. Juliette* zu verlassen", schob Selina letztlich hinterher.

„Das Schiff ist mein zu Hause. Es stellt mein Leben dar. Nur weil er einen verdammten Fluch über jemanden legt, gebe ich nicht den einzigen Ort auf, an dem ich mich heimisch fühle!"

Sie hatte also recht gehabt mit ihrer Vermutung. Lean hatte eine Dummheit begangen. Eine gewaltige. Doch jetzt galt es erst mal, Udanes Leben vor dem sicheren Untergang zu bewahren, weshalb Selina sagte: „Ein Leben, welches du eben dabei bist zu verlieren, wenn es nach Lean geht. Was glaubst du, wie lange er dich am Leben lässt? Abgesehen von Eloy, wie viele der Männer hat er in der letzten Zeit neu angeworben?"

„Keinen."

„Und wie viele haben das Schiff heute Nacht vor der Wahl des Quartiermeisters verlassen?"

Udane schwieg. Sie kannte die Antwort vermutlich sehr genau und fühlte sich dadurch verunsichert.

„Ich weiß es nicht", gestand die Erste Maat schließlich.

Eine solche Erklärung hatte Selina nicht erwartet. Kein Wunder, dass Udane hier saß. Sie rechnete damit, bei der Rückkehr auf die *St. Juliette* nicht länger ihren Posten zu besitzen.

„Du solltest dich nach einem anderen Schiff oder Leben umsehen, Udane. Was immer Lean antreibt, es sind vermutlich nicht mehr die gleichen Ziele wie zu Beginn seiner Zeit als Kapitän."

„Ich kann nicht gehen, Selina", erwiderte Udane eindringlich. „Selbst wenn Lean es mir zugesteht, ich gehöre auf dieses Schiff. Ich bin ein Teil der Mannschaft."

„Dann hol dir diesen Teil irgendwie zurück. Ich weiß nicht wie, aber du musst die Männer auf deine Seite bringen."

„Mit neuen Prisen."

„Wenn es keine andere Möglichkeit gibt", stimmte Selina zu. „Zeig ihnen, dass du der bessere Kapitän wärst. Lass die Zeit für dich arbeiten und dann schlag zu. Erinnere dich an die Nacht, als du auf dem obersten Deck eine neue Ära eingeleitet hast. Du kannst es wieder, aber diesmal wirst du am Ende die Siegerin sein."

Ihr entging nicht, wie Udanes Augen bei den Worten leuchteten. Ebenso drehte die Erste Maat den Kopf zur Tür, durch welche die Handelsmänner vor wenigen Herzschlägen verschwunden waren. Selina kommentierte das Verhalten nicht. Sie ahnte, was hinter der Stirn der Frau vor sich ging. Ein Handelsschiff aus Cádiz lohnte sich immer für eine gute Prise. Bei diesem sogar umso mehr, da es Edelsteine in die Neue Welt brachte. Sie hatte davon durch eine Hure erfahren, welche erst vor wenigen Stunden mit dem Handelsreisenden der Schaluppe geschlafen hatte. Solche Informationen lieferten Selina in schwierigen Zeiten noch immer einen kleinen Anteil an der Beute. Dementsprechend nickte sie Udane nun zu.

„Lass dir diese Gelegenheit nicht entgehen. Steine nehmen nicht viel Platz in einem Frachtraum ein. Du benötigst lediglich ein paar gute Truhen."

„Gefällt mir. Die Mannschaft wird das erfahren wollen. Neuer Quartiermeister hin oder her."

„Komm Lean so nahe wie möglich und dann …" Selina sprach nicht weiter. Die Türen der Taverne öffneten sich. Lean stand auf der Schwelle mit stolz geschwellter Brust und nickte ihnen zu. Vielleicht ahnte er, dass Selina für die Erste Maat ein paar wichtige Informationen gesammelt hatte. Möglicherweise handelte es sich um puren Zufall, dass der Kapitän als erster den Tisch bei der Feuerstelle ansteuerte. Selina kümmerte sich nicht weiter darum. Sie stand auf und kehrte zum Tresen zurück.

Heute Nacht war ein neuer Quartiermeister gewählt worden, doch die Erste Maat der *St. Juliette* blieb dieselbe. Für den Moment jedenfalls. Allerdings konnte keine der beiden Frauen sagen, ob dieses Glück für Udane lange anhalten würde.

„Wer ist die Frau?" Die Frage führte Selina dazu, zusammenzuschrecken.

Hastig fuhr sie auf dem Absatz herum und erinnerte sich, dass sie nicht mehr allein hier wohnte. Carmen warf einen langen Blick zu Udane hinüber. Etwas an der Haltung der einstigen Nonne wirkte sonderbar. Als hätte sie das Gespräch zwischen ihnen belauscht. Aber das konnte unmöglich der Fall sein.

Verdammt, was wenn doch? Falls sie es hat, kann es sie das Leben kosten, sobald sie dem Falschen gegenüber was davon erwähnt.

Selina rief sich zur Ordnung. Es konnte ihr doch gleich sein. Sie war für Carmen nur zu einem gewissen Grad verantwortlich. Zugleich wurde ihr klar, dass die Nonne nicht länger hierbleiben konnte. Bereits jetzt warfen zu viele Männer die Augen auf sie. Nicht mehr lange und die Obrigkeit würde Wind davon bekommen. Möglicherweise sogar irgendein Pfarrer. Auf beides konnte Selina unter ihrem Dach verzichten – insbesondere auf letzteres.

„Das ist die Erste Maat der *St. Juliette*. Warum fragst du?"

„Sie kommt mir wütend vor."

„Das wäre ich an ihrer Stelle ebenfalls."

„Warum? Wegen dem, was dieser Lean getan hat? Er hat einen Fluch ausgesprochen, nicht wahr? Du hast es selbst gesagt, als du ein Buch erwähnt hast. So was fällt immer auch auf denjenigen zurück, der ihn ausspricht. Jeder Fluch zeigt auf die eine oder andere Art seine Wirkung."

„Du lauscht zu viel, Carmen", erwiderte Selina in scharfem Tonfall.

„Mag sein", gab die Frau schlagfertig zurück. „Aber mir scheint, dass dir viel an dieser Ersten Maat liegt. Vielleicht mehr, als du bereit bist, zuzugeben?"

Selina wollte bereits zu einer heftigen Erwiderung ansetzen, als Carmen abwinkte. „Lassen wir das. Es geht mich nichts an. Letztlich ist doch die Frage viel mehr, willst du diese Frau retten, vor ihrem eigenen Untergang, oder soll der Fluch gebrochen werden? Denn, dass es ein Fluch ist, das steht in meinen Augen zweifelsfrei fest."

Zum ersten Mal seit vielen Jahren überkam Selina ein Anflug von Unsicherheit. Sie begann auf ihrer Unterlippe zu kauen und nickte schließlich. Ihr war nicht klar, worauf genau sich diese Reaktion bezog, aber Carmen wirkte sichtlich zufrieden. Diese einstige Nonne verbarg offenbar mehr vor der Welt, als Selina vermutet hatte.

Vielleicht war sie tatsächlich dazu in der Lage, vielen Leuten hier in Cádiz das Leben zu erleichtern. Lean musste dafür lediglich verschwinden.

„Könntest du ihn brechen? Wenn es diesen Fluch wahrhaftig gibt, kannst du Alejandro retten? Und vielleicht sogar sie?" Selinas Stimme besaß eine Spur zu viel Hoffnung. Sie baute hier auf etwas, das möglicherweise bereits vom ersten Augenblick an zum Scheitern verurteilt war.

Carmen gab ihr keine Antwort. Sie sah ebenfalls zu Udane hinüber. Ihr Blick schweifte weiter zu den Männern, welche sich um die Erste Maat sammelten, mit ihr anstießen und ihre Scherze trieben. Letztlich nickte die einstige Nonne und sagte: „Jeden Fluch kann man brechen."

KAPITEL 6

Unruhig betrat Alejandro die Taverne und schaute sich um. Zu seiner Erleichterung war die Spelunke *Zum sinkenden Schiff* an diesem Abend nicht so gut besucht wie sonst. Zwar hockten ein paar dunkle, zwielichtige Gestalten in den Ecken, aber diese schienen mehr an ihren Getränken interessiert als an ihm. Obwohl die insgesamt drei Augenpaare ihn beim Eintreten misstrauisch beäugt hatten. Oder nicht?

Verdammt noch mal. Jetzt werde nicht paranoid.

Während seine innere Stimme sprach, fuhr Alejandro sich durch die Haare.

Seine Vernunft hatte recht. Dennoch war es leichter gesagt als getan. Seit dem merkwürdigen Vorfall waren knapp zwei Wochen vergangen und er hatte versucht, alles zu vergessen und sein Leben so weiterzuleben wie zuvor. Auch für einen Piraten gab es viel zu tun. Schließlich stand der nächste Beutezug an und alles wollte, wie es seiner Art entsprach, so gut wie möglich geplant werden. Alejandro war nicht der Mensch, welcher seine Mannschaft ins offene Messer laufen ließ. Stattdessen versuchte er, Gefahrenquellen im Vorfeld zu erkennen. Anschließend überlegte er, wie man diese ausschalten oder zumindest umgehen konnte. Zwar ließen Verluste sich trotzdem nicht vermeiden. Doch wenn, so geschah es meist im offenen Kampf und nicht anders. Eine Eigenschaft, für die viele ihn außerordentlich schätzten und die sein Ansehen höher steigen ließ als das von Djego. Ein Umstand, welchen ihm dieser zu Lebzeiten sehr übel genommen hatte. Er wollte einen *echten Piraten* und nicht so einen weichgespülten wie Alejandro.

Bist du ein Pirat oder ein verkleidetes Waschweib?

Solche oder ähnliche Sprüche hatten ihm stets mehr als nötig zugesetzt, wollte Alejandro doch alles tun, um seinen Ziehvater und Gönner stolz zu machen. Aber im Gegensatz zu vielen anderen war sein Gewissen nach wie vor sehr ausgeprägt. Außerdem verstand er noch immer nicht, welchen Sinn die unnötigen Verluste von Männern machen sollten. *Im Namen der Ehre sterben und an Neptuns Tafel sitzen,* klang im ersten Moment heroisch und toll. Doch auf den zweiten Blick wirkte das Mantra leer und hohl. Zumal niemand etwas davon hatte. Trotzdem traute Alejandro seinem Gönner nicht zu, dass dieser ihn über den Tod hinaus unter Druck setzte. Das passte nicht zu Djego, der ihm trotz allem immer wieder Loyalität und eine gewisse Liebe entgegengebracht hatte. Außerdem hatte er ihm die *St. Elizabeth* vererbt. War das nicht Beweis genug, dass er im Grunde immer an ihn geglaubt hatte?

Djego oder ein beauftragter Helfer scheiden also aus. Missmutig setzte Alejandro sich an den Tresen und stützte den Kopf auf. Ohne Unterlass drehten seine Gedanken sich im Kreis.

Wer könnte für diese Attacke verantwortlich sein? Habe ich vielleicht Feinde, von denen ich nichts weiß?

Die Vorstellung ließ ihn unruhig werden. Nicht aus Angst, sondern, weil Alejandro das Unbekannte, Fremde verabscheute. Schon von Kindesbeinen an war er sehr neugierig gewesen und hatte alles so genau wie möglich wissen wollen. Die Warnungen seines Ziehvaters hatte er dabei geflissentlich ignoriert.

Zu viel Neugierde ist tödlich, Alejandro. Glaube mir, manchmal ist es besser, gewisse Dinge nicht zu wissen.

Befand er sich in einer solchen Situation? Leise stieß Alejandro die Luft aus und ließ seinen Blick erneut durch den Raum schweifen. Nach wie vor schien alles ruhig. Bis auf das, dass einige der anderen Gäste bereits angefangen hatten, ihren Rausch auszuschlafen und dabei laut schnarchten. Der Geruch nach Grog und Schweiß ließ ihn das Gesicht verziehen. Auf der anderen Seite war es vielleicht gut so. Ein Schlafender konnte ihn nicht angreifen, es sei denn, derjenige täuschte seinen Zustand nur vor.

Verflixt. Bleib bei Verstand.

„Hallo, Süßer. Was darf es heute sein?"

Die angenehm rauchige Stimme holte ihn in die Wirklichkeit zurück. Langsam hob Alejandro den Kopf und blickte in das schönste dunkle Augenpaar, welches er seit Langem gesehen hatte.

Sie haben etwas von einem Reh und strahlen trotzdem eine gewisse Wildheit aus.

Reflexartig nahm er wieder eine aufrechte Haltung an und räusperte sich.

„Einen Bloody Mary, bitte … wenn du hast."

„Natürlich."

Während sein Gegenüber sich umdrehte, hatte er Gelegenheit, einen Blick auf ihren Rücken und den Po zu werfen. Ersterer wurde von einem Meer rötlicher Haare bedeckt, die sie, entgegen den üblichen Regeln, offen trug. Jedoch harmonierte die Pracht hervorragend zu dem bordeauxroten Tuch, das sie sich um den Kopf gebunden hatte. Ihr Po war nicht so ausladend, wie man es in ihrer Stellung vermutete. Trotzdem strahlte er bei jeder Bewegung eine starke Attraktivität aus. Unwillkürlich wurde Alejandro heiß und kalt.

Na ... gerade noch am Rande der Verzweiflung und jetzt geil wie ein Hengst, spottete sein Verstand.

Alejandro zog die Luft ein und rief sich gleichzeitig zur Ordnung. Zwar gefiel die Wirtin ihm außerordentlich gut. Sogar mehr als die meisten anderen Frauen, denen er in letzter Zeit begegnet war. Dennoch würde er sich hüten, einfach über sie herzufallen. Das war ein weiterer Grund, weswegen ihn viele als Pirat nicht ernst nahmen. Ebenso wie seine Mannschaft behandelte Alejandro auch Frauen mit Respekt.

Obwohl mir die Zurückhaltung verdammt schwerfällt.

So unauffällig wie möglich lehnte er sich weiter nach vorne, um sie eingängiger betrachten zu können. Zum Glück war der Tresen nicht zu hoch. Das Blut schoss in seine Lenden. Diese Frau war ohne Zweifel ein rassiges Weib. Abgesehen von ihrem üppigen Busen und der deutlich gebräunten Haut waren ihre Bewegungen bei allem, was sie tat, perfekt. Von dem Hüftschwung ganz zu schweigen. Außerdem raubten die sinnlichen Lippen und die feurigen Augen ihm beinahe die Sinne. Sie stellte einen merklichen Kontrast zu Selina dar, welche vermutlich soeben im Hinterzimmer einen Handel abschloss.

„Gefällt dir, was du siehst?"

Ihre Frage ließ ihn zusammenzucken. Waren seine Gedanken dermaßen offensichtlich gewesen? Verlegen schaute Alejandro zu Boden. Doch sein Gegenüber schien es ihm nicht zu verübeln.

„Danke für das Kompliment. Aber im Grunde scheint dich etwas anderes zu beschäftigen."

Ihr Scharfsinn ließ ihn erneut zusammenzucken. War sein Zwiespalt so deutlich gewesen? Schon früh hatte Alejandro versucht, seine Maske zu perfektionieren, weil es zum Überleben notwendig war. Aber scheinbar war sein Erfolg nicht besonders groß, wenn sogar eine Frau …

„Alejandro … altes Haus."

Die derbe Stimme sorgte dafür, dass er sich umwandte und einen schon etwas älteren Mann auf sich zukommen sah. Sein Lächeln strahlte Wärme und Optimismus aus und deswegen konnte Alejandro nicht anders, als es zu erwidern.

„Falo. Wie schön, dich zu sehen."

Diese Worte meinte er ernst. Obwohl der Ältere ebenfalls Pirat und sein Erster Maat war, verband sie doch eine enge Freundschaft, die Alejandro niemals missen wollte. Falo war gleichermaßen kräftig wie intelligent und hatte deswegen immer die richtige Lösung. Egal, ob es sich um ein Gefecht oder eine schwierige Situation handelte. Nach einer kurzen Umarmung bestellte der Erste Maat sich einen Grog und setzte sich neben Alejandro.

„Warum hast du uns so eilig …?"

Weiter kam er nicht, da Wiss, Alejandros Quartiermeister, ebenfalls die Taverne betrat und sich zu ihnen setze. Obwohl der Kapitän ihn herzlich anlächelte, beschränkte die Begrüßung sich auf einen Händedruck. Was er und Falo aber schon von ihm gewöhnt waren. Für einen Piraten lebte Wiss sehr enthaltsam, hielt sich bei allem zurück und sprach nicht viel. Jedoch machte man einen Fehler, wenn man ihn unterschätzte. Denn der schlaksige junge Mann sah nahezu alles und merkte es sich. Außerdem war er mit einer überdurchschnittlichen Intelligenz gesegnet, die ihnen schon aus mancher Misere geholfen hatte.

„Warum hast du uns so eilig hierher bestellt?", wiederholte Falo seine Frage. In seinen grauen Augen spiegelte sich eine gewisse Sorge, als ahnte er, dass es um etwas Ernstes ging.

Wiss hingegen erkundigte sich nur trocken, ob etwas passiert sei, als Alejandro ein wenig zu lange zögerte. Doch dann erzählte er von dem Angriff des Unbekannten und dass es ihm leider nicht gelungen war, diesem irgendwelche Informationen zu entlocken.

„Ich verfluche mich selbst dafür … glaubt mir das", beendete er seine Erzählung. „Aber in diesem Moment war meine Aufmerksamkeit auf das Messer gerichtet als auf alles andere."

„Kein Wunder. Er scheint damit sehr geschickt gewesen zu sein", bemerkte Wiss.

Eigentlich waren seine Worte überflüssig, aber Alejandro konnte regelrecht sehen, wie es hinter seiner Stirn arbeitete. Sein junger Quartiermeister wirkte oft unbeteiligt und desinteressiert, aber in Wahrheit grübelte er bereits intensiv.

„Hast du irgendwelche Wappen oder andere Auffälligkeiten gesehen?", erkundigte Falo sich.

Nach außen hin wirkte der Erste Maat ruhig, wie es seine Art war. Doch winzige Veränderungen in seiner Mimik verrieten eine dezente Sorge. Kein Wunder, schließlich wusste er, aufgrund seines Alters, noch besser als Alejandro und Wiss, wie gefährlich das diebische Geschäft auf See sein konnte. Und dass eine kleine Unachtsamkeit manchmal den Tod bedeuten konnte.

Alejandro schüttelte den Kopf. „Nein. Er war einfach nur schwarz gekleidet und leider verdammt wendig. Es ist ein Segen, dass er mich nicht ernsthaft verletzt hat. Bis auf …" Er zeigte die Wunde, die Wiss sich sofort genauer anschaute, indem er seine Lupe zog.

„Die Klinge war lang, dünn und aus leichtem Material geschmiedet. So etwas findet man nicht in der Küche. Derjenige hatte einen näheren Bezug zu Waffen und war zumindest regelmäßiger Träger."

Na bravo, dachte Alejandro, ohne Wiss böse zu sein. *Das schränkt den Kreis ziemlich ein. Viele mögen mich nicht ... Also wo soll man suchen?*

„Leider kann man aufgrund der Art seines Vorgehens davon ausgehen, dass dies nicht das letzte Mal war", analysierte der Quartiermeister weiter. „Dazu war der Angriff zu präzise. Du warst kein Zufallsopfer", wandte er sich an Alejandro. „Da hat es jemand ganz gezielt auf dich abgesehen."

„Aber wer?", brauste Alejandro lauter als beabsichtigt auf und konnte von Glück reden, dass die anderen Gäste schliefen. Zwar befanden sie sich in einer Taverne, aber auch hier hatten die Wände mitunter Ohren. „Ich habe schon gegrübelt und gegrübelt. Aber nichts. Viele können mich nicht leiden. Das ist aber kein Grund, mich umzubringen, oder?"

„Nein", pflichtete Falo ihm bei. „Zumal dein Ansatz, möglichst wenig zu töten, uns die neugierige Obrigkeit vom Hals hält. Diesen unbequemen Umstand kennt jeder. Wärest du nicht mehr da, würden sie auf kurz oder lang über uns herfallen wie die Aasgeier. Die Zusammenkunft der Piraten ist mächtig, aber der König ist mächtiger."

„Und bewusst ans Messer geliefert hast du niemanden, oder?", fragte Wiss und musterte Alejandro.

„Natürlich nicht." Wild schüttelte dieser den Kopf. „Obwohl ich durchaus einige Möglichkeiten hätte. Aber so etwas hebe ich mir für den Notfall auf, wenn ihr versteht, was ich meine."

Falo und Wiss nickten synchron. So ein Wissen war nützlich, wenn die Obrigkeit einem auf die Schliche kam. Ein entsprechender Pakt konnte einem die Freiheit sowie das Leben retten und nur dafür nutzte Alejandro dieses Wissen.

„Könnte dein Ziehvater aus dem Grabe …?"

„Daran habe ich auch schon gedacht", unterbrach der Kapitän seinen Ersten Maat. „Aber so etwas passt nicht zu Djego. Zumal wir uns kurz vor seinem Tode mehr oder weniger versöhnt hatten. Außerdem verdanke ich ihm …"

„… dein Schiff", vervollständigte Wiss seinen Satz und rieb sich über sein glattes Kinn. „Aber wer ist es dann?"

Plötzlich ließ Falo beinahe sein Glas fallen und das von Falten gezeichnete Gesicht wurde merklich blasser.

„Habt ihr schon mal an unseren Widersacher gedacht?"

Alejandro und Wiss erstarrten ebenfalls. Obwohl sie vor Lean keine Angst hatten, wurde das Thema totgeschwiegen.

„Es … es wäre möglich", stammelte der Quartiermeister. „Dein großer Erfolg wird ihm nicht gefallen und …"

„Verzeiht mir, wenn ich euer Gespräch störe."

Die tiefe und doch melodiöse Stimme klang wie Musik in Alejandros Ohren, während Wiss und Falo die Wirtin misstrauisch beäugten.

„Was hast du uns zu sagen, Weib?"

Für diese Bemerkung hätte der Kapitän seinem Ersten Maat am liebsten eine Ohrfeige gegeben. Zwar war Falo von der alten Schule, aber das war noch kein Grund, Frauen gegenüber respektlos zu sein. Er presste die Lippen aufeinander und schwieg.

„Dieses *Weib* …" Die Wirtin betonte das letzte Wort besonders und stemmte die Hände in die Hüften. „… hat vielleicht ein paar nützliche Informationen für euch."

Wiss hob überrascht die Augenbrauen, während Falo ein Lachen unterdrückte. Alejandro schüttelte innerlich den Kopf. Am liebsten hätte er allein mit ihr gesprochen und sei es nur, um ihre Schönheit besser genießen zu können.

Reiß dich zusammen, schalt er sich im Stillen. *Es gibt wichtigere Dinge. Wenn tatsächlich Lean dahintersteckt …*

„Was hast du gehört?", erkundigte er sich so freundlich wie möglich, die schelmischen Mienen seiner Gefährten ignorierend.

Die Wirtin lächelte und griff zu Alejandros Überraschung nach seiner Hand, bevor sie zu erzählen begann. Der Kapitän hatte Mühe, ihren Worten zu lauschen. Nicht aus Desinteresse, sondern weil ihr Timbre ihn faszinierte.

Wie mag sich wohl ihr Stöhnen anhören?

Am liebsten hätte Alejandro sich gegen den Kopf geschlagen. Was war nur in ihn gefahren? Diese Wirtin hatte Informationen über den Auftraggeber eines Meuchelmörders, der es auf ihn abgesehen hatte, und er dachte einzig und allein an seine Lust.

„Hochinteressant. Dann muss Lean also um seine Position bangen." Während er sprach, kratzte Falo sich den Bart.

„Das überrascht mich nicht", fuhr Wiss ungewöhnlich laut dazwischen. „Wer seine Macht nur durch Furcht und Gewalt hält, wird früher oder später untergehen. Ich habe schon lange das Gefühl, dass er ein Geheimnis hat."

Alle, auch die Wirtin, nickten zustimmend. Derartige Gerüchte gab es schon, seit Lean Kapitän der *St. Juliette* war. Nur wagte kaum jemand, es offen auszusprechen, da Lean sehr schnell die Waffe zog und Blut vergoss.

„Und dann noch das mit dem Fluch … Sollte es tatsächlich dazu kommen …"

Falo unterbrach sich. Was Alejandro einigermaßen überraschte. Obwohl sie alle, gemäß dem Kodex der Piraten, an Neptun und sein Reich glaubten, war Falo der Realist unter ihnen. Oft meinte der Kapitän Zweifel in seiner Stimme zu hören, wenn er davon sprach. Doch Alejandro störte es, im Gegensatz zu anderen, nicht sonderlich. In seinen Augen sollte jeder nach seiner Fasson selig werden. Außerdem war

Falo ein sehr guter Pirat, auf den man sich immer verlassen konnte.

„Wir müssen Lean finden und zur Rede stellen", meinte Wiss, woraufhin ihn drei überraschte Augenpaare musterten. Ein möglicher Fluch war niemandem geheuer.

„Was denn?", echote der Quartiermeister weiter. „Dieser Bastard wollte mit hoher Wahrscheinlichkeit unseren Kapitän umbringen lassen. Höchstwahrscheinlich aus Neid. Was wiederum heißt, dass er es wieder versuchen wird. Ob mit Fluch oder ohne. Abgesehen davon, dass ihn ein solcher noch mächtiger werden lassen könnte."

„Da hast du recht."

Alejandro nahm einen weiteren Schluck und überlegte. Sein innerer Zwiespalt löste sich langsam auf. Dafür kamen neue Probleme hinzu.

Ein Fluch? Zwar habe ich ihre Existenz nie ausgeschlossen, aber ich habe auch nie richtig daran geglaubt, geschweige denn, mal mit einem zu tun gehabt.

„Wenn ihr diesen Lean verfolgen wollt, sollte ich vielleicht mitkommen."

Alejandro fuhr zusammen und starrte die Wirtin regelrecht an. Sein Herz klopfte ein paar Takte schneller. Während Wiss und Falo sich die Hände vor den Mund hielten, um ein Lachen zu unterdrücken.

„Wieso sollten wir dich mitnehmen, Weib?", fragte Letzterer höhnisch. „Damit du auf See die Beine für uns breitmachen kannst? Nette Vorstellung, aber wir haben andere Dinge zu tun."

Alejandros Hand zitterte immer mehr. Er mochte Falo, ohne Frage. Aber solche Aussagen und dann noch ihr gegenüber …

„Eine Frau auf See könnte in der Tat zum Problem werden. Du kannst dich nicht selbst verteidigen und außerdem … Was willst du für uns tun?", argumentierte Wiss.

Einige Minuten lang herrschte Schweigen. Alejandro musste zugeben, dass sein Quartiermeister bis zu einem gewissen Grad recht hatte. Jemand, der sich nicht selbst verteidigen konnte, war auf dem Meer immer ein Klotz am Bein. Selbst wenn die Gesellschaft noch so angenehm war. Außerdem mussten sie gegen Lean kämpfen. Doch ihre Antwort überraschte nicht nur ihn.

„Jungs …". Ungeniert kam sie hinter der Theke hervor und präsentierte ihre wohlgeformten Waden. „Ihr wisst nicht, wen ihr vor euch habt."

„Wen denn? Eine …" Ein Tritt gegen sein Schienbein unterbrach Falos Worte und er schaute zu Alejandro.

„Ich war früher eine Nonne", erklärte sie und weidete sich an den überraschten Gesichtern. „Was glaubt ihr, was ich tun musste, um aus meinem Kloster zu fliehen? Es war gefährlich, aber ich wollte kein Spielball sein. Außerdem …" Ihre Augen durchbohrten Falo und Wiss. Nur bei Alejandro wurden sie sanfter. „… weiß ich sehr viel über Flüche, wie man sich gegen sie verteidigt und wie man sie bricht. Also … was sagt ihr?"

Alejandro, Falo und Wiss wechselten einen Blick. Obwohl die Entscheidung des Kapitäns längst feststand. Aber auch der Quartiermeister wirkte mehr oder weniger zuversichtlich.

„Sie kann uns wirklich nützlich sein."

Falo verschränkte die Arme vor der Brust. Er schien ganz und gar nicht überzeugt, wagte es jedoch nicht, sich gegen Alejandro zu stellen. Außerdem entsprach Wiss' Aussage der Wahrheit.

„Also gut", sagte Alejandro und wandte sich wieder zu der jungen Frau. „Doch bevor du mit uns kommst, möchten wir gern wissen, mit wem wir es zu tun haben."

Ihr Lächeln erwärmte etwas in ihm.

„Ich heiße Carmen."

KAPITEL 7

Vor zwei Stunden hatten die drei Männer der *St. Elizabeth* die Taverne *Zum sinkenden Schiff* verlassen. Zwei Betrunkene schliefen ihren Rausch aus. Ein Seemann hievte sich auf die Beine, stolperte zur Tür und Selina in die Arme.

„Verdammt!" Sie stieß den kräftigen Kerl von sich. Er taumelte gegen den Türstock und begann im nächsten Moment zu würgen.

„Nicht vor meiner Taverne!" Selina packte den Mann am Hemd und drängte ihn von der Schwelle hinaus auf die Straße. Dort übergab sich dieser lauthals und dazwischen immer wieder fluchend.

„Verfluchtes Pack. Jeden Abend das gleiche. Als ob ihr nicht irgendwann mal wissen müsstet, wann es genug ist mit der Sauferei."

Ihre Laune war in dieser Nacht nicht die beste. Sie hatte vorgehabt, ein lukratives Geschäft abzuschließen, stattdessen war ihr Geschäftspartner von ein paar Halsabschneidern bedroht worden. Selina dachte daran, dass sie mit Mühe aus der Situation entkommen war. Die Piraten kannten ihr Gesicht und ihren Ruf. Niemand war also derart töricht, dass er die

Tavernenbesitzerin als Geisel nahm. Vor der spanischen Obrigkeit diesen Umstand glaubhaft zu erklären, wäre einem Selbstmord gleich gekommen.

„Selina, schön, dass du wieder hier bist."

Sie riss den Blick von dem Betrunkenen auf der Straße los und sah ins Innere der Taverne. Carmen stand hinter dem Tresen und lächelte. Die ehemalige Nonne half seit einiger Zeit aus, wenn Selina ihre Geschäfte außerhalb abhielt. Dieser Umstand kam selten genug vor und früher war sie gezwungen gewesen, die Taverne an einem solchen Abend zu schließen. Die verlorenen Einnahmen konnte sie zwar durch die profitablen Handelsabschlüsse mit den Holländern wettmachen, aber der Tratsch der Piraten ging dadurch an ihr vorbei. Gerade von deren Gerüchten lebte die Taverne *Zum sinkenden Schiff* jedoch. Dementsprechend froh war sie über Carmens Angebot, sie an solchen Tagen zu vertreten.

Die Frau machte ihre Arbeit gut. Die Kassa stimmte und es flossen mitunter mehr Grog und Wein, als wenn Selina hier herumstand.

„Irgendwelche Schwierigkeiten heute Abend?", fragte Selina und streifte die Stola ab.

„Ein paar nette Unterhaltungen geführt."

„Aha."

„Und bei dir?"

„Geschäfte", antwortete Selina ausweichend. „Es gab … Unstimmigkeiten. Darum hat es länger gedauert."

„Konntest du es klären?"

Selina hüllte sich in Schweigen. Sie trat hinter den Tresen, schenkte sich einen Becher Wein ein und trank den Inhalt in einem Zug zur Hälfte. Gleich darauf stieß sie ein Rülpsen aus. Einer der Betrunkenen grunzte zustimmend und schnarchte im nächsten Moment weiter.

„Selina?"

Sie reagierte nicht auf ihren Namen. Vielmehr starrte sie an Carmen vorbei, während ihr Zeigefinger über den Becherrand fuhr. Sie dachte an den Holländer. Er handelte für gewöhnlich mit Edelsteinen. Manchmal kaufte er Seide von Selina und gelegentlich vermittelte sie zwischen dem Holländer und den Piraten, wenn es um den Ankauf von Smaragden und Diamanten ging. Dass er dabei zuweilen seine eigene Fracht zurückkaufte, kam einer Groteske gleich, welche Selina nicht weiter kümmerte. Ihre Aufgabe bestand lediglich darin, die nächsten Schiffsrouten auszuhorchen und diese Informationen an die Piraten weiterzugeben. Sie war an jeglichem, dadurch entstehenden Gewinn beteiligt und hatte nicht vor, darauf zu verzichten.

Bedauerlicherweise musste sie sich künftig einen neuen Händler suchen. Der Holländer lag seit einer Stunde mit aufgeschlitzter Kehle in einer schäbigen Unterkunft. Bis zum Auslaufen seines Schiffes würde ihn niemand vermissen oder suchen. Sobald der Tote jedoch entdeckt wurde, käme es einige Tage zu einem fallenden Preis für Edelsteine. Ein Umstand, welchen Selina missbilligte. Das hatte sie auch den Halsabschneidern von Piraten gesagt. Deren Reaktion fiel wie erwartet aus: ein Schulterzucken und das Aufblitzen einer Klinge. Keine Sekunde später hatte Selina Blutstropfen auf ihrem Gesicht gefühlt und zugesehen, wie der Holländer im Todeskampf krampfte.

Wenigstens waren die Herrschaften so freundlich und haben mir Wasser besorgt. Somit musste ich nicht wie eine Komplizin mit blutigen Spuren durch halb Cádiz laufen. Ärgerlich ist es dennoch. Der Holländer hatte immer die besten Preise, ging es Selina durch den Kopf.

„Selina, ist mit dir alles in Ordnung?"

Ruckartig hob sie den Kopf und nickte mechanisch. „Natürlich. Es ist alles … Es ist alles so, wie es sein soll. Gibt es irgendwelche Neuigkeiten?"

Carmen zuckte mit den Schultern. In ihren Augen zeichnete sich ein Ausdruck ab, welchen Selina bereits von anderen Frauen kannte. Die einstige Nonne hegte die Absicht, die Taverne zu verlassen. Doch solange Carmen es nicht selbst sagte, wollte Selina diesen Umstand nicht ansprechen.

Die ehemalige Nonne griff nach einem Becher und füllte ihn mit einer kleinen Menge Wein. Offenbar musste sie sich Mut antrinken, um Selina die Wahrheit zu sagen. Dieser Umstand beunruhigte die Tavernenbesitzerin. Sie ahnte, dass sich für Carmen das Blatt wohl zum Besseren gewandt hatte. Andererseits, wenn die Frau hier in der Taverne eine Ansprechperson gefunden hatte, um wie viel besser mochte ihr Leben dann verlaufen?

Ich habe nicht das Recht, sie von irgendwas abzuhalten. Meine Aufgabe besteht einzig darin, ihr einen Ort der Ruhe zu gönnen. Wie lange sie bleibt, liegt nicht in meinen Händen, rief sich Selina in Erinnerung.

Ein Krachen ertönte just von draußen. Weiteres Donnergrollen folgte, ehe der Himmel seine Schleusen öffnete. In den letzten Tagen hatte es mehr geregnet als üblich in diesen Sommertagen. Selina fragte sich, welcher Sturm auf dem Meer gerade tobte. Sie vermochte es nicht zu sagen. Ein Schiff hatte sie niemals betreten und dementsprechend keine Ahnung.

„Ich werde aufbrechen."

Obwohl Selina mit diesen Worten gerechnet hatte, überkam sie dennoch ein Anflug von Betroffenheit. „Was?"

„Ich muss gehen, Selina. So nett es hier auch ist, ich kann nicht ewig bleiben. Es haben sich … Dinge ergeben."

Selinas Augen verengten sich, während sich ihre Stirn kräuselte. „Dinge? Was für Dinge?"

„Wir haben doch vor einiger Zeit über … deine Freundin gesprochen. Die Erste Maat."

„Udane ist nicht meine Freundin. Sie ist …"

Carmen winkte ab. „Es geht mich nichts an, was sie für dich ist. Aber du erinnerst dich, dass wir dabei auch über Alejandro gesprochen haben."

„Ja."

„Er war hier."

„Und?"

„Du hast ihn gut beschrieben. Er dürfte tatsächlich kein Weiberheld sein, was schon einen Seltenheitswert hat."

Selina ahnte, worauf Carmen hinauswollte. Zugleich schüttelte sie den Kopf. Die einstige Nonne konnte nicht mit der Mannschaft der *St. Elizabeth* aufbrechen. Die Männer würden ihr alles Mögliche antun, nur um des eigenen Vergnügens willen.

„Ich werde ihm helfen, den Fluch zu brechen."

„Das kannst du nicht!"

Carmen setzte ein ernstes Gesicht auf. „Ich mag dich, Selina. Du hast mich lange genug vor der spanischen Obrigkeit beschützt. Hier konnte ich zur Ruhe kommen und meine Gedanken sammeln. Aber letztlich bitte ich dich nicht um Erlaubnis. Ich bin meine eigene Herrin und werde mit Alejandro und seinen Männern aufbrechen."

„Einfach so?"

Selina erhielt keine Antwort, stattdessen drängte sich Carmen an ihr vorbei und in den hinteren Teil des Gebäudes. Calisto hob kurz den Kopf, ehe der Hund die Augen schloss, und zu dösen begann.

„Ich habe noch einiges zu erledigen, bevor ich aufbreche."

„Du kannst nicht mit ihnen segeln, Carmen. Wie willst du das überhaupt anstellen? Du müsstest dich als Mann ausgeben und …"

„Wir haben über diesen Umstand bereits gesprochen. Alejandro meinte, dass die Männer erst mal verwirrt sein werden, aber sie werden sich auch fügen. Das hat Falo bestätigt."

„Falo? Der Erste Maat der *St. Elizabeth* legt für diesen wilden Haufen seine Hand ins Feuer? Mädchen, du bist verrückt, wenn du das glaubst!"

„Ich bin kein Kind, Selina. Ich treffe meine eigenen Entscheidungen. Aus Höflichkeit habe ich dich über meinen Aufbruch informiert. Es steht dir jedoch nicht zu, mir einen Vortrag halten zu wollen. Denkst du, ich habe in den vergangenen Tagen nicht mitbekommen, welche Geschäfte du hier unterhältst? Du kaufst nicht nur die Waren von den Piraten an. Das wäre noch ein harmloser Umstand, der dich in den Augen der Obrigkeit zwar verdächtig, aber längst nicht gefährlich macht. Du horchst viel mehr die Seeleute der Handelsschiffe aus und das derart geschickt, dass es keinem von denen auffällt. Du bist gut in dieser Sache, allerdings solltest du mehr Vorsicht walten lassen. Irgendwann kann es dich dein eigenes Leben kosten."

„Was weißt du schon über mein Leben zu sagen? Du bist dabei, einen Fehler zu machen, Carmen."

Die Frau schüttelte entschlossen den Kopf, während sie eine Tasche unter dem Bett hervorholte. Sie stopfte einige Kleidungsstücke hinein und holte zuvor mehrere Flaschen heraus. Achtlos legte sie diese auf die Bettdecke. Selina bemerkte, dass die Fläschchen leer waren. Einige besaßen gebrochene Wachssiegel, welche das Zeichen der heiligen Schwestern der Karmeliterinnen trugen.

„Vielleicht hat Falo mich belogen", stimmte Carmen zu. „Eventuell hast du sogar recht, dass Alejandro mich vor seinen Männern nicht beschützen kann, aber das kann ich gut alleine. Ich bin niemand, der Schutz benötigt."

„Du hast meinen gebraucht", stellte Selina, mit einer Spur von Stolz in der Stimme, fest.

Carmen schüttelte den Kopf. „Ich benötigte einen Unterschlupf, um herauszufinden, wohin mich mein Weg als nächstes führen wird. Jetzt weiß ich es und bin bereit dafür. Aber deinen Schutz habe ich eigentlich nicht gebraucht. Vielmehr scheint es mir, dass du meine Gesellschaft gesucht hast."

Selina fühlte sich von den Worten vor den Kopf gestoßen. Sie hätte es besser wissen müssen und die einstige Nonne an die Obrigkeit ausliefern sollen. Einen derartigen Undank hatte sie jedenfalls nicht erwartet. Doch Selina war stolz genug, ihre Wut hinunterzuschlucken. Nach der heutigen Nacht überraschte sie eigentlich nichts mehr. Somit sagte sie lediglich: „Sie werden dich über Bord werfen."

„Werden sie nicht."

„Wie kannst du dir dabei so sicher sein? Woher, verdammt, nimmst du diese Überzeugung, Carmen? Weil Alejandro oder Falo es dir zugesichert haben?"

Carmen griff nach einer der Flaschen und prüfte das Wachssiegel, ehe sie antwortete: „Weil mich diese Mannschaft braucht."

Selina schnaubte ungehalten, was bei Carmen zu einem verwunderten Blick führte. „Du glaubst mir nicht, Selina?"

„Wie sollte ich? Ich kenne diese Männer besser als du. Jeder einzelne würde dich an die spanische Obrigkeit verkaufen, wenn sie wüssten, dass du eine Nonne bist, die aus ihrem Kloster geflüchtet ist."

„Alejandro, Falo und Wiss wissen es bereits."

Ungläubig schüttelte Selina den Kopf. „Wie konntest du ihnen derartiges anvertrauen?"

„Ich sehe das Gute in ihnen. Abgesehen davon wird auch deine Freundin weit weniger Schwierigkeiten bewältigen müssen, wenn der Fluch gebrochen ist."

„Udane ist nicht meine Freundin", beharrte Selina.

„Dann ist sie eben eine einträgliche Geschäftspartnerin. Es geht mich nichts an, Selina, und jetzt entschuldige bitte. Es ist spät und ich muss morgen früh aufbrechen."

Wortlos verfolgte Selina mit, wie Carmen die Tasche auf den Boden stellte, die Flaschen hineinlegte und begann, sich auszuziehen.

Verbittert wandte sich Selina ab. Sie hatte noch nie einen derart törichten Menschen kennengelernt. Ihr Hass auf die Mannschaft der *St. Elizabeth* wuchs mit einem Mal in nie gekannte Höhen. Alejandro hatte so oft von ihren Hinweisen profitiert. Ohne sie wäre er nicht dieser erfolgreiche Pirat und nun wollte er ihr einen wichtigen Menschen einfach so wegnehmen.

Selina verließ wortlos die Taverne. Es kümmerte sie nicht, dass einige Männer noch immer ihren Rausch hier ausschliefen. Carmen hatte ja behauptet, alleine mit jeglicher Widrigkeit zurechtzukommen.

Ihr Weg führte sie hinaus in den Regen. Die Tropfen benetzten Selinas Haut, tränkten den Stoff des Kleides und jenen des Unterkleides. Ihre Schuhe blieben im lehmigen Boden stecken. Wütend zerrte sie, bis sie sich daraus befreit hatte und stampfte weiter. Der Rocksaum wies Schlammspuren auf, als sie den Marktplatz vor dem Hafen erreichte. Hier standen große Pfützen auf dem Kopfsteinpflaster.

Unter dem Vordach eines Stoffgeschäftes drängten sich drei Huren. Ihre lallenden Stimmen hallten über den Platz.

Sie stritten sich darüber, ob der Erste Maat eines Handelsschiffes einen pralleren Geldbeutel besaß als der Kapitän. Selina grinste verbittert. Der Maat, von dem die Frauen sprachen, war der Holländer, welcher heute Nacht sein Leben verloren hatte.

Vielleicht hing dessen Ableben gar nicht mit betrügerischen Preisen zusammen. Hin und wieder ließen sich heruntergekommene Freibeuter als Schuldeneintreiber anheuern. Sie hinterließen bei den Zahlungsunwilligen einen nachhaltigeren Eindruck. Auf den Holländer hatte dies nicht zugetroffen. Er war dumm genug gewesen, gegen die Männer aufzubegehren. Schlimmer noch, er hatte sich über deren bloße Existenz lustig gemacht. Selina hatte bei dem Kerl das Ende herbeigesehen, ebenso wie jetzt bei Carmen.

Aus diesem Grund ließ sie die tratschenden Huren hinter sich und steuerte den Hafen an. Die *St. Elizabeth* lag am Ende eines Steges. Mehrere Laternen brannten auf dem Deck, die Geschützluken waren geschlossen und auf dem Oberdeck lümmelte ein einziger Seemann. Selina erkannte nicht, um wen es sich handelte, beschloss jedoch, mit keinem anderen als Falo zu reden. Dem ersten Maat musste beigekommen werden.

Mit festen Schritten überwand sie die Hälfte der Laufplanke, als die Gestalt auf dem Deck sich regte. Ein heftiger Ruck ging durch den halb schlafenden Mann.

„Halt, Weib!"

Selina grinste bei dem zornigen Tonfall. Falos Stimme erkannte sie unter hunderten heraus. Immerhin musste sie somit nicht darum bitten, mit ihm zu sprechen.

„Ich sagte halt!", wiederholte Falo, als Selina das Schiff betrat.

„Oder was, Falo? Willst du mich sonst über die Reling werfen?"

Der Erste Maat zuckte merklich zusammen, als Selina in den Schein einer Laterne trat. „Was willst du hier?"

„Mit dir reden. Dir Vernunft beibringen und dich von einer Dummheit abhalten."

Falo stieß geräuschvoll den Atem aus. „Trägt diese Dummheit den Namen Carmen?"

„Ich wusste schon immer, dass du der Klügere von diesem ganzen Haufen bist."

„Treib es nicht zu weit, Selina."

„Nein!", fuhr sie den Mann an. „Ihr seid es, die zu weit gehen. Du lässt zu, dass Alejandro eine Frau auf das Schiff holt und noch dazu völlig ohne Tarnung!"

„Es war ihr Einfall." Falos Rechtfertigung fiel halbherzig aus.

„Und du lässt das zu? Du trägst als Erster Maat eine Verantwortung."

Falo überwand die Distanz zwischen ihnen mit wenigen Schritten. Er stieß Selina gegen die Brust und bleckte die Zähne. „Ich kenne meine Aufgabe besser als du, Weib. Sag mir nicht, was ich zu tun habe. Diese Mannschaft wird Carmen kein Haar krümmen."

„Das glaubst du doch selbst nicht", hielt sie wütend dagegen.

„Ich vertraue diesen Männern. Sie sind meine Familie und ich kenne die Schwäche jedes einzelnen. Mag sein, dass sie ihre schmutzigen Witze reißen werden. Vielleicht versucht es der eine oder andere tatsächlich, aber am Ende werden sie Carmens Anwesenheit akzeptieren."

„Wie konntest du so dumm sein, Falo? Warum hast du nicht auf sie oder Alejandro eingeredet, dass sie sich verkleidet? Das würde ihr Leben erheblich erleichtern."

„Würde es nicht."

„Das sagt einer, der immer behauptet hat, eine Frau auf dem Schiff bringt Unglück."

„Wenn die Lage so ist wie die unsrige, dann greift man nach jeder helfenden Hand. Ich wäre dumm, wenn ich in dem Punkt meinem eigenen Kapitän in den Rücken falle."

„Wir wissen beide, dass Alejandro nur einen Blick auf sie werfen musste, damit sein Hirn aussetzt."

„Eifersucht steht dir nicht, Selina."

„Das ist keine Eifersucht, das ist lediglich Sorge um das Leben einer Frau, die nichts mit jenen wie euch zu schaffen haben sollte."

Bereits in der gleichen Sekunde bereute Selina ihre Worte. Sie biss sich auf die Lippen, als Falo die Arme vor der Brust verschränkte und sie abschätzig musterte. „Dann sind wir also nur gut genug für jemanden wie dich, ja? Ein paar Handlanger, die im Hintergrund arbeiten und den Mund halten."

„So habe ich …"

„Halt den Mund! Du glaubst ja wohl nicht, dass ich nicht bereit bin, das Leben eines x-beliebigen Menschen zu riskieren, um Alejandros zu retten, oder? Im Grunde ist mir Carmen einerlei, aber da wir sie brauchen, werde ich sie auch beschützen. Vor meinen Männern, vor irgendwelchen Handlangern, die du anheuerst und notfalls auch vor meinem eigenen Kapitän. Ich bin sogar so frei zu behaupten, Carmen vor mir zu beschützen. Wenn ich merke, dass in mir der Wunsch aufkommt, sie über Bord zu werfen, werde ich mit Vergnügen selbst von der Reling springen. Aber sag du mir nicht, welche Aufgaben ich als Erster Maat zu erledigen habe. Und jetzt scher dich von diesem Schiff, Weib. Deine bloße Anwesenheit legt einen dunklen Schleier über mich, der sich auf die Mannschaft auswirken kann."

„Du …"

„Bei Neptun, noch ein Wort aus deinem verlogenen Mundwerk und ich werfe dich tatsächlich über Bord."

Selina erkannte, dass Falos Worte keine leere Drohung darstellten. Seine ganze Körperhaltung sprach davon, dass er den Wunsch, sich auf sie zu stürzen, niederkämpfen musste. Er wartete darauf, dass sie eine Dummheit beging, um diesem Drängen nachzugeben.

Selina erkannte, dass sie verloren hatte. Weder Carmen noch Falo war hier mit Vernunft beizukommen. Beide mussten ihre eigenen leidvollen Erfahrungen machen. Aus diesem Grund wandte sich Selina mit einem letzten abschätzigen Blick von dem Ersten Maat ab. Sie stolzierte die Laufplanke hinab zum Steg und weiter in Richtung Marktplatz. Die Huren standen nicht mehr unter dem Vordach. Der Regen prasselte noch immer auf Selina hinab, aber sie konnte sich nicht überwinden, zurück zur Taverne zu gehen. Stattdessen schlenderte sie zum Vordach hinüber und lehnte sich gegen die kalte Hausmauer.

Sie beobachtete dabei das Spiel der Wolken. Eine schob sich in die andere, ließ Blitze über den Himmel gleiten und führte zu heftigem Donnergrollen. Vom Hafen ertönten einige aufgebrachte Rufe. Das vielstimmige Rascheln von Stoffen erklang. Segel wurden gerafft und Laternen gelöscht. Bei solch einem Wetter brachte es nichts, Kerzen zu verschwenden.

Die Stunden zogen träge dahin. Selina stand die ganze Nacht unter dem Vordach. Gelegentlich leistete ihr eine Hure Gesellschaft. Sie erfuhr Neuigkeiten über ein französisches Handelsschiff, welches morgen in See stach. Die Handelsmänner beabsichtigten Baumwolle aus der Neuen Welt zu kaufen. Der Kapitän hatte aufgrund der rauen See in Cádiz angelegt. Selina behielt den Namen des Schiffes im Hinterkopf. Irgendwem konnte sie die Information am Ende zuspielen und schon bald Baumwolle teuer an die spanischen Stoffhändler verkaufen.

Jeder von uns macht auf seine Art immer Gewinn, überlegte Selina und steckte der Hure für die Nachricht eine Silbermünze zu.

Je weiter die Nacht vorankroch, desto mehr stellte der Regen seine Tätigkeit ein. Die Luft wurde drückend, als die erste Morgenröte über den Himmel kroch und die dunklen Wolken in ein anhaltendes Grau färbten. Nur langsam erwachte Cádiz zum Leben. Die ersten Marktstände öffneten, die letzten Huren stolzierten über den Platz hinein in dunkle Gassen. Dort gingen sie am Tag ihrer Arbeit nach.

Jeder von uns arbeitet im Verborgenen. Die einen offensichtlich, die anderen versteckt.

Selina schüttelte bei der Überlegung den Kopf. Sie wusste, woher ihre Melancholie rührte. Carmen musste an diesem Vordach vorbeikommen, wenn sie die *St. Elizabeth* bestieg. Ein letztes Mal wollte Selina einen Blick auf die einstige Nonne erhaschen. Doch es dauerte bis fast zur Mittagsstunde, ehe Carmen den Marktplatz betrat. Sie sah sich einige Male um. Für den Bruchteil einer Sekunde begegneten sich ihre Blicke. Selina wartete auf eine Regung, doch Carmen nickte nicht. Sie kam auch nicht näher. Die Frau hielt auf den Hafen und den Steg zu.

Es war an der Zeit einzusehen, dass sie sich nichts mehr zu sagen hatten. Carmen verschwand aus Selinas Leben, wie es so viele Frauen vor ihr getan hatten. Trotzdem kam Selina nicht drum herum, einen Anflug von Wehmut zu verspüren. Sie musste loslassen, um, falls nötig, der nächsten Frau beizustehen.

Abgesehen davon führte sich eine Taverne nicht von allein. Somit stieß sich Selina von der Hauswand ab. Sie warf einen letzten Blick zu der Gestalt, die in der wogenden Masse des Hafenviertels verschwand. Möglicherweise würde Carmen doch überleben. Selina wünschte es ihr, obwohl sie nicht damit rechnete.

KAPITEL 8

Die prachtvoll eingerichtete Kapitänsunterkunft auf der *St. Juliette* finanzierte sich aus einem großen Anteil der Prisen. Lean legte seit dem ersten Tag Wert darauf, dass sich dieser Raum von dem aller anderen Schiffe unterschied. Sein Status als Kapitän wurde durch das feste Bett und die Truhen untermauert. Insbesondere der Kartentisch stach aufgrund seiner Größe hervor. Nicht mal auf der *St. Elizabeth* existierte etwas derart Beachtliches.

Durch die geschlossene Tür drangen gedämpfte Laute. Die Stimmung der Mannschaft war heute besser denn je. Obwohl in der letzten Nacht ein heftiger Sturm gewütet hatte. Das Schiff war von allen Seiten mit Meerwasser umspült worden. Die Wellen hatten sich aufgetürmt, aber die *St. Juliette* schwamm noch immer auf der offenen See. Sie hatten den Wellengang überlebt und nicht mal ein gerissenes Segel in Kauf nehmen müssen.

Doch das war nicht der einzige Grund für die ausgelassenen Männerstimmen. Lean wusste, warum die Männer noch in Feierlaune waren. Der Vorschlag seiner ersten Maat hatte für eine einträgliche Beute gesorgt. Im Frachtraum stapelten sich

Truhen mit holländischen Siegeln. Deren Inhalt umfasste ein Vermögen, wie es die Mannschaft der *St. Juliette* bisher noch nie eingefahren hatte. Das leidige Problem bestand jedoch darin, dass sie die Edelsteine irgendwie verkaufen mussten. Mit Steinen ließ sich nichts bezahlen. In dem Punkt konnte Udane behaupten, was sie wollte, Selina würde ihnen die Menge nicht abkaufen. Doch immerhin war Udane nicht die Einzige, die über gute Kontakte verfügte. Er kannte ein paar Edelsteinhändler in Cádiz, welche bezüglich der Waren keinerlei Fragen stellten. An diese Männer galt es die Steine zu verkaufen.

Einmal mehr kratzte sich Lean den Kopf und warf einen neuerlichen Blick in die Bücher. Unter Eloy hatte es zuweilen Unstimmigkeiten bei den Einkünften und den Ausgaben gegeben. Der neue Quartiermeister ging in diesem Punkt klüger vor. Er überließ Lean die Zahlen und fungierte einzig als Aushängeschild.

Was unser falscher Pirat im Moment wohl treibt?, überlegte Lean. Er hatte bereits gehört, dass sich die *St. Elizabeth* immer häufiger von Überfällen abwandte. Möglicherweise hing das mit dem Fluch zusammen, welchen Lean über den Kapitän des Schiffes gelegt hatte. Er empfand diesbezüglich ein gewisses Hochgefühl. Immerhin blieben somit mehr Handelsschiffe für ihn und seine Mannschaft übrig.

Als es an der Tür klopfte, schob Lean den Gedanken für den Augenblick beiseite. „Ja?"

Antwort erfolgte keine, stattdessen trat Udane ein und warf einen Blick zu der neuen Truhe neben dem Kartentisch. Lean hatte die silberbeschlagene Kiste mit dem gewölbten Deckel erst seit wenigen Stunden in seinem Besitz. Sie war das erste gewesen, was er auf dem holländischen Schiff für sich beansprucht hatte. Als Kapitän stand es ihm zu, als Erster die Wahl seiner Beute zu treffen. Der Inhalt hatte sich bezahlt gemacht. Smaragde und Goldketten befanden sich in Lederbeuteln. Dazu kamen zwei goldene Trinkbecher und mehrere Ringe. Diesen Teil der Prise behielt Lean auf jeden Fall für sich.

„Die Männer sind gut gelaunt?", fragte er nach.

„Sie trinken das Bier der Holländer und essen Zitrusfrüchte", gab Udane in einem widerwilligen Tonfall zurück.

„Du solltest mit ihnen feiern. Wir haben diese Ausbeute dir zu verdanken. Erzählst du mir, woher du davon gewusst hast?"

„Das kann dir gleich sein, Lean."

„Tatsächlich? Hast du vergessen, dass ich es war, der dir Eloy vom Hals geschafft hat?"

Die Erste Maat durchquerte den schwankenden Raum und stützte die Hände auf dem Kartentisch ab. Zeitgleich schüttelte sie den Kopf und stieß ein kurzes Lachen aus. „Du hast noch nie etwas aus reiner Güte oder ohne jeglichen Hintergedanken getan."

„Bis heute hat dich das nie gestört, meine Liebe."

„Weil ich blind war", gab Udane wütend zurück.

Lean starrte die Frau an. Sie legte es darauf an, mit ihm zu streiten. Vielleicht der verzweifelte Versuch eines Vorspiels, welches in dem einladenden Bett enden sollte. Allerdings hatte Lean ihr bereits bei seiner Ernennung zum Kapitän erklärt, dass sie ihn nicht interessierte. Frauen im Allgemeinen stießen ihn auf jeglicher Ebene ab. Das war einer von vielen Gründen für den Bruch mit seiner Familie gewesen. Ein Stammeshalter, welcher sich zu Männern hingezogen fühlte, stellte für seine gläubigen Eltern ein unüberwindbares Hindernis dar, wenn sie davon gewusst hätten. Mittlerweile hegte Lean die Vermutung, dass zumindest Juliette es geahnt hatte.

„Dann erzähl doch mal, was dich so stört, Udane. Wir haben eine der besten Prisen unseres Lebens eingefahren. Der

Frachtraum quillt über und du stehst vor mir und sagst, dass du erst jetzt etwas erkennst, das du die ganze Zeit nicht sehen wolltest. Also was soll das sein?"

„Dein Hang zum Wahn. Deine Vorlieben für das Verbotene. Du spielst mit okkultem Wissen und Flüchen, wie ein Kind mit einem Holzspielzeug. Dir fällt nicht mal auf, wie sehr du dich verändert hast", kam es zornig über Udanes Lippen. „Früher hast du dich danach gesehnt, einer der bedeutendsten Piraten aller Meere zu sein. Wir waren Monate auf See unterwegs. Und jetzt? Mittlerweile legen wir alle paar Wochen in einem Hafen an. Du änderst den Kurs und kehrst nach Cádiz zurück, obwohl Handelsschiffe unsere Wege kreuzen. Dein Interesse gilt irgendwelchen Büchern und Texten, die niemand auf diesem Schiff lesen oder verstehen kann. Du bist als Kapitän nicht länger tragbar, Lean."

„Du willst mich also abwählen, ja?"

„Nein, diese Aufgabe obliegt der Mannschaft. Sie werden entscheiden und glaube mir, sie werden es. Ganz gleich, was du in den kommenden Stunden oder Tagen versuchst, sie lassen sich nicht länger von dir zähmen."

Lean erkannte, dass die Erste Maat zu einem Problem wurde. Sie focht offen seine Führung an und wollte vermutlich selbst Kapitänin des Schiffes sein. Doch so weit konnte er es nicht kommen lassen.

„Du willst die *St. Juliette* führen." Ruckartig stand er bei den Worten auf und umrundete den Tisch.

„Wenn es die Mannschaft wünscht", stellte Udane klar und trat ihrerseits um den Kartentisch herum. „Ich werde mich nicht zur Wahl stellen. Sollten sie mich jedoch vorschlagen und darum bitten, werde ich keinesfalls ablehnen. Du verlierst allmählich den Verstand, Lean. Allein was du mit Eloy angestellt hast. Die *St. Juliette* und ihr Kapitän sind seit jeher für ihre Grausamkeit bekannt. Wir nehmen keine Gefangenen und lassen niemanden am Leben. Aber wir massakrieren nicht unsere eigenen Leute. In dem Punkt bist du zu weit gegangen."

„Ich habe von der Mannschaft keinerlei Beschwerden darüber gehört. Jeder hätte mich aufhalten können. Keiner rührte jedoch einen Finger, als ich den Befehl gab, Eloy an den Mast zu binden. Ich musste ihnen nicht mal auftragen, ihn kopfüber zu fesseln. Darauf kamen sie allein, Udane. Und weißt du warum? Weil es genügte, ihnen zu sagen, dass er es auf dein Leben abgesehen hatte."

Er wartete ab, ob die Erste Maat etwas sagte. Im Grunde erkannten sie beide, dass Lean ihr mit dieser letzten Aussage eine unermessliche Macht zugestand. Ohne die Frau wäre er niemals Kapitän geworden und ohne ihn läge sie längst geschändet auf dem Grund des Meeres. Es handelte sich um eine gegenseitige Abhängigkeit, die in solch einem Ausmaß bisher zwischen keinem Kapitän und Erstem Maat existiert hatte.

Den Augenblick ihrer sichtlichen Verwirrung bezüglich dieser Erkenntnis nutzte Lean. Er überwand die Distanz zwischen ihnen mit wenigen Schritten, drängte Udane gegen den Tisch und griff nach dem Sextanten. Udane bemerkte die Bewegung im Augenwinkel und riss den Arm schützend in die Höhe. Der wuchtige Schlag wurde gegen ihren Unterarm geführt, was Elle und Speiche splittern ließ. Die Erste Maat schrie auf. Draußen an Deck verstummten die Stimmen der Mannschaft. Lean ahnte, dass er soeben eine Dummheit begangen hatte. Er hätte auf den nächsten Landgang warten sollen, um sich Udanes zu entledigen. So blieb ihm nichts anderes, als einen möglichen Unfall zu fingieren. Erneut holte er mit dem Sextanten aus.

Vom Schmerz der gebrochenen Knochen überwältigt vergaß Udane auf jeglichen Schutz. Der Schlag gegen ihren Kopf führte zu einer heftig blutenden Wunde. In dem Moment flog die Tür auf und schlug krachend an eine der Waffentruhen.

„Kapitän, was war das für …?" Einer der Piraten, ein kräftiger Kerl namens José, verstummte bei dem sich bietenden Anblick.

Udane hing regungslos in Leans Armen. Der Sextant lag auf dem Boden und der Kartentisch wies Blutspritzer auf. Lean schlug der Ersten Maat einige Male auf die Wangen. Mehr als ein Stöhnen kam von der Frau jedoch nicht, was ihn innerlich aufatmen ließ. Sie lebte und er musste ihren Tod nicht einer ausgelassen feiernden Mannschaft erklären.

„Was stehst du dumm rum, José? Hilf mir lieber", befahl Lean. „Sie dürfte wohl einen über den Durst getrunken haben. Torkelt hier rum, kracht gegen den Kartentisch und reißt den Sextanten mit. Das muss man mal hinkriegen."

„Sie kam mir gar nicht betrunken vor."

Es galt jeglichen Widerstand gegen seine Aussage im Keim zu ersticken. „Also ob sie noch nie betrunken gewesen wäre, José. Hilf mir gefälligst!"

Endlich setzte sich José in Bewegung. Er griff nach dem unverletzten Arm der Ersten Maat, während Lean einen Arm um ihre Taille legte. Gemeinsam schafften sie die Frau zu dem Bett und betteten sie darauf. Knochensplitter ragten aus der klaffenden Wunde und ließen Lean schlucken.

Da hast du mir wohl noch eine kleine Opfergabe überlassen, nicht wahr?

Die Stimme in seinem Kopf ließ Lean zusammenfahren. Wenn der Pirat neben ihm etwas davon bemerkte, so sagte er nichts. Lean dagegen glaubte, den Verstand zu verlieren.

Nicht zum ersten Mal hallte diese nagende Stimme durch seinen Kopf. Es handelte sich um dasselbe Echo, wie an jenem Tag, als er Alejandro verflucht hatte.

„Was machen wir jetzt?", ertönte Josés Stimme neben ihm. „Wir …"

Lass sie sterben, kleiner Pirat. Bring mir ein noch größeres Opfer. Lass es dazu kommen und du bist sie los.

Es handelte sich um eine verlockende Vorstellung. Udane würde ihn keinesfalls ungeschoren davonkommen lassen. Das Gleiche galt für die Mannschaft. Für die Piraten stand der Erste Maat sogar über dem Kapitän. Dem Ersten Maat wurde das eigentliche Vertrauen geschenkt und das wusste jeder, der länger als einen Tag zur See fuhr.

„Wir brauchen Holz und Leinenstoffe", erklärte Lean.

José nickte und eilte hinaus aufs Deck. Vermutlich wimmelte es binnen der nächsten Sekunden von Seeleuten in dem Raum. Eine Zeitspanne, welche Lean nutzte und sich zu der Bewusstlosen hinabbeugte.

Er betrachtete die feinen Gesichtszüge. In dieser Situation trug Udane nichts Hartes zur Schau. Sie war schlicht eine verletzliche Seele und ihm völlig ausgeliefert. Er konnte sich bestens vorstellen, wie die kleine Udane ihre Kindheit auf der Straße zugebracht hatte. In der ständigen Angst, von irgendwelchen Männern vergewaltigt zu werden. Vielleicht sogar tot in einer Gasse zu enden, weil sie beim Diebstahl erwischt worden war. Oder möglicherweise mit einem Strick um den Hals, da die Missetaten ihres Lebens sie eingeholt hatten.

All das ahnte Lean und er wusste, dass er Udane von diesem Leid erlösen konnte. Er brauchte lediglich die Hand um ihren Hals legen und zudrücken. Dann wären all seine Sorgen beseitigt. Es würde jedoch zu Fragen führen, auf die er keine logische Antwort besaß. Die Mannschaft stünde hernach nicht länger hinter ihm, somit strich er lediglich Udanes Tuch vom Kopf. Das kurze, schwarze Haar konnte sie mittlerweile im Nacken zusammenfassen, woraus sich auch eine Strähne löste. Er betrachtete selbige, strich sie hinter das kleine Ohr und platzierte einen Kuss auf die Stirn der Ersten Maat.

„Du hast keine Ahnung, wie knapp du eben am Tod vorbeigeschrammt bist, meine Liebe. Sobald du wieder wach bist, wirst du unseren kleinen Disput hoffentlich vergessen haben. Ansonsten endest du wie Eloy: als Futter für die Haie.“

Hinter Lean erklangen in dem Moment mehrere Schritte. Keiner der Piraten wusste, was in solch einem Fall zu tun war. Aufgrund seiner gesellschaftlichen Stellung besaß Lean immerhin ein paar Grundlagen. Er nahm José die Stoffe und das Holz ab. Mit geübten Bewegungen, als hätte er Zeit seines Lebens nie etwas anderes getan, schiente er den Arm. Udane gab ab und zu ein Stöhnen und Murmeln von sich. Die Wortfetzen standen jedoch in keinerlei Zusammenhang und ergaben für die Mannschaft keinen Sinn.

Einzig Lean ahnte, dass die Erste Maat nach ihrem Erwachen keine Ruhe geben würde, als sie erneut murmelte: „Flüche.“

Der Tonfall besaß den Anflug eines Echos, was Lean den Schweiß aus den Poren trieb. Insbesondere als der gleiche Klang durch seinen Kopf dröhnte und sagte: *„Ich habe es dir doch gesagt. Hättest du sie mir als Opfergabe überlassen.“*

Lean schüttelte entschieden den Kopf und trat von der Liegenden zurück. Sein Blick richtete sich auf die Mannschaft, als er sagte: „Wir werden für unsere Erste Maat noch ein paar Schiffe plündern, ehe es an den Verkauf geht. Also los, macht euch an die Arbeit und betet zum Meeresgott, dass hier einige fette Prisen auf uns warten.“

„Ay, Kapitän!", rief José und trieb die Männer dazu an, den Raum zu verlassen.

„Du musst … aufhören. Hör … auf", murmelte Udane unverhofft.

Er betrachtete die Frau erneut und hoffte, dass seine Entscheidung nicht die falsche gewesen war. Noch brauchte er Udane an seiner Seite. Solange Alejandro nicht tot war, stellte die Erste Maat eine große Stütze dar. Aber sobald Lean sein Ziel erreicht hatte, würde er sich ihrer entledigen. Denn Kapitän war einzig er auf der *St. Juliette* und sonst niemand.

KAPITEL 9

Es gab einen Grund, warum die Mannschaft Falo Jeminez Moreno zum Ersten Maat der *St. Elizabeth* gewählt hatte. Das lag nicht etwa daran, weil er fähig war, zur völlig falschen Zeit am komplett falschen Ort aufzutauchen. Nicht einmal sein gelegentlich schwarzer Humor hing damit zusammen. Nein, Falo war ein Überlebenskünstler und zudem ein Mann, den nichts erschüttern konnte. Aktuell jedoch …

Sein Blick huschte zu der Frau, welche sich ab dem heutigen Tag auf dem Schiff aufhalten würde. Eine leise Stimme in seinem Hinterkopf flüsterte Falo zu, dass sie Probleme verursachen würde. Er konnte noch nicht abschätzen, in welche Richtung diese gingen, aber alleine die bloße Anwesenheit der Frau löste in den Männern bereits etwas Gieriges aus.

„Sag mir noch mal, warum das hier eine gute Idee war", wandte er sich an den Quartiermeister.

Wiss hob den Blick von der Frachtliste, während er im selben Atemzug einem der Piraten zurief: „Das Schießpulver wird diesmal nicht direkt neben dem Rum gelagert!"

„Hast du Angst um den Rum oder ums Pulver?"

„Um mein wertloses Leben. Und deines liegt mir auch ein wenig am Herzen", hielt Wiss dagegen, als er die Liste weiter abhakte.

„Wiss", drängte Falo ungeduldig.

„Du hast sie gehört. Carmen hat von einem Fluch erzählt und Alejandro … Na ja, was soll man da sagen. Er sieht einen hübschen Hintern und sein Hirn setzt aus. Ich bin mir nicht mal sicher, ob er wirklich die Gefahr dahinter verstanden hat."

Falo zog geräuschvoll auf, ehe er einen Schleimklumpen aufs Deck spuckte. „Ich bin nicht mal sicher, dass ich verstanden habe, was uns das Weib da erzählt hat."

„Lean hat einen Fluch ausgesprochen und …"

„Ja, vergiss es", unterbrach Falo sein Gegenüber. „Ich muss den Männern irgendwie ihre Anwesenheit hier erklären. Verdammt, warum hat Alejandro nicht von ihr verlangt, dass sie sich verkleidet? Damit wäre uns allen gedient."

„Allen bis auf Alejandro. Außerdem segeln wir nicht unter Lean. Und falls ich dich erinnern darf, du warst es, der Carmen zugesichert hat, dass eine Verkleidung nichts brächte. Ich war ja dafür, dass sie wenigstens den Versuch unternimmt. Abgesehen davon, die Frau weiß mehr, als sie preisgibt, ganz im Gegensatz zu Udane von der *St. Juliette*. Die kann kämpfen, das streite ich nicht ab, aber …"

„Aber?", hakte Falo nach und warf einen neuerlichen Blick zu Carmen hinüber.

Sie stand am Bug, betrachtete die Wellen und schien ihren eigenen Gedanken nachzuhängen. Womöglich kam ihr erst jetzt die ganze Tragweite ihrer Entscheidung zu Bewusstsein. Noch blieb Zeit, um von Bord zu gehen. Wenige Minuten, ehe der Anker gelichtet wurde und die Mannschaft die Wahrheit erfuhr.

Wiss antwortete ihm nicht. Der Quartiermeister seinerseits starrte ebenfalls zu der Frau hinüber. Eine einstige Nonne und dann noch eine so hübsche. Eigentlich wunderte es Falo nicht, dass sein Kapitän das Denken eingestellt hatte. Wenn er selber ein paar Jahre jünger wäre, was würde er mit dieser Carmen nicht anstellen. Abgesehen davon, dass er sein Herz als junger Bursche an rothaarige Frauen verloren hatte. Das Gleiche galt für seine geringen Ersparnisse. Sobald die *St. Elizabeth* an einem Hafen hielt, zog Falo los, um eine Rothaarige in den Straßen aufzutreiben. Welches Recht besaß er also, über Alejandro zu urteilen?

„Wiss, was wolltest du noch sagen?"

Der Quartiermeister zuckte mit den Schultern. „Es gehen einige Gerüchte um. Beispielsweise, dass der Quartiermeister der *St. Juliette* wegen ihr ins Gras gebissen hat. Will nicht wissen, was sich auf diesem Totenschiff tatsächlich abspielt. Die Erzählungen unter den Hafenarbeitern werden immer extremer. Einer meinte, dass nach dem Ablegen der *St. Juliette* ein Junge tot im Wasser gefunden wurde. Kann ein Zufall sein, aber ..."

Falo nickte zustimmend. Die Geschichten über Lean waren in den letzten zwei Jahren zu einer Legende geworden. Sein Name war kein unbekannter bei den Piraten. Ebenso wenig bei der spanischen Obrigkeit. Er machte Probleme und solche Schwierigkeiten würden über kurz oder lang jeden mit in den Untergang zerren.

„Ja, das ist ein Punkt, den wir nicht weiter zu besprechen brauchen", hielt Falo den Quartiermeister von weiteren Aussagen ab.

„Meinst du, er weiß es?", frage Wiss.

„Was?"

„Na, das mit Lean. Dass er sich hin und wieder einen Kerl ins Bett holt."

Falo stieß ein Seufzen aus. „Ich weiß es nicht. Ich werde Alejandro jedoch sicher nicht danach fragen. Solche Gedankenspiele sind ohnehin nicht für uns von Belang, sondern für Udane. Wenn sie es weiß, dann … Tja, dann ist das so. Wir haben weit größere Sorgen im Moment."

Das besagte Problem lief unter der Bezeichnung Fluch und trug zudem den Namen Carmen. Aktuell zerrte deren Anwesenheit an seinen Nerven. Das wurde nicht besser, als er bemerkte, dass Alejandro sich zu der ehemaligen Nonne gesellte. Die beiden unterhielten sich. Gelegentlich schenkte die Frau ihm ein spöttisches Lächeln, während Alejandro ein dümmliches Grinsen zeigte. Die Mannschaft würde schwer zu überzeugen sein, was ihre Anwesenheit hier betraf.

„Falo, wir können den Anker lichten und die Segel setzen!", rief der Steuermann zu ihm herüber.

Zum Zeichen, dass er verstanden hatte, hob Falo die Hand. Er gab den Befehl umgehend an die Mannschaft weiter. Sein Bariton schallte übers Deck bis zum Bug. Alejandro und Carmen drehten sich synchron zu ihm. Der Kapitän nickte verhalten, griff nach Carmens Schulter und neigte sich zu ihr. Das spöttische Lächeln verschwand von ihren Lippen.

Sie wird sich der Konsequenzen bewusst, ging es Falo durch den Kopf. *Jetzt erkennt sie, dass es keinen Weg zurück gibt. Sie muss uns begleiten und sich vor den Männern erklären. Nicht gleich, aber sobald es darum geht, einen richtigen Kurs anzusteuern. Bisher hat sie ja keinem von uns gesagt, wo es überhaupt hingehen soll.*

„Hast du schon einen Plan bezüglich der Mannschaft?", fragte Wiss in der Sekunde.

Falo antwortete nicht. Er konnte den Blick einfach nicht von Carmen und Alejandro nehmen. Etwas an den beiden ließ ihn darauf schließen, dass es noch gewaltigen Ärger geben würde. In Bezug worauf konnte er nicht festmachen. Vielleicht ob des Kurses oder einer möglichen lohnenswerten Prise.

„Falo?"

Er unterdrückte den Impuls, zusammenzuschrecken. Stattdessen flüchtete er sich in ein halbherziges Grinsen, schlug Wiss auf die Schulter und trat in die Mitte des Schiffes. Seine Hand ruhte auf dem Hauptmast. Das Holz fühlte sich glatt an. Erstaunlich, wie viele Beutezüge mit diesem Ungetüm von einem Schiff bereits bestritten worden waren. Und nun hing ein gottverdammter Fluch über ihrem Kapitän. Ausgesprochen von einem Wahnsinnigen, welchem Alejandro in deren Jugend einmal ans Bein gepisst hatte.

Ungehalten schlug er gegen das Holz. Falo wiederholte sein Handeln dreimal. Beim vierten Schlag besaß er die Aufmerksamkeit der halben Mannschaft. Einige stießen ihre Kameraden an. Es handelte sich um die stille Art, den anderen mitzuteilen, dass etwas Großes im Gange war. Als ob sich das nicht bereits jeder aufgrund von Carmens Anwesenheit ausrechnen konnte.

Bevor Falo jedoch die Stimme erhob, kam ihm der Steuermann zuvor. „Erster Maat, mir scheint, wir haben einen äußerst hübschen Gast hier auf unserem Schiff. Oder ist das eine Geisel, für die wir ein Vermögen einstreichen? Muss sie unverletzt bleiben oder dürfen wir uns mit ihr vergnügen?"

Falo schielte zum Kapitän hinüber. Noch ein dummes Wort des Steuermanns und der würde über Bord gehen. Da bereits eine merkliche Unruhe unter den Männern einsetzte, beschloss Falo erst mal, die Wogen zu glätten. „Also bitte, wir sind eine zivilisierte Mannschaft, das haben wir unserem Kapitän zu verdanken. Und damit eines klar ist, niemand vergreift sich an … der Frau."

Er musste sich wirklich zurückhalten, nicht ständig das Wort *Weib* zu gebrauchen. Mit den üblichen Frauen hatten sie es hier schließlich nicht zu schaffen. Abgesehen davon würde Alejandro sonst die halbe Mannschaft über die Planke schicken.

„Ach komm, Falo, du kannst …"

„Das ist mein Ernst!", fuhr er dem Störenfried dazwischen. Er suchte in der Menge nach einem Gesicht zu der Stimme, fand sie jedoch nicht. Vermutlich einer der neuen Männer, welche Alejandro vor wenigen Tagen angeworben hatte.

„Wir haben es heute mit einem ernsten Thema zu tun, meine Herrschaften. Vor einiger Zeit kam es zu einem Angriff auf unseren Kapitän. Er konnte sich mit einigen gefinkelten Zügen retten. Bedauerlicherweise, und ich möchte anmerken, dass es nicht gerade hilfreich war, starb der Angreifer und konnte nicht sagen, wer es auf Alejandro abgesehen hat. Wiss und ich haben darüber ebenfalls spekuliert, bis … Also bis zu dem Moment, wo die Frau uns ansprach." Falo deutete zu Carmen hinüber, welche mit ernster Miene seinen Worten folgte. „Sie erzählte uns von Lean und …"

„Verfluchter Seeteufel ist das, der dreckige Bastard!", warf der Bursche vom Ausguck ein.

„Ja, ein Hurensohn. Der hat mir mal beim Kartenspiel alles abgenommen, was ich hatte."

„Das lag nicht an Lean, das lag daran, dass du ein beschissener Kartenspieler bist."

„Ach halt doch dein Maul, Petro. Du bist …"

„Meine Herren!", rief Falo über den aufkommenden Streit hinweg. „Es geht nicht darum, was Lean ist. Was er ist, das haben wir schon oft genug erörtert."

„Irgendwer sollte dem verfluchten Bastard endlich die Kehle aufschlitzen!"

Falo wartete einige Sekunden, während sich die Männer mehr und mehr in Rage schrien. Keiner unter ihnen hatte jemals ein gutes Wort über Lean verloren. Aus den Augenwinkeln bemerkte er zudem, wie Alejandro verhalten nickte. Es widerstrebte dem Kapitän, einen anderen ans Messer zu liefern. Wenigstens wurde somit die ganze Aufmerksamkeit von Carmen abgelenkt. Doch er musste die Frau wieder in den Fokus rücken, ob einer von ihnen es wollte oder nicht.

„Wie gesagt, Lean ist ein Bastard, das wissen wir alle", erklärte Falo weiter, während die Stimmen um ihn endlich verstummten. „Ich bin kein Freund von ihm und unser Kapitän ebenso wenig, das wisst ihr alle. Was jedoch der Mannschaft gegenüber nicht unerwähnt bleiben darf, ist ein Umstand, der unweigerlich mit Lean zusammenhängt und ebenfalls der Grund ist, warum Carmen sich hier an Bord befindet."

„Und der wäre?", erschallte es aus der Menge.

„Lean glaubt nicht an Neptun. Seien wir ehrlich, das ist ein Umstand, den haben wir bereits erkannt, als Djego noch Kapitän dieses Schiffes war. Ihn hat es bereits gestört und es war einer der Gründe, warum er Lean vom Schiff jagte. Keineswegs der einzige, aber einer von vielen. Wie es nun den Anschein hat, hat sich Lean zu einer äußerst frivolen Handlung herabgelassen. Nicht nur, dass er offenbar so weit ging, jemanden anzuheuern, um unseren Kapitän zu ermorden. Nein, er hat wohl erkannt, dass dies nicht möglich ist. Alejandro ist immerhin kein unerfahrener Bursche. Er hat mehr Kämpfe bestritten und dieser Mannschaft Prisen eingebracht, als einer wie Lean zu träumen wagen darf. Also, was tut diese kleine, verlogene Ratte, da sie sich nicht anders zu helfen weiß?"

Falo wartete zwei Sekunden. Er starrte dabei in die Gesichter der Männer und erkannte von Wut über Verunsicherung bis hin zu Unentschlossenheit sämtliche Gefühlsregungen. Jetzt war der Moment da, um ihnen die schonungslose Wahrheit zu offenbaren. „Er hat unseren Kapitän verflucht. Carmen belauschte ein äußerst interessantes Gespräch zwischen Udane und Selina. Es war ja nicht von viel dabei die Rede, aber was Udane sagte, war etwas über einen Fluch. Also sind der Kapitän und somit seine Mannschaft und dieses Schiff einem Fluch zum Opfer gefallen. Aber nicht etwa, dass wir von Neptuns Wellen verschluckt werden sollen. Nein, dieser Bastard von einem Kapitän namens Lean hat uns einen göttlichen Fluch auf die Schultern gelegt. Carmen ist fähig diesen zu brechen und …"

„Eine Frau? Verdammt, habt ihr euch alle um den Finger wickeln lassen? Wie soll eine Frau einen Fluch brechen? Macht sie für jeden von uns die Beine breit?"

„Vorsicht, Petro. Noch ein dummes Wort aus deinem verdammten Maul und ich schlage dir die Zähne aus und schneid dir die Zunge ab."

Niemand nahm Falo diese Drohung wirklich ab. Auf der *St. Elizabeth* herrschte kein derartiges Morden unter den eigenen Leuten, aber dennoch hingen die Worte nun in der Luft. Jeder schien zu begreifen, dass Falo die Frau nicht grundlos an Bord geholt hatte. Mal abgesehen davon, dass sie sich selbst eingeladen und der Kapitän sie nicht ausgeladen hatte. Ein Umstand, welchen jedoch niemand zu wissen brauchte.

„Und wie soll sie den Fluch jetzt brechen?", wollte der Steuermann erfahren.

„Sie ist belesen und …"

„Das war meine Mutter auch, aber deswegen war die noch lange keine Fluchbrecherin."

„Deine Mutter war doch eine Hure, Semino."

„Na und? Hast du sonst noch was gegen meine Mutter zu sagen?"

„Na ja …"

„Schluss jetzt!", fuhr Wiss dazwischen. Bisher hatte er sich äußerst ruhig verhalten. Falo war ihm für die neuerliche Unterbrechung dankbar, zumal sie mehr Eindruck bei den Männern hinterließ. Wiss war nicht umsonst der Quartiermeister. Sein Wort, wenn er mal was sagte, galt so viel wie das des Kapitäns.

„Wie gesagt, sie ist belesen und wird uns helfen, Alejandro von dem Fluch zu befreien."

„Na, das ist ja alles schön und gut, aber wir werden trotzdem ein paar Prisen einfahren, oder?"

Falo überkam der Gedanke, dass ihm die Männer nicht mal im Ansatz zugehört hatten. Ein Blick zu Alejandro genügte, um dessen Grinsen zu erkennen. Zeitgleich nickte der Kapitän und ging mit Carmen übers Deck. Sie steuerten die Kapitänskajüte an. Vermutlich wollte Carmen ihm hier den genauen Kurs mitteilen. Falo beschloss, dass es nicht schaden konnte, bei dem Gespräch dabei zu sein.

„Falo, was ist jetzt mit den Prisen?"

„Die gibt es natürlich!", rief er in die Menge hinein.

Es zeigte eine merkliche Wirkung und ließ die Männer mit schnellen Handgriffen an deren Arbeit gehen.

„Glaubst du tatsächlich, dass er ein paar Schiffe kapern lässt?", fragte Wiss in dem Moment nach.

Falo sah zu der sich schließenden Kajütentür. „Wenn er weiß, was klug ist, dann ja. Halt hier die Stellung. Ich will wissen, was sie ihm erzählt."

Wiss nickte verhalten, während Falo sich daran machte, ebenfalls die Kapitänskajüte anzusteuern.

Keine Stunde später tauchte der Erste Maat mit Alejandro und Carmen auf dem Hauptdeck auf. Sie hatten diskutiert, gestritten und letztlich eine Entscheidung getroffen.

Sein erster Weg führte ihn somit zum Steuermann. „Den Kurs auf Nordwest halten."

„Und was soll dort sein?", fragte dieser säuerlich nach.

Falo gab dem Mann keine Antwort. Er verfolgte, wie Carmen mehrmals durchatmete. Bereits jetzt ahnte er, dass der Mannschaft die ganze Geschichte nicht schmecken würde. Möglicherweise verlangte irgendwer sogar nach Alejandros Abwahl. Idioten traten in solchen Momenten gern einen Stein los, der sich nicht mehr bremsen ließ. Falo hoffte nur, dass der besagte Idiot nicht Petro hieß. Der Kerl konnte oftmals einige Männer von seinen Ansichten über-zeugen und dann wäre es schwer, die gesamte Crew auf das kommende Vorhaben einzustimmen.

„Hat sie euch beiden alles erzählt?"

Wiss war derart leise auf ihn zugekommen, dass Falo er-schrocken herumfuhr. Seine Hand lag dabei auf dem Griff des Entermessers. Für einen Moment erkannte er die Skepsis in Wiss' Augen. Er konnte es dem Quartiermeister nicht ver-denken. Falo fühlte sich angespannt. Alleine schon, weil nicht er den Männern das Kommende berichten sollte.

„Hat sie", antwortete er ausweichend.

„Und?"

Falo zuckte mit den Schultern. „Sie kann sehr überzeugend sein. Fast so sehr wie unser Kapitän."

„Soll ich ein paar der Männer zu ihrem Schutz abstellen?"

Sofort schüttelte Falo den Kopf. Sie hatten darüber geredet. Carmen brauchte keinen Schutz vor der Mannschaft, nicht, solange er Erster Maat auf der *St. Elizabeth* war. Das Problem bestand dennoch, dass die Stimmung jederzeit kippen konn-te. Somit war es seine Aufgabe, trotz allem für die Sicherheit ihres Gastes zu sorgen.

Möglicherweise nimmt mir Alejandro die Arbeit ab, ging es ihm durch den Kopf, während er den Blick hinaus auf die wogende See richtete.

KAPITEL 10

Obwohl Carmen sich nach außen hin ruhig gab, schlug ihr Herz bis zum Hals. Die Mannschaft hatte nicht gerade leise gesprochen und auch die unsicheren, zum Teil gierigen Blicke sagten genug. Unwillkürlich presste die junge Frau ihre Beine zusammen und lehnte sich unmerklich ein wenig mehr an Alejandro. Auch ihm war die gemischte Stimmung der Mannschaft nicht verborgen geblieben.

Hoffentlich kann Falo sie im Zaum halten, sonst ...

Unmerklich umfasste die Hand den Griff seines Degens, ohne diesen jedoch zu ziehen.

„Mach dir keine Sorgen." Seine Augen verloren sich in ihren. „Ich werde nicht zulassen, dass dir etwas passiert."

Nahezu verzweifelt musste er den Impuls unterdrücken, Carmen sofort in seine Arme zu ziehen. Sie würde es zulassen, das wusste Alejandro mit Sicherheit. Auf der anderen Seite hatten sie nicht unbedingt Zeit für intime Momente. Schließlich befand Carmen sich nicht allein deswegen an Bord, weil er sich zu ihr hingezogen fühlte. Ein Räuspern ihrerseits holte ihn in die Wirklichkeit zurück.

„Ruf deine Mannschaft zusammen."

Ihr Tonfall duldete keinen Widerspruch. Alejandro schaute sie an und machte sich sofort daran, ihrem Befehl nachzukommen. Was glücklicherweise keiner mitbekam. Denn sonst hätte er wahrscheinlich den Respekt und die Achtung seiner Mannschaft endgültig verloren. Niemand gehorchte einem Kapitän, der sich von einer Frau herumkommandieren ließ. Selbst wenn er auf den Namen Alejandro hört.

Sichtlich irritiert und unentschlossen fand die Crew sich schließlich an Deck ein. Der Kapitän nutzte die Gelegenheit, einen Blick in ihre Augen zu werfen. Diese waren, so sagte man, das Fenster zur Seele. Eine Aussage, die er ganz fest glaubte. Was ihm schon zu einigen Siegen verholfen hatte. Denn keiner seiner Gegner rechnete damit, dass er die Bewegungen und Aktionen anhand der Augen erkannte.

Ich sehe Unverständnis, erzwungene Toleranz und sexuelle Gier. Augenblicklich versteifte sich seine Haltung und er verfiel ins Grübeln. *Ich muss mir etwas einfallen lassen. Zwar schulden sie mir den Gehorsam. Aber irgendwann bricht diese Unzufriedenheit heraus und dann meutern sie.* Er warf einen leicht unsicheren Blick zu Carmen, welchen diese erwiderte. *Ich hoffe, die Mannschaft wird es verstehen.*

Ihr aufmunterndes Lächeln tröstete ihn. Dennoch stand ihm eine große Herausforderung bevor.

„Mannschaft der *St. Elizabeth*", begann Carmen zu sprechen. Trotz eines dezent rauen Seeganges breitete sie ihre Arme aus und blickte jedem einzelnen unumwunden ins Gesicht. Eine Geste, welche nicht nur Alejandro beeindruckte. Er hörte deutlich, wie Falo neben ihm schluckte und Wiss fragend die Augenbrauen hob. „Dass ich eine Frau bin, ist mir bekannt. Und ich bin nicht so naiv, die Gier und den Spott in euren Augen nicht zu sehen."

Unwillkürlich ging ein Raunen durch die Reihen. Einige der Männer wechselten überraschte Blicke. Offensichtlich hatte keiner von ihnen mit Carmens Scharfsinn und ihrer Auffassungsgabe gerechnet. Dabei waren diese Eigenschaften ein weiterer Grund dafür, weswegen er sie auf sein Schiff geholt hatte.

„Ja ... schaut nicht so dämlich. Ich kenne solche Männer wie euch zur Genüge." Keck stemmte sie die Hände in die Hüften, was zu weiteren verwirrten Blicken führte. „Aber seid versichert, ich bin zuallererst nicht hier, um euren Kapitän zu verführen, um anschließend mit seinem Geld durchzubrennen."

„Hahaha." Petro erhob sich und lachte spöttisch. „Das kannst du deinem christlichen Gott erzählen, aber nicht uns."

„Genau", rief ein anderer, jedoch ohne aufzustehen. „Ihr zieht euch mit Blicken gegenseitig aus und dann sollen wir dir auch nur ein Wort glauben?"

Obwohl er leicht errötete, machte Alejandro sich innerlich bereit für einen Kampf. Auch Falo und Wiss begaben sich in Position. Bei allem Verständnis für die Unsicherheit seiner Mannschaft, ein solches Benehmen würde er nicht dulden. Zumal Carmen in erster Linie wegen ihnen allen hier war und nicht einzig allein wegen ihm. Zu seiner Überraschung gebot die Frau ihm mittels einer Handbewegung, zu schweigen.

„Ich weiß und verstehe, dass meine Anwesenheit euch irritiert. Frauen gehören schließlich nicht auf ein Schiff, nicht wahr?"

Der letzte Satz triefte vor Sarkasmus und ließ einige Männer wütend knurren. Jedoch wagte niemand, etwas zu sagen.

„Dabei hat Alejandro mich an Bord geholt, um *EUCH* ...". Sie blickte im Kreis und fixierte jedes einzelne Mannschaftsmitglied. „... zu helfen." Nach einer kurzen Pause fuhr sie fort. „Ihr wisst von dem Fluch, den euer Feind Lean über Alejandro und die gesamte Mannschaft ausgesprochen hat. Falo hat euch davon erzählt und ...“

Ein widerwilliges, aber trotzdem synchrones Lächeln war die Antwort. „Wie will eine Frau uns helfen, ihn wieder loszuwerden?“, schrie jemand dazwischen und im nächsten Augenblick landete Speichel vor ihren Füßen.

Jetzt reicht es aber.

Alejandros Klinge verließ die Scheide und er machte Anstalten, sich auf den Sprechenden zu stürzen. Falo war sofort neben ihm und umfasste sein Handgelenk.

Ich habe geahnt, dass diese Frau Ärger bedeutet. Obwohl ich ihn verstehen kann.

„Beruhige dich“, Carmens Stimme klang unerwartet sanft, sodass Alejandro sich tatsächlich wieder hinsetzte. „Die Frage des Herren ist berechtigt. Deswegen werde ich sie nach bestem Wissen und Gewissen beantworten.“

Die Mannschaft raunte überrascht und anschließend waren alle Augen auf Carmen gerichtet. Entgegen Alejandros Erwartung lächelte die ehemalige Nonne sogar. Was ihn einerseits stolz machte, andererseits irritierte.

Sie ist eine der stärksten Frauen, denen ich je begegnet bin.

„Nun ...“, ergriff Carmen wieder das Wort, nachdem an Deck eine Totenstille herrschte. „Um zwei Dinge vorneweg zu nehmen, ich bin eine ehemalige Nonne und habe aus freien Stücken meinem Kloster den Rücken gekehrt. Nein ...“ Alejandro zuckte zusammen.

Hat sie etwa aus den Augenwinkeln gesehen, dass Petro zum Sprechen ansetzen wollte? Alle Achtung. Das ist selbst mir nicht aufgefallen. Und wenn Blicke töten könnten ...

„... über die Gründe werde ich nicht reden. Also spart euren Atem für wichtigere Dinge. Jedenfalls ist das Kloster eine gute Möglichkeit für eine Frau, sich zu bilden. Was draußen schwerlich funktioniert."

Selbst Falo musste sich für einen Augenblick das Lachen verkneifen. Diese Frau schien wirklich mit allen Meerwassern gewaschen zu sein.

„Dort lernte ich Lesen, Schreiben sowie den Umgang mit verschiedenen Kräutern. Aber um ehrlich zu sein, beschränkte meine Lektüre sich nicht nur auf die christlichen Werke. Ich glaube, die wären mir auf die Dauer zu langweilig geworden." Während sie sprach, grinste Carmen vielsagend und einige Männer kicherten ebenfalls. „Wenn es Nacht wurde, studierte ich also im Geheimen Bücher über Geschichte, Biologie und ..." Sie machte eine Pause. „... schwarze Magie."

Selbst Alejandro zog für den Bruchteil einer Sekunde die Luft ein. Damit hatte er ebenfalls nicht gerechnet. Ein aufgeregtes Murmeln ging durch die Reihen und einige zischten sogar „*Hexe*".

„Moment. Moment!" Carmen hob beschwichtigend die Hände, ohne dass ihr Lächeln erstarb. „Das bin ich nun wirklich nicht und wollte es auch nie sein. Ich habe kein Interesse daran, jemandem grundlos Böses zu tun. Auf der anderen Seite weiß man nie, wer oder was einem im Leben noch begegnet, nicht wahr?"

Fast alle nickten zustimmend.

„Und? Bist du bei deinen Studien auf Informationen gestoßen, wie man Flüche aufheben kann?", fragte Alejandro geradeaus und griff nach ihrer Hand. Zu seiner Erleichterung entzog Carmen sich nicht, sondern nickte aufmunternd.

„Ja, das bin ich. Jedoch war es zum einen schwierig, in diesem Bereich zwischen Scharlatanen und Wahrheit zu unterscheiden. Wenn über etwas so wenig bekannt ist, neigt das menschliche Gehirn zu Spekulationen. Diese sind zwar nach-vollziehbar, jedoch wenig hilfreich."

„Das heißt, du kannst uns wirklich helfen?", fiel Petro mit der Tür ins Haus. Offensichtlich war ihm dieser Fluch nicht geheuer und in seiner Stimme lag deutliches Misstrauen.

„Ja", erwiderte Carmen gelassen. „Zumindest glaube ich das. Leider ist diese Art von Flüchen schwer zu besiegen. Euer Feind wusste bedauerlicherweise genau, was er tut."

„Gibt es also keine Hoffnung?", fragte Falo leicht panisch. Um sich selbst schien er nicht besorgt, wohl aber um den Rest der Mannschaft.

„Doch, die gibt es. Sonst würde ich nicht zu euch sprechen. Während des Studiums der Geschichte meines Ordens, wel-cher sehr im Verborgenen agiert, bin ich auf etwas gestoßen, was eventuell weiterhelfen könnte. Aus diesem Grund habe ich auch den merkwürdigen Kurs eingeschlagen." Sie hob die Hand, um mögliche Zwischenfragen zu unterbrechen. „Es gibt an der Küste Englands einen kleinen Ort. Von der Größe her eigentlich kaum mehr als ein Dorf. Wenn man den genau-en Standort nicht kennt, ist es so gut wie unmöglich zu finden. Keine mir bekannte Landkarte hat ihn bisher erfasst. Aber dort leben ein paar Menschen und es gibt eine alte Klosterruine."

Wieder erklang Getuschel.

„Was sollen wir in einer alten Klosterruine?", rief einer. „Wir glauben einzig allein an Neptun", kam es ungehalten von Semino.

„Wahrscheinlich will sie uns alle zu ihrem Gott bekehren. Darauf kann ich verzichten!"

Zustimmendes Gemurmel ertönte. Alejandro war kurz davor, den Sprechenden zu ohrfeigen.

Begreift hier niemand, worum es geht?

Nur mit Mühe hielt er den Ausruf zurück. Denn mittlerweile ahnte Alejandro, worauf Carmen hinauswollte. Ihr Streben war es, die Mannschaft von sich zu überzeugen und das im Alleingang. Keine andere Frau, die er im Laufe der Jahre kennengelernt hatte, besaß eine derartige Entschlusskraft.

„Das ist gut und richtig. Aber mir scheint, dass Neptun allein euch nicht von dem Fluch erlösen kann", erwiderte Carmen unverändert freundlich. „Mir scheint, dazu braucht er diesmal die Hilfe des christlichen Gottes." Sie erzählte weiter. „Jedenfalls erzählen einige uralte Legenden, dass in den Ruinen dieses Klosters das sogenannte *Buch der Flüche* zu finden sein soll. Wenn man irgendwo erfahren kann, wie man euer Los beenden kann, dann dort."

Alejandro, Falo und Wiss wechselten einen Blick. Sogar die Mannschaft reagierte unruhig. Allen voran Petro, dessen Hand immer wieder den Griff des Entermessers berührte.

„Also wissen wir nicht, ob es das Buch wirklich gibt. Oder hast du es gesehen?"

Tief in seinem Innern kannte er die Antwort, aber es war wichtig, sie von Carmen selbst zu hören. Die ehemalige Wirtin schüttelte den Kopf, sodass ihre roten Haare wild flogen.

„Nein, leider nicht. Obwohl mein Orden viel gereist ist, hatte ich als Novizin nie das Vergnügen. Aber ich vertraue den Büchern und außerdem ..." Sie warf einen Blick auf die Mannschaft. „... habt ihr nicht wirklich eine Wahl, oder?"

Der Kapitän senkte den Blick und presste die Lippen aufeinander. Er verabscheute Unsicherheiten aus tiefster Seele. Besonders, wenn diese nicht ihn allein, sondern seine gesamte Besatzung betrafen. Schließlich trug Alejandro die Verantwortung für alle und dieser wollte er gerecht werden.

„Na ja, ich sage das ungern, aber können wir in der Situation nicht auch einen neuen Kapitän wählen?", gab der Steuermann zu bedenken.

„Wir können dich auch über Bord werfen, du verlogener Hund!", keifte der Ausguck.

„Ja, sind wir etwa feige Ratten, die einfach so bei einem Problem davonrennen und den Mann im Stich lassen, dem wir unsere bisherigen Prisen verdanken?"

„Carmen hat recht", mischte Wiss sich plötzlich ein und legte eine Hand auf Alejandros Schulter. „Im Grunde haben wir wirklich keine andere Wahl. Entweder wir versuchen es dort, scheitern und leben mit dem Fluch oder wir leben gleich mit ihm, ohne es überhaupt probiert zu haben. Den Kapitän abzusetzen, wäre die falsche Entscheidung und würde Lean nur in die Hände spielen."

„Der Meinung bin ich auch." Wie vom Blitz getroffen schnellten Alejandros und Wiss Köpfe zu Falo. Selbst Carmen schaute verwirrt. „Wir sind doch Piraten und keine Memmen. Wir werden alles versuchen und alles geben, um wieder frei zu sein. Oder …". Er machte eine Pause, um seine Worte wirken zu lassen. „… wollt ihr diesem Bastard von Lean wirklich die Kontrolle über euer Leben überlassen? Ihm so viel Macht geben, dass es nie wieder so sein wird wie vorher?"

Eine bedrückende Stille legte sich über das Deck. Hier und da ertönte das Scharren von Stiefeln.

„Auf gar keinen Fall!" Zur Überraschung aller sprang Petro als Erstes auf und reckte seine Faust in die Höhe. „Ich habe dieses Schwein gehasst. Schon, als ich ihn zum ersten Mal gesehen habe. Nein, der bekommt mein Leben nicht. Ich werde kämpfen und dieses Buch finden. Selbst wenn ich dafür einer Frau gehorchen muss."

„Er hat recht", pflichtete ein anderer ihm bei und stand ebenfalls auf. „Dieser Bastard ist es im Grunde nicht würdig, sich überhaupt Pirat zu nennen."

„Genau ... Der hat keinen Funken Ehre im Leib. Erst unseren Kapitän aus dem Hinterhalt angreifen, anstatt den offenen Kampf zu suchen und dann auch noch einen Fluch aussprechen."

„Du hättest ihn schon eher ans Messer liefern müssen, Kapitän!", rief der Ausguck dazwischen.

„Ist doch jetzt unerheblich. Wir sitzen ohnehin in der Scheiße, wenn sie uns nicht hilft", murrte der Steuermann den Burschen an. Zugleich grinste er in Carmens Richtung und zeigte dabei einige Zahnlücken.

„Unter solchen Umständen darf er sich nicht wundern, wenn er irgendwann von einer Frau von seinem eigenen Schiff verdrängt wird", meinte Falo. „Verzeiht mir, Carmen. Aber was ich sagen will, auch wir Piraten haben einen Kodex, Ehre und sogar einen Glauben. Wer das alles in den Schmutz zieht, nur um der Macht und des Reichtums willen, hat es im Grunde nicht einmal verdient, auf einem Schiff zu sein."

Mann für Mann stellte sich auf Carmens Seite und alle waren geschlossen damit einverstanden, nach England zu segeln. Obwohl eine Handvoll nach wie vor etwas skeptisch dreinblickte.

Aber wir müssen es tun. Ansonsten gibt es keine Hoffnung mehr ... für niemanden von uns, dachte Alejandro und schaute kurz verstohlen auf seine Haut. Einige Wimpernschläge lang schauderte er. War sie bereits dabei, sich zu verändern? In eine Kreatur, die er sich nicht einmal im Traum vorstellen konnte? Eilig schüttelte der Kapitän den Kopf und lenkte seine Aufmerksamkeit wieder auf Carmen. Die ehemalige Nonne musterte die Mannschaft und ihn nicht ohne Stolz. Es schien beinahe, als hätte sie einen Kampf für sich entschieden. Was bei näherer Betrachtung der Wahrheit entsprach. Ein Ruck ging durch Alejandros Körper. Am liebsten hätte er sie einfach in die Arme gezogen und seine Lippen auf ihre gepresst. Aber das Vertrauen der Mannschaft war noch zerbrechlich. Daher konnte er sich so etwas nicht erlauben. Ihre Blicke trafen sich und der Kapitän missgönnte Carmen beinahe ihre Gelassenheit. Nichts und niemand schien der ehemaligen Nonne Angst machen zu können. Eine Eigenschaft, um die Alejandro sie glühend beneidete. Andererseits konnte sie sehr nützlich sein.

Ich werde bei ihr bleiben. Egal, ob wir dieses verdammte Buch finden oder nicht, schwor er sich insgeheim und ihr warmer Blick sagte, dass sie das Gleiche wollte. Wenngleich ein Teil von ihm an eine Einbildung glaubte.

„Aber vorher, Jungs ...", fuhr Carmen fort und strahlte plötzlich wie die Sonne. „... sollten wir das tun, was wir am besten können, oder?"

Offensichtliche Verwirrung spiegelte sich auf den Gesichtern der Männer wider.

„Wie meinst du das?", fragte auch Alejandro. Ihm war ebenso wenig klar, wovon sie sprach.

„Na, siehst du das Handelsschiff nicht?"

Mit der Hand zeigte sie darauf und der Kapitän schlug sich innerlich gegen die Stirn. Wie konnte er das übersehen?

„Das wäre doch ein Wunder, wenn keine kostbaren Waren zu holen sind, oder?"

Ohne Vorwarnung zog sie einen Dolch aus ihrem Stiefel und rief. „Alles klar zum Entern!"

Falo brach in schallendes Gelächter aus und auch Alejandro konnte ein Lachen nicht unterdrücken.

KAPITEL 11

Es handelte sich nicht um ein abruptes Erwachen. Udanes Bewusstsein kroch aus einem zähflüssigen Morast empor. Sie kratzte an der Oberfläche dessen. Als befände sie sich unter dem glitzernden Meeresspiegel. Dort sah sie hinter ihren geschlossenen Lidern das einladende Licht eines neuen Tages. Wärme flutete ihren Körper, während von ihrer Stirn ein feuchtes Gefühl ausging. Etwas benetzte ihre Wimpern und brachte sie zum Blinzeln.

Verschwommen zeichnete sich Leans Gesicht über ihr ab. Sein Anblick reizte sie bis aufs Blut, obwohl sie nicht mit Gewissheit festmachen konnte, was der Grund dafür war. Bevor er die Gelegenheit hatte, ein Wort zu sagen, holte sie aus und schlug ihm auf die Wange. Ihrem Schlag fehlte die übliche Kraft, für die sie unter der Mannschaft gefürchtet war.

„Du solltest dich noch schonen, meine Liebe. Obwohl, du hast nichts von deiner Wildheit verloren. Die Mannschaft wird erleichtert sein, das zu hören. Ein paar der Männer haben bereits Wetten darauf abgeschlossen, ob du mit einem Arm weniger noch die Erste Maat sein kannst. In dem Punkt hast du mich jedenfalls überzeugt."

Udane versuchte, den Sinn hinter dieser Aussage zu verstehen. Ihr fiebriger Verstand weigerte sich allerdings beharrlich, seinen Dienst aufzunehmen.

„Was … redest du … da?"

Ein plötzlicher Reizhusten schüttelte ihren Körper heftig durch.

„Schon vergessen?", fragte Lean. „Bei dem heftigen Seegang vor einigen Tagen hast du dir den Unterarm gebrochen. Ich habe ihn zwar geschient, aber ich bin kein Arzt, also …"

Sein Schweigen hing bedrückend zwischen ihnen, während Lean ihre rechte Körperhälfte betrachtete. Mühsam drehte Udane den Kopf und schloss in der gleichen Sekunde die Augen. Eine Welle der Übelkeit überrollte sie. Eiligst drehte sie sich auf die Seite und erbrach bittere Galle.

Als sie so da lag, wurde ihr das Ausmaß von Leans Worten bewusst. Sie spürte keine Finger, keine Hand und nicht den Anflug eines Unterarms, auf dem sie liegen sollte. Der Gedanke, wie ihr zukünftiges Leben somit aussehen sollte, ließ sie neuerlich würgen.

„So schlimm ist das nicht, Udane. Sobald wir in Cádiz anlegen, kannst du von Bord gehen und … Ich weiß nicht, vielleicht lernst du ja einen netten Kerl kennen. Du hast noch ein paar gute Jahre vor dir, um dem Ärmsten dann Kinder zu schenken und …"

„Halt … dein Maul."

Lean reagierte darauf nicht, als er unbeirrt weitersprach. „Möglicherweise hast du sogar Glück und stirbst nicht im Kindbett. Ja, sicher wird es schwer sein, mit nur einem Arm einen Mann zu finden, aber ich helfe dir. Das bin ich dir schuldig, bei dem, was ich dir alles verdanke. Ohne dich hätte ich kein Schiff, keine Mannschaft und keinen Frachtraum voll mit Edelsteinen."

Sie hob den Kopf und starrte ihn an. Augenblicklich hatte sie das Bild wieder vor sich. Der Sextant, der Kartentisch und Lean vor ihr.

„Schnauze!"

„Selina kennt bestimmt jemanden. Ein Einarmiger, der eine Einarmige sucht und …"

Udane setzte sich ruckartig auf, ballte die gesunde Hand zur Faust und rammte sie Lean in den Magen. Der Kapitän stieß einen dumpfen Laut aus. Er sackte neben der Bettstatt in die Knie und keuchte geräuschvoll.

Offensichtlich glaubte er, sie wüsste nicht, welchem Umstand sie den Verlust ihres Armes zu verdanken hatte. Es blieb allerdings die Frage offen, warum sie überhaupt noch lebte. Wahrscheinlich hätte er ihre Leiche vor der Mannschaft nicht schlüssig erklären können. Oder war er gestört worden? Udane versuchte, sich daran zu erinnern, fand jedoch nichts als Dunkelheit vor. Es war zum aus der Haut fahren. Ihr fehlten zu viele Stunden der letzten Tage.

„Na gut, also … keinen Kerl", warf Lean in dem Moment ein.

Sie wollte ihn neuerlich schlagen. Der Wunsch, ihn zu erschießen, bekam eine übermenschliche Priorität. Aber wie würde die Mannschaft darauf reagieren? Noch konnte sie es sich nicht leisten, ihn von seiner Kapitänsstellung zu vertreiben. Das setzte voraus, dass die Piraten der *St. Juliette* hinter ihr standen. Dazu musste sich Udane ihnen zeigen.

„Hilf mir auf", forderte sie und streckte Lean den unversehrten Arm entgegen.

Ungeduldig winkte sie, als er keine Anstalten machte, sich zu bewegen. In seinen grünen Iriden zeichnete sich Misstrauen ab. Sie musste ihn bei Laune halten, weshalb Udane sich zu einem Lächeln durchrang und sagte: „Komm schon. Hast du geglaubt, ich lasse mich an irgendeinen besoffenen Kerl verschachern? Du weißt, dass ich dieses Schiff nicht verlasse. Jetzt bring mich raus zur Mannschaft."

Noch immer zögerte Lean. „Konntest du dich überhaupt an den Unfall erinnern? Ich meine, weißt du noch irgendwelche Einzelheiten?"

Was soll ich dir darauf antworten, du Bastard. Ich weiß alles. Jedes verdammte Wort, aber ich bin nicht blöd. Ich schaufle mir nicht mein eigenes, nasses Grab, überlegte Udane und schüttelte stattdessen den Kopf.

Wenn Lean diese Reaktion weiterhin verunsicherte, so zeigte er es nicht. Dagegen nickte er knapp und half ihr auf die Beine. Udane taumelte, befreite sich jedoch aus seinem Griff und stolperte zum Kartentisch.

„Lass dir helfen."

„Nein!"

Er war für ihre Lage verantwortlich und wollte nun seine Haut retten. Udane musste alleine vor die Mannschaft treten, nur dann würde sie weiterhin Erste Maat bleiben. Sie schluckte das neuerliche Gefühl der Übelkeit hinunter. Ihre braunen Augen fixierten die Tür, als sie sich vom Tisch abstieß und darauf zu ging. Der leichte Seegang kaschierte ihren schwankenden Gang, half ihr jedoch nicht gegen den Schweiß, der ihr aus den Poren trat. Die Kleidung klebte unangenehm auf ihrer Haut und scheuerte an einigen Stellen.

Frustriert ob der Gesamtsituation lehnte sie sich an den Türrahmen und verpasste der Tür einen Tritt. Das Holz schlug geräuschvoll gegen ein Munitionsfass draußen an Deck. Der Laut brachte einen Teil der Piraten dazu, sich umzudrehen.

Udane sah von einem zum anderen. In den Gesichtern erkannte sie Respekt, Verachtung, Wut und Erleichterung. Sie merkte sich jegliche Reaktion. Später würde es ihr zum Vorteil gereichen, dessen war sie sicher. Jetzt galt es hingegen, ihre Stellung klar zu positionieren, als sie rief: „Was ist mit euch? Das Deck gehört geschrubbt und das Hauptsegel neu ausgerichtet! Die *St. Juliette* segelt mit dem Wind, so weit ich weiß und nicht dagegen, Steuermann!"

Obwohl letzterer sie nicht sehen konnte, spürte Udane den Ruck, welcher über das Deck zog. Der Steuermann namens Koldo änderte den Kurs minimal, aber ausreichend, um das Hauptsegel aufzublähen.

„Schön, dich wieder unter den Lebenden zu wissen, Erste Maat", sagte José unverhofft. Es brach den Bann zwischen den Piraten und ihr. Einige nickten anerkennend, andere wandten sich ab und begannen das Deck zu schrubben.

Udane beachtete keinen der Männer weiter, sondern ging hinüber zur Reling. Sie lehnte sich mit dem Rücken dagegen und starrte hoch zum wolkenverhangenen Himmel. Flüchtig fing sie eine Kontur im Augenwinkel auf und erkannte Hausumrisse. Rufe drangen an ihre Ohren. Vom Torre Tavira aus hatte man die *St. Juliette* bereits gesehen und machte Meldung. Udane kümmerte es nicht. Sie würde sogleich das Schiff verlassen und Selina aufsuchen. Wenn ihr jemand einen Rat geben konnte, dann die Tavernenbesitzerin.

Es dauerte allerdings noch eine knappe Stunde, ehe das Schiff im Hafen einlief. Fast ebenso lange musste Udane darauf warten, dass die Laufplanken heruntergelassen wurden. Die ganze Zeit über spürte sie dabei Leans bohrenden Blick. Er schien abzuwägen, welche Schritte sie als nächstes unternehmen würde. Wäre der alte Djego noch am Leben, hätte Udane eine Versammlung der Piraten einberufen. Das hing nicht damit zusammen, dass sie gegenüber der Verfluchung von Alejandro plötzlich Zweifel hegte. Vielmehr ging es ihr um das eigene Leben. Ein Erster Maat konnte abgewählt werden, aber der Versuch ihn zu töten, kam Verrat gleich. Obwohl Lean nichts auf den Kodex gab, so existierten Richtlinien, die eingehalten werden mussten. Da Djego jedoch tot war, blieb Udane keine andere Wahl, als allein gegen Lean vorzugehen.

Ihr Blick streifte José, der eine Kiste aus dem Frachtraum trug und damit den Laufsteg hinabging. Er hatte als erster das Wort an sie gerichtet. Möglich, dass sie ihn auf ihre Seite ziehen konnte. Eiligst stieß sich Udane von der Reling ab, warf einen Blick über die Schulter und suchte vergeblich nach Lean. Vielleicht stand er im Frachtraum und überwachte das Entladen der Edelsteine. Es konnte ihr nur recht sein. Er hatte gleich nach der Erbeutung verlautbart, dass er sich um den Verkauf der Steine kümmerte. Eine Last weniger, die auf ihren Schultern ruhte.

Sie hastete die Laufplanke hinab, geriet beinahe ins Stolpern und fing sich gerade noch rechtzeitig. Als José an ihr vorbeigehen wollte, packte sie seinen Arm und schüttelte den Kopf. „Komm mit.“

„Aber die Ladung …“

„Komm“, unterbrach sie ihn.

Der großgewachsene Afrikaner folgte ihr mit einigem Abstand. Gelegentlich fuhr er sich über den kahlgeschorenen Kopf, was Udane daran erinnerte, dass sie bald ihr eigenes Haar nachschneiden musste. Es fühlte sich bereits viel zu lang an.

„Wo gehen wir hin?“

Sie antwortete ihm nicht. Führte ihn stattdessen vom Hafen fort und durch die engen Gassen von Cádiz. Eine kühle Brise streifte Udanes Haut. Gelegentlich glaubte sie, ihren rechten Arm zu spüren, aber da war nichts mehr. Nie wieder würde sie dort eine Berührung erleben. Niemals etwas in Händen halten. Sie stand kurz davor, bei diesem Gedankengang in Tränen auszubrechen, als die Taverne *Zum sinkenden Schiff* vor ihr auftauchte.

„Was wollen wir hier? Selina bekommt einen Teil der Edelsteine später geliefert, das hat der Kapitän bereits angeordnet. Der Rest geht an ein paar spanische Händler."

„Wir müssen reden, José."

Sie sagte nichts weiter, öffnete die Tür und betrat den großen Raum. Selina stand hinter dem Tresen, schenkte einen Becher ein und hob den Kopf. Sogar auf die Entfernung erkannte die Tavernenbesitzerin, dass etwas offenbar nicht stimmte. Udane bemerkte es ebenfalls. Sie ging sonderbar geneigt, was vermutlich am fehlenden Arm lag.

„Wohin?", fragte José nach und sah sich nach einem freien Tisch um.

Die Taverne war zu dieser Stunde des Tages nicht gut besucht. Einige Seefahrer saßen an einem hinteren Tisch und spielten Karten. Sie warfen Udane knappe Blicke zu. Einer der Männer grinste auffällig, was Udane dazu brachte, die Hand auf den Gürtel zu legen. Die Steinschlosspistole hatte sie sich vor einer Stunde aus der Waffentruhe geholt, als Lean mit dem Steuermann beschäftigt war.

„Nach hinten", sagte sie schließlich und verfolgte, wie das Grinsen vom Gesicht des bärtigen Mannes verschwand.

Jeder kannte die Erste Maat der *St. Juliette*. Sie war schnell mit der Waffe und den Fäusten. Ganz gleich, in welchem Zustand Udane bereits gewesen war, sie hatte es häufig geschafft, aus solchen Situationen als Siegerin hervorzugehen.

Schweigend hielt José auf den hinteren Durchgang zu. Die Stufen führten hinab in einen Gang. Linkerhand befanden sich der Weinkeller und die Lagerräume. Genau gegenüber davon durchquerte Udane mit dem Piraten einen Türbogen.

In dem anschließenden Raum fanden gewöhnlich Hahnenkämpfe statt. Zuweilen feilschte Selina hier mit den Piraten. Jetzt standen die Tische und Bänke verwaist vor Udane. Sie sank auf den nächstbesten Stuhl und wartete, dass José ihrem Beispiel folgte.

„Was gibt es zu besprechen?", fragte der Mann und zeigte eine Reihe gelblicher Zähne.

Udane behielt den Durchgang im Auge, als sie sagte: „Wie war die Stimmung auf dem Schiff, nachdem ich diesen … Unfall hatte?"

„Schlecht", antwortete José sofort. „Ein Teil der Mannschaft hat nicht geglaubt, dass du so unvorsichtig bist und mit dem Kopf gegen einen Tisch schlägst. Andere haben behauptet, dass du dich gegen Lean etwas zu heftig zur Wehr gesetzt hast und dir das eben gebührte. Wenn der Kapitän jemanden in seinem Bett haben will, dann fügt man sich."

Die Worte lösten bei Udane ein Schnauben aus. Lean interessierte sich einen Dreck für Frauen. Sein Interesse galt Büchern, Folianten und gelegentlich einem schüchternen Burschen. Immerhin wusste sie nun, was die Mannschaft von ihr hielt: Es war weniger, als sie erwartet hatte.

„Aber die meisten denken, dass es zwischen euch Streit gab", schob José hinterher.

Diese Aussage ließ sie hellhörig werden. Udane neigte sich vor und fragte: „Wie viele glauben das?"

„Von den siebzig Mann?" José zuckte mit den breiten Schultern und zeigte ihr fünf Finger. „Fünfzig. Der Rest … Na ja, was soll man über die schon großartig sagen?"

„Wären die Männer bereit, sich gegen den Kapitän zu stellen?"

„Nein. Als du bewusstlos warst, haben wir noch drei Schiffe geplündert. Es gab, wie immer, keine Gefangenen, aber reichlich Beute. Die Mannschaft verzichtet darauf nicht und vergisst es nicht so schnell."

„Bis zur nächsten Flaute", gab Udane zu bedenken.

„Eine Flaute kommt und geht. Auf sie folgt die nächste Prise und alles ist wieder vergessen. Der Kapitän muss schon etwas sehr schwerwiegendes anrichten, um von der Mannschaft jetzt verstoßen zu werden. Du weißt das, Udane. Du bist die Erste Maat. Warum muss ich dir das sagen?"

„Weil ich das Gefühl habe, diese Piraten nicht mehr zu kennen", antwortete sie ehrlich.

José schüttelte den Kopf und lehnte sich ein Stück zurück. „Sobald du beginnst, an dir zu zweifeln, bleiben die Prisen aus."

„Was zu einer Flaute führt", stellte Udane fest.

„Ja. Vergiss nur nicht, dass es dich auch deinen Kopf kosten kann. Der Kapitän hat nicht alle Männer hinter sich, aber zwanzig sind mehr als nichts. Außerdem bräuchte es einen geeigneten Gegner."

„Was wäre mit einer Gegnerin?"

Eine bedrückende Stille legte sich über den Raum. Udane kam nicht umhin, José zu mustern. Er hielt dem Blick stand, bis er begriff, dass es ihr Ernst mit dieser Frage war. Erst dann stieß er geräuschvoll den Atem aus und starrte zur Decke.

„Deine Haltung sagt bereits, dass es nicht möglich ist."

„Das … habe ich nicht gesagt", hielt José dagegen.

„Brauchst du auch nicht."

„Udane, du bist die Erste Maat. Warum willst du jetzt Kapitänin werden? Du hast uns Lean damals vorgesetzt und wir haben diese Wahl akzeptiert, obwohl wir nicht für ihn gestimmt haben. Wenn es dir um diesen Posten gegangen wäre, hättest du damals danach greifen müssen."

„Du meinst, heute ist es zu spät."

„Nein, aber … Es ist schwieriger. Ich rede nicht von deinem Arm, aber die Männer werden nicht verstehen, was los ist."

„Wie könnten sie auch? Lean hat etwas …" Udane brach ab. Im Durchgang stand der Kapitän der *St. Juliette* und sah sie an.

„Hier steckst du, José. Hat dir irgendwer erlaubt, das Schiff während des Entladens zu verlassen?"

Leans Stiefelschritte hallten durch den Raum, als er sich dem Tisch näherte und dem Piraten auf die Schulter schlug.

„Ich habe ihm gesagt, er soll mich begleiten", kam Udane jeglicher Ausrede Josés zuvor.

„So, hast du das? Und mit welcher Begründung?"

„Mir war …" Udane begab sich sehenden Auges auf die Planke ihres Todes, als sie sagte: „Mir war nicht gut. Ich musste vom Schiff runter und …"

„Dann hast du also auf unsere Erste Maat ein Auge gehabt, José?"

„Ay, Kapitän."

„Nun, das entschuldigt natürlich deine Abwesenheit. Ich mache dir einen Vorschlag. Du gehst jetzt gleich zurück zum Hafen und überwachst das weitere Entladen des Schiffes. Solange bleibe ich hier. Wir sollten ohnehin auf deine Genesung anstoßen, Udane."

„Ja, sollten wir", gab sie zurück und bedeutete José zu verschwinden.

Mit einem Mal fragte sie sich, ob er bei der nächsten Ankerlichtung noch am Leben wäre. Zwei Tote hintereinander würde Lean vermutlich nicht riskieren, aber bereits jetzt bedauerte sie ihr Verhalten. Sie hätte wissen müssen, dass Lean sie suchen würde, sobald er ihr Verschwinden bemerkt hatte.

„Also, Erste Maat, hast du bereits die nächste Prise in Aussicht?"

Es handelte sich um eine unverfängliche Frage. Lean grinste sie dabei an, in seinen Augen lag jedoch blanker Zorn. Vielleicht hatte er einen Teil des Gespräches mitbekommen. Unter Umständen war er völlig ahnungslos. Udane wusste nur, dass sie noch vorsichtiger sein musste als gleich nach Eloys Tod. Sie musste die Piraten auf ihre Seite ziehen und das ging lediglich mit einigen Flauten. Ein kalkuliertes Risiko, welches sie eingehen musste. Anders konnte sie nicht am Leben bleiben und die *St. Juliette* aus der Gewalt dieses Wahnsinnigen befreien.

Im Moment konzentrierte sie sich darauf, den Kopf zu schütteln. „Selina hatte noch keine Zeit für ein Gespräch."

„Nun, sie wird sich diese jetzt wohl nehmen müssen", hielt Lean dagegen.

Udane nickte bloß und stand auf. Sie verließ den Raum und stieg hoch zum Tresen. Selina sagte nichts, füllte lediglich einen Becher mit Wein und stellte diesen vor Udane ab.

„Wir haben Beute gemacht mit den Holländern", ergriff Udane das Wort.

„Du hast wohl auch was verloren", merkte Selina an.

„Ja, was soll ich sagen? Es war … Es ist anders gekommen, als vermutet."

Selina nickte nur und schielte an Udane vorbei. Die Geste veranlasste sie, sich umzudrehen. Aufmerksam folgte sie dem Blick der Tavernenbesitzerin zu einem Tisch. Dort saß ein junger Bursche. Eigentlich beinahe ein Kind, aber etwas an ihm reizte Udane. Es mochte der blonde Haarschopf sein. Vielleicht lag es auch an den eisblauen Augen, mit denen er sie musterte. Jedenfalls nahm Udane den Weinbecher an sich und begab sich zu dem Tisch.

„Hab dich hier noch nie gesehen. Bist du neu in der Stadt?"

„Vor einigen Tagen mit einem Handelsschiff eingelaufen", erwiderte der Bursche. „Bin auf der Suche nach Arbeit."

Udane schnaubte, als sie die schmächtige Statur musterte. „Da wirst du hier lange suchen, Junge."

„Ich bin kein Junge, ich bin ein Mann!"

Der trotzige Ausdruck in der Stimme spiegelte sich auf dem Gesicht wider. Udane suchte noch immer nach einem Grund, warum sie hier stand. Irgendetwas an dem Knaben hatte ihre Aufmerksamkeit erweckt.

„Und wie alt ist dieser Mann, der hier sitzt?"

„Neunzehn."

„Oh, Junge, bitte. Lüg mich nicht an. Wenn du auch nur einen Funken Verstand besitzt, dann weißt du, wer ich bin."

„Ihr seid die Erste Maat der *St. Juliette*. Señora Selina sagte mir, dass ich am besten hier auf Euch warte."

„Hat sie das?"

„Ihr sucht doch immer wieder Männer für das Schiff, nicht wahr?"

Ein hoffnungsvolles Lächeln zeichnete sich auf dem Gesicht des Bengels ab. Udane war bereits versucht, Nein zu sagen, als Lean die Stufen hochkam, innehielt und den Jungen ebenfalls musterte. Jetzt wusste sie es! Die Zahnlücke zwischen den beiden Vorderzähnen. Ganz gleich, welchen Burschen Lean in sein Bett holte, sie mussten eine Zahnlücke besitzen. Udane hatte nie nach dem Grund gefragt, aber möglicherweise saß ihr hier die Gelegenheit gegenüber, mit welcher sie Lean zu Fall bringen konnte.

Der Kapitän starrte den Knaben noch einige Sekunden an, ehe er Udane zunickte und eiligst die Taverne verließ.

„Hast du einen Namen?"

„Marino."

„Und wie alt bist du, Marino?"

„Siebzehn", antwortete er nach einigen Sekunden und seufzte verhalten.

Ich baue meine Zukunft auf einem Siebzehnjährigen auf, überlegte Udane. *Möglicherweise auf der Leiche des Burschen. Aber was soll's. Ich muss so handeln. Anders bekomme ich Lean nicht von der St. Juliette. Er muss Marino nur oft genug alleine sehen. Dann wird er den Jungen schon zu sich holen und sobald das der Fall ist, wird er auf die Prisen vergessen. Das verzeiht ihm die Mannschaft dann gewiss nicht.*

„Na dann, willkommen an Bord der *St. Juliette*", verkündete Udane mit einer Spur zu viel Freude.

Falls Marino davon etwas bemerkte so sagte er nichts. Stattdessen griff er nach dem Weinbecher, welchen sie ihm just hinhielt. Er leerte den Inhalt mit zwei großen Schlucken.

Du gehst deinem möglichen Untergang entgegen, Junge. Aber sei's drum. Es geht nicht anders.

KAPITEL 12

„Klar zum Entern."

Noch ehe die Überraschung über Carmens Ausruf verklungen war, steuerte die *St. Elizabeth* näher an das Handelsschiff heran. Dies geschah so schnell, dass kaum Zeit für die Verteidigung blieb. Für Alejandro sah es ferner so aus, als ob die Händler überhaupt nicht mit einem Angriff gerechnet hatten.

„An die Geschütze!", rief Falo. „Bereit machen zum Feuern!"

Eifrig wurden die Kanonen geladen. Der Steuermann segelte weiter auf das gegnerische Schiff zu und vollführte eine Wendung zur Breitseite hin.

„Feuer!", schrie Alejandro in der Sekunde.

Die Kanonen donnerten los, Kettenkugeln segelten durch die Luft und schlugen gegen den Stützmast des Handelsschiffes. Die nächsten Kugeln trafen die Breitseite, während die gegnerischen Geschütze geöffnet wurden. Erst jetzt besaß jemand die Geistesgegenwart, die Piratenflagge zu hissen. Sie flatterte unaufhörlich im Wind, was auf dem Handelsschiff zu mehreren aufgebrachten Rufen führte. Der Totenkopf war in diesem Teil der Meere wohlbekannt und wurde sofort mit der *St. Elizabeth* in Verbindung gebracht.

Trotzdem täuschte dies nicht über die aufgeregten Handbewegungen hinweg. Die Kaufleute hatten offenbar mit einer ruhigen Überfahrt gerechnet.

Dabei sollten sie das nicht. Immerhin sind nicht nur wir hier aktiv.

Die *St. Elizabeth* trieb näher an das Handelsschiff heran. Die Mannschaft zögerte nicht und machte sich daran, auf das gegnerische Schiff überzusetzen. Natürlich hatten die Händler mittlerweile erkannt, dass man sie überfallen wollte. Aber ihre Gegenwehr schien mehr als schwach. Obwohl … Alejandro legte den Arm um Carmens Schultern und beäugte misstrauisch die vereinzelten Kämpfe. Die ehemalige Nonne tat es ihm gleich, aber auch in ihren Augen blitzte das Misstrauen auf.

So einfach kann das doch gar nicht sein, oder? Händler sind zwar keine Kämpfer, aber alles andere als dumm. Was soll das also? Sie verlieren noch das Ansehen bei der Reederei, wenn sie hier keinen ordentlichen Kampf abliefern.

Er hörte Säbelrasseln und Todesschreie. Es schien alles zu funktionieren, aber freuen konnte Alejandro sich nicht. Wenn er unter Djegos Fuchtel eines gelernt hatte, dann zum einen, dass ein Überfall niemals ohne Probleme ablief. Zweitens, dass Händler ziemlich verschlagen sein konnten. Oft hatten sie den einen oder anderen Trumpf im Ärmel, mit dem man nicht rechnete und grundsätzlich zu spät bemerkte. Carmen schien ähnliche Gedanken zu hegen. Ihre angespannte Haltung verriet mehr als tausend Worte.

„Willst du zu ihnen?", fragte sie.

Alejandro schüttelte den Kopf, obwohl alles in ihm danach schrie. „Dem Kodex nach hat der Kapitän an Bord des Schiffes zu bleiben und auch, mit ihm unterzugehen."

Sie grinste. „Seit wann hältst du dich so streng an den Kodex? Wenn es nach ihm ginge, dürfte ich auch nicht hier sein. Höchstens als deine persönliche Nutte."

„Da hast du recht", pflichtete Alejandro ihr bei. „Aber …"

„Hey, Kapitän, hier gibt es reichlich Schmuck." Der Ruf eines Mitglieds seiner Mannschaft klang zu ihm herüber und für den Bruchteil einer Sekunde sah Alejandro dessen strahlendes Gesicht. Er war kurz davor, einzufallen, als das fröhliche Gesicht plötzlich erstarrte und zu einer hässlichen Fratze wurde.

„Was … in Neptuns Namen … geschieht mit mir?"

Die Augen des Jungen weiteten sich und er stieß einen markerschütternden Schrei aus, welchen in dem Getümmel jedoch niemand hörte. Schließlich kippte er wie ein nasser Seesack auf die Seite und rührte sich nicht mehr.

„Was ist da los?"

Alejandro spürte Carmens Hand, die ihn am Arm festhielt. Für den Bruchteil einer Sekunde war er versucht, sich loszureißen. Schließlich war er der Kapitän und musste seiner Mannschaft zur Seite stehen.

„Verlier nicht den Verstand", zischte die ehemalige Nonne und ihr Griff verstärkte sich.

So gut wie möglich beruhigte Alejandro sich wieder, sofern das in dieser Situation möglich war. Immer mehr Männer starben auf diese Art und Weise, obwohl der Großteil von ihnen mittlerweile bemerkt hatte, dass etwas nicht stimmte. Neptun sei Dank.

„Was geht hier vor?", brüllte Falo und warf einen Blick zu Alejandro, welcher nur den Kopf schüttelte.

„Verdammt, das liegt bestimmt an dem Weibsbild!", schrie einer der Seemänner.

Alejandro wusste nicht, was auf dem anderen Schiff vor sich ging, ahnte aber, dass sie sich unwissentlich in die Höhle des Löwen gewagt hatten. Jedoch glaubte er nicht daran, dass Carmens Anwesenheit der Grund dafür war. Vielmehr tendierte er zu Leans Fluch. Dass die Veränderung bereits begonnen hatte, spürte er deutlich.

„Pass auf!" Carmens Ausruf riss ihn aus seinen Grübeleien.

Erschrocken stellte der Kapitän fest, dass der Kampf eine Wendung genommen hatte und es ersten Gegnern gelungen war, die *St. Elizabeth* zu betreten. Die Gegner hielten ihre Säbel in den Händen. Einer der Feinde feuerte sogar eine Steinschlosspistole ab, deren Pulver allerdings feucht war. Mehr als ein Zischen kam nicht aus der Mündung. Offensichtlich hatten die Händler dennoch mehr an ihren Schutz gedacht als zunächst angenommen.

„Verdammt", zischte der Kapitän und zog seinen Säbel, um sich dem Gegner entgegenzustellen.

Aufgeben kam nicht infrage. Eher würde er mit dem Schiff untergehen. Aus den Augenwinkeln sah er, wie Carmen in geduckter Haltung in das Innere des Schiffes flüchtete. Sein erster Gedanke war, dass sie ihr Heil im Versteck suchte. Was ihn einerseits enttäuschte, andererseits jedoch verständlich schien. Trotz allem war Carmen eine Frau und nicht für den Kampf gemacht.

Das glaubst du doch wohl selbst nicht, protestierte seine innere Stimme. *Carmen hat mit Sicherheit irgendeinen Plan.*

Der Kapitän hoffte inständig, dass es so war. Aber er hatte keine Zeit, sich darum zu kümmern. Die Leute des Händlerschiffes waren wütend, aggressiv und seine eigene Mannschaft geschwächt. Zwar hatten die Männer mittlerweile gemerkt, dass mit den Waren etwas nicht in Ordnung war und davon Abstand genommen, sie zu berühren. Dennoch sah er mindestens zwanzig leblose Körper an Deck liegen. Und wusste Neptun, wie viele es tatsächlich waren.

Ein großer Verlust für einen einfachen Überfall, dachte Alejandro, während er die Angriffe parierte.

Klinge traf auf Klinge. Es klirrte und sein Gegenüber lachte.

„Du hast allen Ernstes geglaubt, unsere Ware stehlen zu können, nicht wahr? Nun, das könnt ihr machen. Aber der Preis ist verdammt hoch. Weder der Schmuck noch irgendetwas anderes soll jemals in eure schmutzigen Hände geraten. Dafür haben wir im Vorfeld schon gesorgt."

Wie kann das sein?

Die Frage zeichnete sich deutlich in Alejandros Gesicht ab. Schließlich wusste niemand, dass sie auf dem Weg nach England waren, nicht wahr? Oder über den Fluch, welchen Lean ausgesprochen hatte.

„Das glaubst aber auch nur du", spottete sein Gegenüber. „Die Gerüchte im Hafen schweigen nie. Das solltest du eigentlich wissen. Und in der Taverne *Zum sinkenden Schiff* gibt es mehr Augen und Ohren, als du vermuten würdest."

Verflucht.

Der Kapitän presste die Lippen aufeinander, sodass nur noch eine weiße Linie übrig blieb. Tatsächlich hatte er in der ganzen Aufregung um Carmen und der Beladung des Schiffes nicht mehr daran gedacht, wie schnell sich im Hafen Gerüchte verbreiteten. Abgesehen davon war Lean ein gehasster, aber auch gefürchteter und berüchtigter Pirat.

Mit offensichtlich mehr Einfluss, als wir dachten. Trotzdem erklärt das noch immer nicht, wie sie unsere Route ausfindig gemacht haben. Ist vielleicht ein Verräter unter uns?

Ein stechender Schmerz im Hinterkopf unterbrach seine Gedanken und er biss die Zähne zusammen. In seiner Grübelei hatte Alejandro mehrere Sekunden lang nicht aufgepasst. Weswegen es dem Gegner gelungen war, ihn auf die Planken zu befördern. Er versuchte noch, aufzustehen, aber der andere war schneller.

„Lean wird sich freuen, zu hören, dass du deinen letzten Atemzug getan hast." Mit einem schleimigen Grinsen stellte der andere sich auf seinen Torso und Handgelenk, um ihn bewegungsunfähig zu machen. Der Säbel glitt Alejandro aus der Hand und einige Wimpernschläge lang glaubte er tatsächlich an das Ende.

„Hey ... du Schleimbeutel!"

Die Stimme kannte Alejandro ganz genau und seine Lethargie zerbrach in tausend Scherben. Er zappelte wie wahnsinnig in der Hoffnung, sich irgendwie befreien zu können. Was jedoch infolge des massiven Körpergewichts seines Gegenübers nicht einfach war. Dieser schaute in einer Mischung aus Verwirrung und Belustigung zu Carmen, die ein paar Schritte entfernt stand. In den Händen hielt sie, so weit Alejandro sehen konnte, einige Fläschchen. Jedoch war es unmöglich für ihn, den Inhalt zu erkennen.

„Oh, was für ein hübsches Frauenzimmer habt ihr hier?" Während er sprach, fuhr der Fremde mit der Zunge lüstern über seine Lippen. „Vielleicht sollte ich, wenn ich dich zu deinem Neptun geschickt habe, mal ihre Röcke heben."

Das glaubst du. Alejandro grinste. *Carmen wird das niemals zulassen und dir die Leviten lesen.*

„Das könnte dir so passen!", keifte die ehemalige Nonne und schleuderte, bevor jemand reagieren konnte, Alejandros Gegner ein Fläschchen ins Gesicht.

Entsetzt riss dieser die Hände hoch. „Ah ... meine Augen! Was ist das für ein Zeug?"

Alejandro nutzte die Gelegenheit, sich zu befreien und dem Fremden mit einer einzigen Bewegung seinen Säbel in die

Brust zu stoßen. Dieser taumelte einige Schritte zurück und fiel leblos zu Boden.

„Danke. Du hast mich gerettet."

Er schenkte Carmen ein strahlendes Lächeln, was diese erwiderte.

„Gern geschehen. Aber freue dich nicht zu früh, der Kampf ist noch nicht zu Ende."

Tatsächlich machten weder die Händler noch die Piraten Anstalten, den Kampf aufzugeben. Erstere schienen außerdem wild entschlossen, sich für die Demütigung zu rächen. Jedoch hatte Alejandros Mannschaft durch die Rettung ihres Kapitäns wieder neuen Mut gefasst und ging beherzter zur Sache.

„Zieht eure Hemden über die Hände", schrie Carmen, während sie die Fläschchen an die Mannschaft verteilte. „Ihr dürft die Ware auf keinen Fall berühren, sonst seid ihr des Todes."

Falo hechtete in dem Moment zu Alejandro hinüber. Er währte einen Säbelhieb gegen den Rücken seines Kapitäns ab. Im gleichen Atemzug riss er die Steinschlosspistole aus seinem Gürtel und feuerte eine Kugel in die Brust eines heranstürmenden Feindes.

„Ich weiß, es klingt seltsam", meinte Falo zu Alejandro, als sie Rücken an Rücken standen und kämpften. „Aber ich bin mittlerweile ganz froh, dass wir das Frauenzimmer mitgenommen haben. Selbst wenn dieses Buch nicht existieren sollte."

„Sie heißt Carmen", berichtigte Alejandro ihn und verpasste seinem Gegner einen gezielten Tritt gegen die Kniescheibe, woraufhin dieser aufschrie. „Aber du hast recht. Ohne sie wären wir mit hoher Wahrscheinlichkeit nicht mehr am Leben."

„Mich würde allerdings interessieren, was in diesen Flaschen war."

Nicht nur dich, fügte Alejandro in Gedanken hinzu.

Ihm brannte diese Frage ebenso auf der Seele. Eine so intelligente Frau wie Carmen war ihm noch nie zuvor begegnet. Auch schien sie über die Substanz auf den Waren Bescheid zu wissen. Für den Bruchteil einer Sekunde kamen Zweifel auf, ob er richtig gehandelt hatte. Schließlich konnte eine zu hohe Intelligenz auch zur Gefahr werden.

Jetzt sei kein Feigling, mahnte seine innere Stimme. *Ohne Carmen würdest du keinen Atemzug mehr tun.*

„Du verdammtes Weib!"

Wie auf ein stilles Zeichen schnellte Alejandros Kopf in die Richtung. Falo tat es ihm gleich, obwohl beide von Glück sagen konnten, dass ihre Gegner bereits am Boden lagen. Auch traten die Händler langsam aber sicher den Rückzug an. Offensichtlich hatten sie ihre Unterlegenheit bemerkt.

„Mach gefälligst deine Beine breit, wenn ich es dir sage." Die Stimme klang mehr als zornig.

„Das könnte dir so passen. Zum einen bin ich kein leichtes Mädchen und zum anderen … mitten auf dem Schlachtfeld … geht es wohl nicht."

Carmen hob den Kopf und stieß die Luft aus, während Alejandro sich nur mühsam das Lachen verkneifen konnte. Ein untersetzter Kerl drängte die einstige Nonne gegen eine Kiste beim Mast. Carmen ließ es sogar zu, wobei ein hinterhältiges Lächeln auf ihren Lippen ruhte.

So groß seine Angst, dass Carmen in Schwierigkeiten geraten könnte, auch gewesen war, so genau hatte er um ihre Reaktion gewusst. Und die ehemalige Nonne enttäuschte ihn nicht. Vielmehr zwinkerte sie Alejandro zu, als der Mann ihr einen weiteren Stoß gab und sie einmal um die eigene Achse drehte. Sie stand nun mit dem Rücken zu ihm, während ihre Hände sich zu Fäusten ballten.

„Sollen wir eingreifen?" Falo beobachtete die Szene argwöhnisch und seine Hand lag bereits wieder auf dem Griff seines Säbels.

„Nein", erwiderte Alejandro bestimmt und legte zur Vorsicht die Hand auf seine Schulter. „Ich glaube, sie kommt sehr gut alleine zurecht. Obwohl mir dieser Mann absolut nicht gefällt."

Falo musterte ihn intensiver. Nach kurzer Zeit nickte er. „Ja, du hast recht. Von ihm geht neben einer hohen Skrupellosigkeit auch eine Finsternis aus. Diese macht mir, um ehrlich zu sein, ein wenig Angst. Zumal ich so etwas …" Der Erste Maat zögerte, was nie ein gutes Zeichen war. „… bisher nur bei Lean gespürt oder gesehen habe."

„Was sagst du da?"

Schneller als der Wind ruhte Alejandros Hand ebenfalls am Säbel. Nach wie vor hatte er keine Zweifel, dass Carmen alleine zurechtkam. Aber wenn dieser Kerl tatsächlich etwas mit Lean zu schaffen hatte …

„Hör zu." Carmens Tonfall war eindeutig wütend. „Ich sagte Nein und dabei bleibt es. Außerdem tust du gut daran, mich jetzt loszulassen."

„Ich denke gar nicht daran." Sein schwerer Atem streifte ihr Ohrläppchen. „Ich mag es, wenn das Weib sich sträubt."

„Ach wirklich?", tat Carmen überheblich. „Dann wollen wir mal sehen, wie dir das hier gefällt."

Kurzentschlossen rammte sie dem Fremden ihren Ellenbogen in den Bauch, woraufhin dieser sich schmerzerfüllt krümmte.

„Verdammtes Weib", keuchte er und seine Augen glühten hasserfüllt.

„Ach, du hast schon genug?" Aus Carmens Stimme triefte der Spott. „Dabei habe ich doch noch gar nicht richtig angefangen."

Sie holte aus und trat ihm mit ganzer Kraft zwischen die Beine. Woraufhin Alejandro ein Kichern nicht unterdrücken konnte. Auch Falo lachte leise.

„Ich bringe dich um, wenn ich dich in die Finger kriege."

„So?" Carmen tänzelte um ihren Peiniger herum. Neuerlich warf sie Alejandro einen kurzen Blick zu. In ihren Augen lag etwas, dass er nicht zuordnen konnte. Vielleicht versuchte Carmen herauszufinden, wie weit sie gehen konnte. In seinen Augen durfte sie mit dem Kerl machen, was sie wollte. Sie wartete ohnehin nicht ab, dass er etwas sagte. Ohne die geringste Mühe drückte sie den Kopf ihres Gegners nach hinten und zog in der gleichen Bewegung ihr Messer. Jenes trug Carmen, so wusste Alejandro, immer in ihrem Stiefel. Ein sauberer Schnitt am Hals und schon ergoss sich ein dunkelroter Schwall von Blut auf dem Deck. Carmens Augen blitzten triumphierend und auch Falo stieß einen anerkennenden Pfiff aus.

„Mit dieser Frau sollte man sich nicht anlegen", murmelte er und Alejandro pflichtete ihm bei.

Das war einer der Gründe, weswegen er Carmen an Bord geholt hatte. Obwohl sie ohne Zweifel eine Frau war, hatte sie sehr viel Kraft und den notwendigen Biss zum Überleben. Woher dieser genau kam, wusste er nicht.

„Lean wird euch alle töten", röchelte der Fremde mit letzter Kraft, ehe er tot nach vorne fiel und in seinem eigenen Blut lag.

Alejandro zuckte zusammen. Carmen wich einen Schritt zurück. Aber Falo sprach aus, was sie dachten.

„Was im Namen Neptuns hat Lean damit zu tun?"

„Gute Frage. Nächste Frage", erwiderte Alejandro und kratzte sich am Kinn. „Ich weiß es nicht. Aber ich kenne so eine Situation."

Schließlich entschied Alejandro, den Kurs leicht zu ändern, wobei die Händler ebenfalls Fersengeld gaben. Sie müssten sich ohnehin vor den Schiffseignern erklären. Die Reederei und die Versicherung würden den Kapitän zur Verantwortung ziehen. Er würde seine Anstellung verlieren und letztlich in Armut dahinsiechen. Ein Leben, welches Alejandro für seine Männer nicht vorsah.

Trotzdem, die Unruhe innerhalb seiner Mannschaft war deutlich spürbar. Insgeheim dankte er dem Meeresgott, dass niemand sie an Carmen ausließ. Es gab den uralten Aberglauben, dass eine Frau an Bord Unglück brächte. Doch die ehemalige Nonne hatte das Gegenteil bewiesen.

„Gut, dass ich vor unserem Aufbruch noch etwas Rosenwasser aus der Kirche geholt habe. Allerdings macht mir zu schaffen, dass unser Feind nicht gänzlich unwissend ist. Die Ware mit Weihwasser zu präparieren … Das hätte noch mehr Leuten von deiner Mannschaft das Leben kosten können."

Carmens Aussage ließ Alejandro aufblicken. „Tatsächlich? Das befand sich also in den Flaschen?"

„Natürlich. Man muss auf alles vorbereitet sein. Wir müssen zudem ab jetzt umsichtiger vorgehen. Wenn es stimmt, dass die Gerüchte um deinen Fluch bereits die Runde machen, dann sollten wir keine Zeit verlieren, die Klosterruinen zu erreichen."

Sie hat tapferer gekämpft als manche Männer, dachte er nicht ohne Stolz und legte seinen Arm um ihre Schulter. Die Geste tat beiden gut.

KAPITEL 13

Die Sonne versank hinter dem Horizont und tauchte den Himmel in zarte Rosa- und Goldtöne. Nicht mehr lange und die Nacht würde hereinbrechen. Die See erwies ihnen den Gefallen, träge dahinzutreiben. Gelegentlich fuhr ein Luftzug durch die Segel. Eigentlich eine entspannte Nacht, doch nach Schlafen war weder Alejandro, Falo noch dem Rest der Mannschaft zumute. Gemeinsam saß ein Großteil von ihnen an Deck und starrte wie hypnotisiert auf die Planken. Eine Flasche Rum ging von einer Hand zur nächsten. Eigentlich sollte keiner von ihnen trinken. Darauf achtete Falo gewöhnlich. Doch nach solch einem Kampf musste den Toten gedacht werden. Zudem hätte es weit mehr Unruhe unter den Männern erzeugt, wenn der Erste Maat den Rum konfisziert hätte.

Alejandro zog bei dem Gedanken die Luft ein, während er mit einem Bein über die untere Stufe scharrte, welche hoch zum Oberdeck führte. Zwar hing ihm das heutige Erlebnis genauso nach wie allen anderen. Als Kapitän musste er jedoch die Fassung wahren, denn er trug die Verantwortung für jeden einzelnen auf diesem Schiff. Sein Griff um

Carmens Taille verstärkte sich, ohne dass die Männer es sahen. Aber er war sehr froh, die ehemalige Nonne bei sich zu haben.

Carmen hat heute mehr als deutlich bewiesen, dass sie uns unterstützen will und es wert ist, als ein vollwertiges Mitglied der Mannschaft angesehen zu werden. Egal ob sie eine Frau ist oder nicht.

Ein gewisser Stolz lag in seinen Gedanken, obwohl ihn die Wirklichkeit schnell wieder einholte. Die Mannschaft war stark verunsichert, das spürte Alejandro mit jeder Faser seines Körpers. Kein Wunder, noch nie war ein Beutezug dermaßen schiefgegangen. Von der offensichtlichen Verbindung ganz zu schweigen.

Dieser dreckige Bastard. Scheinbar hat er überall seine Finger drinnen.

Zum Teil gab Alejandro sich selbst die Schuld, weil er damit nicht gerechnet hatte. Nach der Sache mit der Verfluchung hätten sie diesbezüglich mit allem rechnen müssen, aber … konnte er tatsächlich so weit denken?

Leider verleiht dieses Ding keine übersinnlichen Kräfte. Es zerstört dich lediglich von innen.

So unauffällig wie möglich schob er den Ärmel seines Hemdes nach oben. Die Haut darüber schien auf den ersten Blick nach wie vor makellos. Dennoch meinte Alejandro, einen leicht blaugrünlichen Schimmer zu erkennen.

Nein, das darf nicht sein. Ich darf nicht aufgeben. Er presste die Lippen zusammen und sein Gesicht verwandelte sich in eine Fratze. Einige Wimpernschläge lang war der Kapitän sogar versucht, einfach aufzuspringen und sich über die Reling zu stürzen. Vielleicht würde er in den Tiefen des Meeres seine Ruhe finden. Doch bevor Alejandro nur mit der Wimper zucken konnte, verstärkte sich Carmens Griff und verhinderte jede Bewegung. Auch Falo musterte ihn in einer Mischung aus Sorge und Zorn.

Denk nicht einmal dran, schienen seine tiefbraunen Augen zu sagen.

Betroffen über sich selbst senkte Alejandro den Blick. Falo und Carmen hatten ja recht. Er durfte sich nicht gehen lassen. Zum einen half es in der Situation nicht und zum … Schlagartig überrollte ihn ein schlechtes Gewissen.

Wie kann ich nur dermaßen die Kontrolle verlieren? Seine Hand ballte sich zur Faust. *Ich habe die Verantwortung für meine Mannschaft und für das Schiff. Beide zählen auf mich, während ich daran denke, mir das Leben zu nehmen.*

Augenblicklich löste die Anspannung sich aus seinem Körper und er schenkte Carmen ein aufmunterndes Lächeln, als Zeichen, dass er sich beruhigt hatte. Daraufhin lockerte die ehemalige Nonne ihren Griff, ohne ihn ganz loszulassen.

„Ich denke, wir alle sind uns einig, dass der heutige Fehlschlag kein Zufall war", ergriff Falo das Wort und erntete eine zustimmende Kopfbewegung.

„Zum Glück nur fünf Opfer", murmelte einer und Alejandro konnte nicht anders, als zu nicken.

„Ohne Carmens beherztes Eingreifen wären es vermutlich noch mehr geworden."

Auch diese Äußerung traf auf Zustimmung, wenngleich einige Augenpaare die ehemalige Nonne argwöhnisch musterten. Innerlich schlug der Kapitän sich gegen die Stirn. Aus einigen Köpfen war das Misstrauen nicht herauszukriegen. Dabei hatte Carmen spätestens am heutigen Tage bewiesen, dass sie die Mannschaft unterstützen wollte. Von seiner Liebe ganz zu schweigen. Auch Falo entging die gereizte Stimmung nicht.

„Kanntest du das Gift?", wandte er sich unverblümt an Carmen und blickte ihr geradewegs in die Augen.

Eine Sekunde lang breitete sich eine gespenstische Stille aus, doch die ehemalige Nonne verschränkte nur lächelnd die Arme vor der Brust, ehe sie antwortete. „Im Kloster hatten wir sehr viel mit Pflanzen und Kräutern zu tun. Sowohl als Gewürze für die Küche, aber auch als Medizin. Schließlich lebten wir weit außerhalb der Stadt in Isolation und einen Arzt zu bekommen, war alles andere als einfach. Besonders, wenn es schnell gehen musste." Selbstbewusst kniete sie sich hin und ließ ihren Blick über die Mannschaft schweifen.

„Ich weiß sehr gut, was ihr denkt. Und es bedrückt mich wirklich sehr, um ehrlich zu sein. Ich ebenfalls habe heute mein Leben riskiert, damit wir die Gefahr, welche auch für mich unvorhergesehen kam, abwehren konnten. Trotzdem glaubt ihr offenbar noch immer, dass ich mit Lean unter einer Decke stecke . Das kann doch nicht euer Ernst sein."

„Überrascht dich das?", kam es ungehalten vom Steuermann. „Unsere Brüder sterben wegen irgendeines Fluches und du kennst als einzige die Lösung dafür."

„Ich habe heute wohl deutlich bewiesen, dass ich auf eurer Seite stehe."

„Sie hat recht, Männer", mischte sich Alejandro in den aufkommenden Streit ein. „Genauso wie das von allen anderen stand ihr Leben heute auf Messers Schneide. Warum sollte Carmen so etwas riskieren, wenn sie mit unserem Feind im Bunde stünde? Das wäre doch Wahnsinn."

Ein sehr großer Teil der Mannschaft nickte.

„Aber woher hast du dein Wissen über Gifte? Du wusstest sofort, was man machen muss? Von der Sache mit dem Rosenwasser ganz zu schweigen!", rief Petro dazwischen und hielt sich demonstrativ den verletzten Arm.

Er gehörte zu dem Teil der Mannschaft, welche Carmen noch rechtzeitig hatte verarzten können, bevor das Gift seinen Körper von innen zersetzte.

Alejandro hörte, wie Carmen seufzte, und pflichtete ihr stumm bei. Am liebsten hätte er diesem misstrauischen Nörgler auf der Stelle eine Ohrfeige verpasst, riss sich jedoch zusammen. Die ehemalige Nonne hingegen blieb gelassen.

„Ein Grundstock in der Kräuterlehre ist, …" Während sie sprach, wanderte ihr Blick zu jedem Einzelnen. „… dass die Dosis das Gift macht. Schon der Schriftsteller William Shakespeare nutzte diese Aussage."

Die Mannschaft und auch Alejandro schwiegen beeindruckt. Wie eine Frau so gebildet sein konnte, verstanden sie nicht. Doch offensichtlich verhielt es sich so.

„Eigentlich haben diese Händler zwei relativ normale Substanzen verwendet", fuhr die ehemalige Nonne fort.

„Zwei?", rief Petro schockiert und seine Augen weiteten sich.

„Ja … leider", pflichtete Carmen ihm bei. „Das war auch der Grund, weswegen ich relativ lange brauchte, um euch zu helfen. Denn sie haben zwei unterschiedliche Gegenmittel. Gegen Salzsäure hilft Meerwasser zum Beispiel nicht."

„In Ordnung … so weit so gut", meinte Wiss, der bis dahin geschwiegen hatte. „Aber was hast du mit dem Zitat gemeint?"

„Salzsäure und Schwefelsäure sind in niedrigen Konzentrationen harmlos", erklärte Carmen. „Um ehrlich zu sein, habe ich sie auch schon benutzt, um die Taverne zu reinigen, wenn ein Gast mal wieder gekotzt hat. Anders kriegt man das einfach nicht von den Dielen ab. Nur meinten die Kaufleute, ihre Ware darin tränken zu müssen. Und den Tod fanden unsere Männer, weil zwei von ihnen eine Allergie hatten, wovon, wie ich annehme, keiner etwas wusste." Als alle synchron den Kopf schüttelten, fuhr sie fort. „Und die drei anderen haben es dummerweise in die Augen bekommen, wodurch die Säuren bedauerlicherweise ins Gehirn drangen."

Alle schwiegen, hingen ihren Gedanken nach. Auch Alejandro zog scharf die Luft ein. Man konnte nicht sagen, dass er sich fürchtete. Doch eines stand fest, Lean wollte mit allen Mitteln verhindern, dass sie dieses Buch fanden. Auf der einen Seite ein gutes Zeichen dafür, dass es tatsächlich existierte. Auf der anderen Seite …

„Moment mal", unterbrach Alejandro seine eigenen Überlegungen. „Woher weiß Lean eigentlich, dass wir auf der Suche nach dem Buch sind?"

Die Mannschaft blickte Carmen fragend an. Doch diese blieb gelassen.

„Auch das habe ich in einem Buch gelesen. Es passiert nicht immer, glaubt das bitte nicht. Aber es ist nicht ungewöhnlich, dass zwischen dem, der den Fluch ausspricht und den Opfern, eine Art Verbindung besteht. Natürlich wird Lean nie genau wissen, wo wir uns befinden. Doch die grobe Richtung weiß er schon und da ihm das Meer gut bekannt ist …"

„Na bravo", sprach Falo aus, was alle dachten. „Was machen wir jetzt? Lean ist nicht zimperlich und seine Niederlage wird ihn anstacheln."

„Soweit ich das sehen kann, gibt es nur eine Möglichkeit." Alejandro erhob sich, um besser zur Mannschaft sprechen zu können. „Wir müssen schneller sein als er. Ich weiß, das ist Wahnsinn. Doch ich sehe keinen anderen Ausweg."

„Oder hat jemand einen besseren Vorschlag", fiel Carmen ein. „Außer … sich zu ergeben?"

„Niemals. Eher leiste ich den Fischen Gesellschaft", murmelte jemand in der Menge.

Eine Aussage, welcher Alejandro nicht widersprechen konnte. Seine Mannschaft bestand überwiegend aus Leuten, die nur dann Befehlen gehorchten, wenn sie hinter diesen standen. Und das war bei Lean nicht der Fall. Kein Wunder. Einen dermaßen skrupellosen Piraten hatte Alejandro noch nie zuvor gesehen, obwohl er seit Jahren zur See fuhr.

Kein Wunder, wenn Djego und er sich so gut verstanden haben. Er kannte auch kein Zurück und vergaß im Blutrausch gern, zu denken. Andererseits, sogar für Djego war Leans Verhalten letztlich zu unberechenbar geworden.

Ob gerade dieser unablässige Blutrausch zu Djegos Tod geführt hatte, wusste Alejandro nicht. Die genauen Umstände hatte das Meer mit sich genommen, ebenso wie Djegos Körper. Es gab zwar ein offizielles Grab, an dem die Piraten ihm die Ehre erwiesen. Aber jeder Einzelne von ihnen wusste, dass es leer war.

„Auf dem Grab eines Piraten blühen keine Blumen."

Alejandro hoffte, dass es bei ihm anders sein würde. Denn auch wenn noch niemand davon wusste, er hatte nicht vor, sein Leben lang Pirat zu bleiben und auf See zu sterben wie Djego. Nein … seine Vorstellungen gingen in eine andere Richtung. Natürlich würde er die *St. Elizabeth* nicht einfach zurücklassen. Jenes verstieß gegen seine Ehre. Und es würde auch nicht heute oder morgen passieren, aber irgendwann …

Falls ich lange genug lebe.

Sein Blick wanderte zum Firmament. Es war sternenklar und doch zogen mal wieder kleine Schleierwolken auf.

Genauso sieht es in mir aus, dachte er melancholisch und griff nach Carmens Hand, die noch immer neben ihm saß. Die ehemalige Nonne schaute ihn an und ihre Augen sagten mehr als tausend Worte. Niemals hätte Alejandro gedacht, so viel für eine Frau empfinden zu können. Das Verlangen und die Zuneigung schossen durch sein Inneres und er hielt Carmen ohne Zögern fest. Diese lachte kurz auf, verstand aber, was der Kapitän wollte.

„Wir wissen nicht, was passieren wird", hauchte sie lasziv und strich ihm über den Nacken. „Also … lass uns jede Minute nutzen."

„Du hast recht", flüsterte Alejandro und stand auf.

Synchron wanderten alle Blicke zu den beiden. Doch keiner von den Männern grölte oder sagte einen Spruch, wie sie es sonst taten.

„Ich werde mich jetzt schlafen legen. Wir sehen uns morgen."

Wie auf ein stilles Zeichen hin machten die Männer Platz. Niemand sprach ein Wort. Keiner außer Falo. „Es scheint, als hätte der Kapitän sein Glück gefunden. Wer hätte das gedacht? Trotz seiner Gutherzigkeit sagte er nie Nein, wenn es um Weiberschenkel ging …"

„Du hast recht", pflichtete Wiss ihm bei. „Aber ob das jetzt gerade so gut ist, immerhin gibt es einen Fluch zu brechen, oder?"

„Das stimmt." Falo reckte und steckte sich. Auch seine Augen wanderten zum Himmel. „Doch wenn ich irgendetwas im Laufe meines Lebens gelernt habe, dann das: Nutze jede Sekunde und denke nur manchmal an das, was morgen ist."

Carmen und Alejandro gingen in die Kapitänskabine, die zum Glück um einiges größer war als die anderen Kajüten. Sie sprachen kein einziges Wort, sondern küssten sich wild. Mehrere Sekunden lang pressten ihre Lippen sich gegeneinander und ihren Körpern ging es nicht anders. Alejandro hatte das Gefühl, in Flammen zu stehen. Plötzlich wirkte die Kleidung sehr störend. Zum Glück spürte Carmen instinktiv, was in ihm vorging und riss ihm das Hemd mit einer einzigen Bewegung vom Leib.

„Du bist aber stürmisch", lachte er, ohne sich zu wehren.

„Genauso willst du es doch."

Carmens Timbre ähnelte dem zufriedenen Schnurren einer Katze und sie schwänzelte verführerisch um ihn herum.

„Und du?", fragte Alejandro vorsichtig.

Er konnte sich an ihr nicht sattsehen. Der üppige Busen, die breiten Hüften mit ihren Muskeln. Diese Frau wusste, wie man sich durchsetzte und hart arbeitete.

„So?" Carmen hob die Augenbrauen und grinse verwegen. „Du möchtest also auch etwas sehen? Ich verstehe."

Bevor Alejandro antworten konnte, landete er rücklings auf dem großen Bett und die ehemalige Nonne war über ihm. Geschickt setzte sie sich auf seine Beine und schaute ihn an. Auch die Beule in seiner Hose übersah Carmen dabei nicht. Verlockend strich sie darüber, sodass der Kapitän die Augen schloss.

„Bitte."

Ein Teil von ihm protestierte gegen dieses Wort. Niemals zuvor hatte er eine Frau um etwas angefleht. Doch bei Carmen verhielt es sich anders. Hier, in diesem Augenblick, würde Alejandro alles für sie tun.

„Bitte was?"

Viel zu langsam öffnete Carmen ihr Korsett. Dennoch stockte ihm der Atem, als ihre Brüste sichtbar wurden. Alejandros Augen weiteten sich. Wie in Trance setzte er sich auf und strich über das sensible Fleisch. Jeden Millimeter wollten seine Finger erforschen und dabei ihre Leidenschaft sehen.

„Hmm …"

Genießerisch warf Carmen ihren Kopf in den Nacken. Eine Geste, die Alejandro anspornte. Sanft nahm er ihre Brustwarze in den Mund und saugte daran, bis sie sich aufstellte. So gut wie möglich versuchte er, ein Bein zu bewegen, um die einladende Feuchtigkeit zu spüren. Carmens Stöhnen offenbarte ihm ihre Erregung und er war umso überraschter, als sie sich ihm abrupt entzog.

„Was …?"

Weiter kam Alejandro nicht, da Carmen seine Lippen mit einem wilden Kuss verschloss. Er schmeckte ihren Atem, als ihre Zunge seine zum Kampf aufforderte, wobei man nicht sagen konnte, wer gewann.

Als sie sich voneinander lösten, hatte Alejandro keine Zeit, ein Wort zu sprechen. Carmen zog ihm seine Hose von den Beinen und entfernte selbst ihre Unterwäsche.

„Ah …"

Der Kapitän konnte ein Stöhnen nicht unterdrücken, als er schnell und ohne Mühe in die ehemalige Nonne glitt. Jede einzelne Faser seines Körpers spürte die Wärme und die Lust. Mit leicht verklärtem Blick griff er wieder nach ihren Brüsten, um diese zu streicheln. Was Carmen sich gern gefallen ließ. Ihr Keuchen und Stöhnen war Musik in seinen Ohren. Besonders, als sie gemeinsam den Höhepunkt erreichten und erschöpft übereinander zusammenbrachen. Alejandro schlang seine Arme um Carmen, drückte sie noch fester an sich.

„Ich …"

„Psst, sag es nicht."

Ein wenig zu schnell legte sie den Finger auf seine Lippen und eine tiefe Trauer lag in ihrem Blick, welche der Kapitän nicht einordnen konnte. Bereute sie diese Nacht jetzt schon? Zweifel stiegen in Alejandro auf und selbst ein weiterer Kuss vermochte sie nicht zu vertreiben. Unruhig schlief er neben Carmen ein, obwohl bis zum Sonnenaufgang nicht mehr viel Zeit blieb.

KAPITEL 14

Die Tage danach verliefen ereignislos. Obwohl, so glaubte Alejandro, die Anspannung innerhalb der Mannschaft immer weiter zunahm. Zwar verlor niemand die Nerven oder provozierte grundlos einen Streit, aber der Kapitän spürte, wie es unter der Oberfläche brodelte. Und das machte ihm Sorgen, obwohl es momentan nicht zu ändern war.

„Wir sollten bald ankommen", vermeldete Falo vom Oberdeck herunter.

Alejandro warf dem Ersten Maat einen flüchtigen Blick zu und nickte. Seinem engsten Vertrauten stand die Sorge ins Gesicht geschrieben. Vielleicht hing es auch mit dem rauen Seegang zusammen, welchem sie seit den frühen Morgenstunden ausgesetzt waren.

Ich darf mich eigentlich nicht wundern, dachte er und stellte sich an die Reling, um über das Meer zu schauen. Der Wellengang war ruhig, auch wenn das, wie Alejandro nur allzu gut wusste, manchmal nur die Ruhe vor dem Sturm war.

Das Wetter vor der englischen Küste ist zuweilen launischer als eine Frau.

Bei dem Gedanken schob Carmens Antlitz sich vor sein geistiges Auge und ließ ihn grinsen. Die ehemalige Nonne hatte keine Probleme damit, ihr Verhältnis offen zu zeigen, auch wenn sie es vermied, ihn vor der versammelten Mannschaft zu küssen. Aber manchmal glitt ihre Hand über seinen Hintern oder sie zog ihn mit Blicken aus. Letzteres ließ ihn regelmäßig schaudern, wobei er es, wenn möglich, verbarg. Zwar gab Carmen den anzüglichen Sprüchen problemlos Konter. Manchmal sogar so gut, dass Alejandro selbst die Kinnlade hinunterfiel, doch er durfte seine Autorität auf der *St. Elizabeth* nicht verlieren. Kein Mann folgte einem Kapitän, der einer Frau hinterherhechelte wie ein Hund. Wobei Alejandro dieses Bild ein wenig übertrieben fand. Er liebte Carmen, doch ...

In dieser Situation wird es niemand wagen, mir den Rücken zu kehren.

Sein Gesichtsausdruck verfinsterte sich. Nicht nur, weil er an Carmens Reaktion auf sein Liebesgeständnis dachte, sondern weil der Fluch noch immer wie ein Damoklesschwert über ihnen hing. Zwar hatte niemand über körperliche Veränderungen gesprochen oder sichtbar die Nerven verloren. Aber Alejandro spürte ihre Angst so deutlich wie den Wind in seinem Gesicht.

Ich hoffe nur, dass dieses Buch auch wirklich existiert. Nicht, das Carmen uns in diesem Punkt genauso belogen hat wie bezüglich ... meiner Liebe.

Wie ein Säbel drang der Gedanke in seine Brust und ließ ihn keuchen. Eilig schüttelte Alejandro den Kopf und vergewisserte sich, dass niemand in der Nähe war. Obwohl seine Gutherzigkeit landesweit bekannt war, musste niemand solche Gefühlsausbrüche sehen.

Da empfinde ich zum ersten Mal etwas für eine Frau und sie ...

Bitterkeit stieg in ihm hoch. Noch überdeutlich sah er die Bilder ihrer ersten Nacht vor Augen. Niemals zuvor hatte er so viel Leidenschaft und Zuneigung empfunden. Auch, weil das Feuer nicht erlosch. Im Gegenteil, wenn er in Carmens Armen erwachte, fühlte Alejandro sich wie neu geboren. Was bei dem, was vor ihnen lang, mit Sicherheit von Vorteil sein konnte. Dennoch ging ihm ihre Zurückweisung nicht aus dem Kopf.

Im Grunde war es keine, mahnte seine innere Stimme und Alejandro zuckte zusammen. *Sie wirkte eher verunsichert als abweisend, findest du nicht?*

Er nickte kaum merklich. Diese Behauptung entsprach ohne Zweifel der Wahrheit, aber das machte ihr Verhalten nicht klarer. Carmen war eine starke Frau, die viel im Leben durchgemacht und überlebt hatte. Weswegen sollte ihr dann seine aufrichtige Liebe Angst machen? Alejandro verstand es nicht.

Vielleicht sollte ich sie darauf ansprechen? Oder besser nicht?

„Land in Sicht!"

Der gellende Ruf holte ihn in die Wirklichkeit zurück. Plötzlich bemerkte Alejandro, dass ein dichter Nebel aufzog. Er fluchte leise und eilte Richtung Steuerbord.

Wenn es jetzt noch zu regnen anfängt, droht Gefahr.

Zwar war seine Mannschaft willig, sich jeder Bedrohung zu stellen, aber gegen das Wetter waren sie machtlos.

„Wir müssen so schnell wie möglich anlegen", befahl Alejandro und stellte sich dem auffrischenden Wind entgegen.

„Aber nicht übertreiben", mischte Carmen sich plötzlich ein, woraufhin der Kapitän sie leicht verärgert musterte. Ein Blick, welchem die ehemalige Nonne furchtlos begegnete. „Was ist denn? Wollt ihr an den Felsen, die die Küste säumen, zerschellen, oder wie?"

„Was meinst du?", erkundigte Alejandro sich und ärgerte sich ein wenig über sein Verhalten. Wenn Carmen in seinen Befehl eingriff, dann bestimmt nicht ohne Grund. Außerdem kannte sie die Gegend besser als der Rest seiner Mannschaft.

„Weil dieser Saum aus Felsen alles andere als gleichmäßig ist", erklärte sie bissig. „Vielmehr ist das Gegenteil der Fall. Die Felsen sind sehr unterschiedlich geformt und zu einem großen Teil im Meer verborgen. Ich kann dich verstehen. Nebel und Regen sind keine einfache Kombination, aber untertreibe es nicht mit der Geschwindigkeit."

„Du hast recht", gab Alejandro ohne Scham zu.

Zwar schaute der Steuermann ein wenig irritiert, gehorchte aber sofort. Schließlich erreichten sie den mittelgroßen Hafen einer Stadt, wo sie mit misstrauischen Blicken empfangen wurden.

„Sind die Menschen hier immer so distanziert?", fragte Falo, während er sich auf jegliche Bewegungen in der Menschenmenge konzentrierte. Als würde jede Sekunde ein Messer aufblitzen.

Die ehemalige Nonne nickte kaum merklich. Selbst ihr Blick wirkte verunsichert. „Ja, sie mögen keine Fremden und erst recht keine Piraten."

„Na großartig. Das sind ja beste Voraussetzungen", murmelte Wiss und verließ als einer der ersten das Schiff.

„Du", wies Falo einen der Seemänner an, „nimm die Feldtasche mit. Und sorgt für ausreichend Wasserschläuche. Wir wissen nicht, wie lange wir unterwegs sein werden."

„Wissen wir überhaupt, wo es hingeht, sobald wir an Land sind?", fragte Petro mürrisch und klopfte mit der Faust gegen den Mast.

„Das sehen wir dann, wenn wir an Land sind. Und jetzt pack mit an!"

Der Pirat musterte Falo einige Sekunden, ehe er geräuschvoll aufzog und gleich danach auf den Boden spuckte. Letztlich schulterte er sich einen Wasserschlauch und verließ hinter Wiss die *St. Elizabeth*.

Die übrigen Männer gesellten sich nach und nach ebenfalls auf den Hafensteg, während Alejandro und Carmen als letzte von Bord gingen. Sie schoben sich durch die Masse und schirmten die Mannschaft von den Dorfbewohnern ab. Die Unruhe war nicht zu übersehen, insbesondere als einige Piraten anfingen, die Häuser zu mustern.

Es handelte sich um solide Steinbauten mit Ziegeldächern und gepflegten Vorgärten. Ein Marktplatz befand sich unweit des Hafens. Von dort drang Kinderlärm herüber. Alles in allem sprach das Städtchen für einigen Wohlstand.

„Was wollt ihr hier?" Die donnernde Stimme eines älteren Mannes sorgte dafür, dass alle, auch Alejandro, den Kopf hoben. Seiner Kleidung nach zu urteilen, handelte es sich um den Bürgermeister oder etwas Vergleichbares. „Dies ist eine anständige Stadt. Mit Lumpenpack wie euch haben wir nichts zu schaffen."

„Na vielleicht sind wir hier, um euch zu überfallen", murrte Petro.

Der vermeintliche Bürgermeister ruckte mit dem Kopf in Petros Richtung und schnappte einige Male nach Luft, ehe er rief: „Was erlaubt ihr euch? Wir haben nichts. Wir besitzen nichts von Wert. Verschwindet. Vorräte bekommt ihr hier gewiss keine."

„Wir wollen …" Der Kapitän stockte, was überhaupt nicht seine Art war. „… zur alten Ruine."

„Zum Kloster?", rief eine Frau entrüstet. „Seid Ihr von allen guten Geistern verlassen? Dort lauert der Tod und nichts anderes."

Zustimmendes Gemurmel ertönte. Alejandro presste die Lippen aufeinander. Diese Antwort klang alles andere als gut. Weder für ihr Vorhaben noch für die Ankunft. Seine Hand wanderte zum Griff seines Säbels, obwohl es ihm nicht gefiel, unbewaffnete Leute anzugreifen.

„Genau! Geht zurück auf euer Schiff, wo ihr hingehört!", schrie ein junger Mann und warf sich in die Brust.

Alejandro unterdrückte ein Lachen. Dieser Jungspund wollte sich allen Ernstes mit ihnen anlegen. Schon auf den ersten Blick war offensichtlich, dass er keine Chance hätte. Alleine von der Anzahl her war die Mannschaft ihm weit überlegen. Doch Alejandro wollte kein Blutvergießen, deswegen waren sie nicht hier. Es gab Wichtigeres. Aus diesem Grund beobachtete der Kapitän mit Sorge, dass immer mehr von seinen Männern ihre Hände an die Säbelgriffe legten.

„Halt!" Synchron wanderten alle Blicke zu Carmen, die laut zu sprechen begonnen hatte. „Wir sind Piraten ... das ist richtig. Es abzustreiten, macht keinen Sinn. Aber wir wollen euch nichts Böses."

„Nichts Böses?", echoten der junge Mann und der mutmaßliche Bürgermeister. „Ihr wollt in eine Ruine gehen, in der ein Dämon wohnt. Er wird euch verfluchen."

Das sind wir doch schon längst, dachte der Kapitän.

Er hoffte inständig, dass diese Behauptung nicht das berühmte Körnchen Wahrheit enthielt. Denn dann machte es die Existenz des Buches wahrscheinlicher und den Weg dorthin gefährlicher.

„Trotzdem", sprach Carmen unverändert weiter. „Wir wollen diesen Weg gehen und ihr werdet uns bestimmt nicht daran hindern."

„Dieses verdammte Weibsbild", hauchte Wiss.

Sofort stand er neben Carmen und legte ihr die Hand auf die Schulter. Was die ehemalige Nonne jedoch nicht aufhielt. Im Gegenteil, mit einer schnellen Bewegung schlug sie seine Hand weg, funkelte ihn zornig an und redete ungehindert weiter. „Manchmal gibt es Wege im Leben, die man einfach gehen muss. Ob man will oder nicht. Und glaubt mir, ich weiß, wovon ich rede." Sie machte eine lange Pause, die von Zwischenrufen unterbrochen wurde. „Denn einst trug ich den Schleier."

Lautes Getuschel breitete sich aus.

„Eine ehemalige Nonne. Ich glaube es nicht."

„Was macht sie hier mit diesem Abschaum?"

„Sie ist tief in Sünde gefallen."

Carmen schenkte keiner dieser Aussagen eine Beachtung.

„Wenn wir dorthin gehen wollen, dann gehen wir. Ihr hindert uns bestimmt nicht daran."

Schweigen. Einige wechselten aufgeregte oder aggressive Blicke, andere schauten nachdenklich zu Boden.

„Also gut", lenkte der Bürgermeister schließlich ein und wie auf Kommando teilte sich die Menschenmenge.

Alejandro und Carmen gingen vorneweg und der Rest der Mannschaft folgte ihnen. Weit war der Weg nicht und trotzdem sprach keiner von ihnen ein Wort.

Carmen ist eine außergewöhnliche Frau, dachte der Kapitän. *Aber warum ist sie mir gegenüber so kalt? Glaubt sie meiner Liebe nicht?*

„Schaut mal, da vorne!", rief Falo plötzlich und wie auf ein geheimes Zeichen hin blieb die Mannschaft stehen.

„Das ist die Ruine", erwiderte Carmen. In ihrer Stimme lag eine Spur von Furcht. „Wir sind fast da."

Wieder spürte Alejandro, wie die Unruhe anschwoll. Es war deutlich, dass einige sich am liebsten weigern würden, auch nur einen Schritt weiterzugehen. Zumal niemand sagen konnte, welche Gefahren dort auf sie warteten. An einen wirklichen Dämon glaubte keiner, aber es gab ja noch andere Möglichkeiten.

Andererseits ... welche anderen Wege können wir gehen? Entweder wir reisen dort hinein oder wir bleiben verflucht.

Als Carmen stehen blieb, tat Alejandro es ihr gleich. Eine Gänsehaut legte sich auf seine Arme und er war froh, dass niemand es sah. Nur Falo und Wiss bemerkten seine Aufregung, sagten jedoch nichts.

Schon von außen bot die Ruine einen unheimlichen Anblick. Obwohl sie einst sehr prächtig gewesen sein mochte. Doch schon auf den ersten Blick konnte man sehen, dass das Dach mindestens zur Hälfte eingestürzt war. Auch die Außenwände standen regelrecht auf einem Bein. Irgendetwas sagte Alejandro, dass ein kräftiger Windstoß unter Umständen ausreichte, um sie zu Fall zu bringen. Außerdem sah man deutlich schwarze und grüne Flecken an den Stellen, wo sich einst die wenigen Fenster befunden hatten. Handelte es sich dabei vielleicht um eine giftige Pflanze?

„Wo, im Namen Neptuns, soll in diesem Gemäuer ein Buch versteckt sein?", fragte Petro laut genug, dass es alle hören konnte. „Wenn es tatsächlich hier gewesen ist, hat es mit ziemlicher Sicherheit schon jemand vor uns mitgenommen. Schaut euch das Kloster doch an. Hier kann jeder rein."

Zustimmendes Gemurmel war die Antwort. Einige ballten sogar ihre Fäuste, sodass Alejandro für den Bruchteil einer Sekunde mit einem Aufstand rechnete. Eine Meuterei war das letzte, was er gerade gebrauchte. Dennoch verstand er ihre Zweifel. Die Aussicht, dass ein seltenes Buch hier ungesehen blieb, schien unmöglich. Aber Carmen ließ sich nicht stören. Ohne die Zweifler auch nur einmal anzuschauen, marschierte sie zielstrebig auf die alte Tür zu, um diese zu öffnen. Falo, Alejandro und Wiss wechselten einen Blick.

„Kann diese Frau nichts aus der Ruhe bringen?", flüsterte Ersterer. Es war schwer zu sagen, ob er sie dafür bewunderte oder hasste.

Der Kapitän zuckte mit den Schultern und ging ebenfalls mit. Zwar war er ebenso skeptisch wie seine Männer, aber eine Tatsache hatte sich nicht geändert: Es blieb ihnen keine Wahl. Drinnen sah das Kloster fast noch verstörender aus als draußen. Ein Großteil des Innenlebens war bereits verschwunden oder gestohlen worden. Was Alejandro nicht einmal überraschte. Dass Carmen zielstrebig auf die Überreste des Altars zusteuerte, ohne nach links oder rechts zu schauen, verblüffte ihn dafür umso mehr. Wieso kannte sie sich hier aus?

„Steht hier nicht rum", herrschte sie ohne Vorwarnung die Männer an und packte, zu Alejandros Verwunderung, die linke Seite des Altars. „Helft mir, dieses Ding zu verschieben."

Niemand machte Anstalten, der Aufforderung nachzukommen. Im Gegenteil, nicht wenige Männer wichen einen Schritt zurück oder schauten skeptisch.

„Tut, was sie sagt", mischte er sich ein.

Unter sichtlichem Widerwillen packten drei Piraten die rechte Seite, während zwei weitere sich zu Carmen gesellten. Mit vereinten Kräften schoben sie den schweren Stein und …

Ein überraschtes Raunen ging durch die Menge und auch Alejandro fiel die Kinnlade auf den Boden.

„Das … Das gibt es doch nicht."

Unter dem Altar war eine Falltür versteckt, die offensichtlich in einen Keller führte. Carmen hingegen schaute selbstgefällig von einem zum anderen.

„Was habt ihr denn gedacht, wohin ich euch führe? Natürlich befindet sich das Buch nicht hier oben, ihr Trottel. Dann wäre es tatsächlich schon weg."

„Verdammt." Wiss' Stimme war nur ein Flüstern. „Wir hätten ihr vertrauen müssen."

Der Kapitän nickte. Am liebsten wäre er sofort zu ihr gegangen, um sich zu entschuldigen. Die ehemalige Nonne hatte ihm bisher keinen Anlass gegeben, ihr nicht zu vertrauen. Sogar über die Wahrscheinlichkeit eines Irrtums hatte sie nicht geschwiegen.

Trotzdem ... Ein leiser Seufzer sprang über seine Lippen. Doch für Sentimentalitäten blieb keine Zeit. Ohne ihn eines Blickes zu würdigen, stieg Carmen als Erste in den Keller hinab.

„Seid vorsichtig!", rief sie und warf einen Blick über ihre Schulter. „Die Stufen sind noch da, aber brüchig. Nicht zu viele auf einmal und geht langsam."

Ohne nachzudenken, gab Alejandro den Befehl weiter. Trotzdem schlug sein Herz bis zum Hals, als er selbst an der Reihe war, die Stufen hinabzusteigen. Wenigstens hatte Falo, der bereits neben Carmen stand, an Kerzen gedacht. Einer nach dem anderen stieg hinunter und sie waren kurz vor dem Weitergehen, als ein markerschütternder Schrei ertönte. Schlagartig drehten sich alle um und sahen, wie ein etwas dicklicher Kamerad die Treppe hinunterstürzte. Endlos schien sein Fall und als er an dem Fuß angekommen war, ging dessen Blick starr ins Leere. Petro war sofort neben ihm, ertastete den Puls.

„Er ist tot. Genickbruch", sagte er nüchtern und stand auf.

Die anderen liefen weiter, obwohl die Angst mit jeder Sekunde stieg. Alejandro fragte sich, wie viele von den Männern noch ihr Leben für dieses Unterfangen geben mussten.

Sein Hass auf Lean wuchs in ein unermessliches Ausmaß. Dieser feige Hund zwang ihn dazu, seine Mannschaft zu opfern. Am Ende stünde er vielleicht mit einer Handvoll Piraten da.

„Wofür war das hier alles?", fragte Falo just und schloss zu Carmen auf.

„Zur Flucht und als Versteck", erwiderte Carmen, ohne sich umzudrehen. „Die ursprüngliche Lehre meines Ordens umfasst eine Akzeptanz, gepaart mit Ehrfurcht für den Tod. Jenes kann jedoch schnell in Panik umschlagen. Daher verstanden wir es, unsere Habe und auch uns selbst zu schützen. Achtet darauf, möglichst geradeaus zu gehen".

Sie gingen weiter und weiter. Wie lange, wusste Alejandro nicht. Doch auf einmal blieb er stehen und schaute nach vorne.

„Was ist das für ein Schatten?" Der Kapitän musste an sich halten, um sein Tempo nicht zu beschleunigen. Ein Blick auf die mürben Steine unter ihm genügte, um zu zeigen, dass dies keine gute Idee war. Carmen folgte seinem Blick und erstarrte mitten in der Bewegung.

„Das Buch. Wir haben es gefunden."

Sie hatte Mühe, leise zu sprechen und nicht einfach loszurennen. Stattdessen wies sie die Männer mit einer Handbewegung an, stehen zu bleiben. Langsam ging sie auf die kleine Säule zu, auf der das Buch lag. Obwohl Alejandro nicht viel sehen konnte, ahnte er, wie alt es sein musste.

„Sei vorsichtig, Carmen."

Ob die ehemalige Nonne ihn hörte oder nicht, ließ sich nicht sagen. Einige Minuten vergingen, ohne dass jemand mit der Wimper zuckte. Als Carmen das Buch in die Hand nahm, spürte Alejandro jedoch eine schlagartige Veränderung.

„Verdammt! Was geschieht hier?"

„Mir ist auf einmal so warm", meinte Falo.

Einige der Männer zogen sich die Hemden aus und Carmen wurde trotz der Hitze bleich.

„Das meinten die Leute mit dem Fluch." Ihre Stimme zitterte. „Wir müssen hier raus, und zwar so schnell wie möglich, sonst werden wir im wahrsten Sinne des Wortes gekocht."

„Was meinst du damit?", fragte Wiss panisch.

„Die Römer hatten Fußbodenheizungen", erklärte Carmen. Schweißperlen liefen ihr über die Stirn. „Nun, sie waren nicht die Einzigen und das gleiche System funktioniert auch für Wände."

„Wie kommen wir hier raus? Der normale Rückweg dauert zu lange. Von der angeschlagenen Treppe ganz zu schweigen."

Der Kapitän hatte den Ernst der Lage erkannt und studierte akribisch die Decke nach einem Ausweg. Obwohl die Wahrscheinlichkeit gering war. Wer sich diese Mühe machte, der wollte sein Opfer auf keinen Fall entkommen lassen. Endlose Minuten vergingen. Die Männer stöhnten oder verloren das Bewusstsein. Wiss verteilte so gut wie möglich Wasser, aber es reichte beileibe nicht für alle.

„Halte durch … Falo", bat er.

Das Gesicht des älteren Mannes machte einer Tomate Konkurrenz und der Schweiß floss in Bächen von seinem Körper.

„Mach dir um mich keine Sorgen. Mein Leben ist gelebt. Wichtig ist, dass ihr durchkommt."

„Ich glaube, ich habe einen Ausweg", rief Alejandro. „Wer fühlt sich kräftig genug, Carmen und mich auf die Schultern zu nehmen?"

„Was hast du vor?", fragte die ehemalige Nonne.

„Ursprünglich hatte dein Orden keinen Ausweg durch die Decke geplant. Aber die Natur machte ihnen einen Strich durch die Rechnung. Schau dort." Mit seiner Hand wies er auf die Stelle. „Die Steine sind dort mehr als mürbe. Wenn wir vorsichtig graben."

„Das kann einen Steinschlag geben", warf Wiss ein.

„Mag sein. Aber wenn wir es nicht versuchen, werden wir alle sterben."

Zwei Männer, die noch bei Kräften waren, stemmten Alejandro und Carmen nach oben. Mit vier Enden fingen sie an, die Steine zur Seite zu räumen. Das Geröll schnitt ihnen die Hände blutig, aber sie bissen die Zähne zusammen. Mit jedem Hauch frischer Luft besserte sich der Zustand der Mannschaft und einige halfen sogar noch mit.

„Wir haben es geschafft. Ich sehe Licht!", rief Carmen.

Endlich konnten sie nach draußen klettern, obwohl sieben Todesopfer zu beklagen waren. Falo schaffte es in letzter Minute und schrie vor Freude, als es auch noch anfing zu regnen.

„Lass uns schnell zur St. Elizabeth zurück", meinte Alejandro und legte den Arm um Carmens Schultern.

Zu seiner großen Freude stieß sie ihn nicht weg.

KAPITEL 15

José hatte von einer nötigen Flaute gesprochen. Es bildete den einzigen und richtigen Weg, Lean den Posten als Kapitän streitig zu machen. Udane führte sich dies nicht zum ersten Mal vor Augen.

Vierzehn Tage befanden sie sich bereits auf offener See. Die *St. Juliette* trieb vor der englischen Küste und wechselte jeden zweiten Tag den Kurs. Aktuell herrschte eine angespannte Stimmung auf dem Schiff. Jedes falsche Wort konnte selbige zur Entladung bringen und die Mannschaft in einen wilden Haufen von schlagenden Fäusten verwandeln. Es lag in Udanes Händen diesen Umstand abzuwenden, doch entgegen allen Erwartungen rührte sie keinen Finger.

Vielmehr lehnte sie am Bug des Schiffes und beobachtete die Männer. José schrubbte das Deck, der Ausguck kletterte die Takelage hoch und der Steuermann geriet in einen plötzlichen Streit mit dem Schiffsjungen Marino.

„Du Sohn einer Hure hast mir gar nichts zu sagen!"

Udane verfolgte, wie der Bursche zusammenschreckte. Er drückte jedoch den Rücken sofort durch und versuchte, sich seinen Schrecken nicht anmerken zu lassen. Was genau er sagte, hörte Udane nicht, aber es genügte, damit der Steuermann das Ruder losließ und dem kleineren in den Magen schlug. Sämtliche Tätigkeiten an Deck wurden just eingestellt. José sah in ihre Richtung. Eine Geste, welche viele der Piraten vollführten, während zwei Männer bereits den Weg auf das Oberdeck suchten.

Ausdruckslos stieß sich Udane von ihrem Platz ab und steuerte ebenfalls die beiden Streithähne an. In der Sekunde ballte der Schiffsjunge die Fäuste und schlug dem Steuermann ins Gesicht. Einige Piraten stießen überraschte Laute aus, anderen grinsten boshaft. Erst recht, als der massige Steuermann den Knaben im Nacken packte und ihn Richtung Reling drängte.

„Ich habe doch nur Befehle des Kapitäns weitergegeben!“, schrie der Schiffsjunge just.

„Der kann sich seine Befehle in den Arsch schieben! Wenn er was will, soll er sich zu mir bequemen und mir die Route ansagen.“

„Ich wollte das doch nicht!“

„Du hast meine Mutter beleidigt, du Bastard.“

Udane seufzte, zog ihr Entermesser und drängte sich zwischen den Männern hindurch. Viele wichen von selbst zur Seite, andere versperrten ihr absichtlich den Weg.

„Zur Seite mit euch.“ Ihre Stimme besaß seit einigen Tagen einen raueren Klang. Seit sie auf Bier und Rum verzichtete, wirkte ihr Verstand noch klarer und arbeitete schneller. Dementsprechend wusste sie, dass der Schiffsjunge bei der Mannschaft beliebt war. Das lag nicht etwa daran, weil jeder zweite ihn gern mal in seiner Hängematte wollte. Der Knabe besaß schlicht die Fähigkeit, alles zu beschaffen, was gewünscht wurde. Abgesehen davon rührte ihn ohnehin niemand an. Das offene Geheimnis, dass Lean den Burschen seit Tagen für sich beanspruchte, wurde von den Männern totgeschwiegen. Udane hatte sich dazu ebenso wenig geäußert, als sie die beiden vor zwei Nächten in der Kapitänskajüte ertappt hatte. Leans vorwurfsvoller Blick dabei ließ sie noch immer nicht los. Ebenso wenig konnte sie Marinos entrückten Ausdruck in den Augen vergessen. Der Bursche hatte wahrlich genossen, was Lean mit ihm anstellte. Sie vermochte nicht zu sagen, woher Leans Wut an jenem Abend rührte. Immerhin hatte sie den Kapitän häufig dabei unterstützt, die unliebsamen Liebschaften wieder von Bord zu bekommen. Zumeist mit einem großen Geldbeutel, selten mit einem Messer zwischen den Rippen. Hier hatte sie lediglich nachgeholfen, dass es überhaupt zu der Situation gekommen war. Hätte sie Marino nicht in der Taverne *Zum sinkenden Schiff* angeheuert, wäre ihr Plan vermutlich noch nicht so weit gereift.

Der Steuermann bemerkte ihr Näherkommen jedenfalls nicht, als er den Oberkörper des Jungen über die Reling drückte. Noch ein wenig mehr und er brach dem Burschen das Rückgrat. Udane hechtete vorwärts, griff nach dem Hemd des Steuermanns und zerrte ihn zurück. Durch die Wucht stieß er gegen sie, raubte ihr für zwei Sekunden den Atem und versuchte neuerlich, auf den Jungen loszugehen. Udane war schneller. Ihr Entermesser legte sich gegen seine Kehle und hielt ihn davon ab. In dem Moment verfluchte sie jedoch den Umstand eines fehlenden Armes, doch sie wusste sich zu helfen.

Ihr Atem strich über die Ohrmuschel des massigen Kerls, als sie sagte: „Mach einen Schritt auf ihn zu und du gehst über die Planke. Aber vorher lasse ich dich an ein Seil binden und einmal quer um den Rumpf des Schiffes schleifen. Wenn dir der Schiffsjunge einen Befehl erteilt, dann spricht der Kapitän zu dir. Krieg das in deinen verdammten Schädel, Koldo."

„Du hast mir gar nichts zu sagen, du einarmige …"

Udane drückte die Klinge fester gegen die Haut. „Schön vorsichtig sein mit dem, was du sagst. Es könnten deine letzten Worte auf Erden sein."

Koldo kannte sie. Jeder auf dem Schiff wusste, dass man sich mit der Ersten Maat nicht anlegte. Dementsprechend mischte sich niemand in diesen Konflikt ein. José eilte lediglich zum Schiffsjungen und führte ihn das Oberdeck hinunter.

„Was willst du von mir, Udane? Soll ich mich bei diesem kleinen Wicht etwa entschuldigen?"

„Ich will, dass du den Kurs beibehältst und mir keinen Ärger machst."

„Wobei?", fragte Koldo und wand sich unter der Klinge.

Udane schnalzte ungehalten mit der Zunge. „Was habe ich gesagt? Du sollst mir keinen Ärger machen. Also stell auch keine Fragen."

„Hältst du mich für dumm? Glaubst du, ich …?"

Offenbar hegte Koldo den Wunsch zu sterben. Sie stieß ihn von sich, ritzte dabei mit dem Entermesser jedoch die Haut etwas an. Zornig fuhr er auf dem Absatz herum. Er trug keine Waffe. An Bord der *St. Juliette* war das ein unüblicher Umstand. Koldo erkannte dies ebenfalls und rief an die Umstehenden gewandt: „Gebt mir ein Messer!"

Niemand kam der Forderung nach. Die Blicke gingen zwischen Udane und Koldo hin und her. Schließlich setzte jemand dazu an, sein Entermesser zu ziehen, doch sofort wurde dessen Hand festgehalten.

„Das müssen die beiden klären", sagte eine hohe Stimme.

Udane kümmerte sich nicht darum, wer sprach. Sie vollführte eine herausfordernde Kopfbewegung in Koldos Richtung. Augenblicklich ballte dieser die Fäuste, rannte auf sie zu und holte aus. Udane tauchte unter dem Schwung hinweg und ließ das Entermesser am Gürtel verschwinden. Sie würde diesen Kampf nicht unfair gewinnen. Während Koldo noch von der eigenen Wucht weiterstolperte, trat Udane ihm ins Kreuz. Der Steuermann schrie erbärmlich auf, die Mannschaft zog geräuschvoll die Luft ein und wich ein Stück zurück.

Es musste schnell gehen. Koldo war ein kräftiger Kerl, der sich kein zweites Mal überrumpeln ließ. Dementsprechend setzte Udane nach. Sie trat neuerlich zu, diesmal gegen seine Kniekehle, was ihn zu Boden zwang. Mit einer Hand hielt er sich das Kreuz, die andere fasste zum Knie, als Udane ihm in den Nacken schlug. Er bestand an der Stelle überwiegend aus Muskeln, aber nicht hoch zum Haaransatz. Dort befand sich der empfindlichste Ort und hier prügelte Udane immer wieder hin. Koldo stieß die Laute eines jaulenden Hundes aus, als sie nach wenigen Herzschlägen innehielt und das Entermesser zog.

Udanes Atem ging stoßweise, während sie aufstand und den Liegenden umrundete. Sie konnte ihn nicht am Leben lassen. Koldo wäre einer derjenigen, der gegen sie stimmte. Das würde ewig über ihrer Stellung als Kapitänin hängen. Somit ging sie vor ihm in die Hocke. Die Klinge glitt über seine Stirn, die Wange hinab und schnitt dabei tief. Augenblicklich stoppte sich Udane, zog das Messer aus der Wunde und ließ es über Koldos Nase gleiten. Der Steuermann stieß ein hörbares Wimmern aus. Seine Lippen bewegten sich lautlos, als Udanes Entermesser seinen Hals erreichte.

„Ich hatte dich gewarnt", flüsterte sie und vollführte sogleich eine ruckartige Handbewegung.

Blut sprudelte aus der offenen Wunde von Koldos Kehle. Seine Füße zuckten über das Deck, während sein Blick brach. Er röchelte noch einige Sekunden, ehe sein Körper erschlaffte.

Auf dem Oberdeck ertönte kein Laut. Die Mannschaft warf sich verstohlene Blicke zu. Es herrschte die gleiche Stimmung wie an jenem Abend, als Udane den alten Kapitän erschlagen hatte.

„Werft die Leiche über Bord", befahl sie. „Und einer von euch übernimmt ab sofort das Ruder!"

Udane vergewisserte sich nicht, was mit der Leiche geschah. Sie wandte sich ab und wusste, dass ihr Befehl nicht hinterfragt wurde. Etwas Schweres schlug nur Bruchteile von Sekunden später auf der Meeresoberfläche auf. Zufrieden lächelte sie und stieg die wenigen Stufen vom Oberdeck hinunter.

Ihr Weg führte sie weiter und unter das Deck zu den Hängematten, in welchen die Piraten gewöhnlich schliefen. Sie trat daran vorbei und ging in die Kombüse, wo José mit dem Schiffsjungen an einem Tisch saß. Vom Koch war nichts zu sehen. Vielleicht hatte José ihn rausgeworfen, um in Ruhe mit dem Burschen zu reden.

„Wie geht es dir, Marino?"

Als Erste Maat kannte sie jeden Namen in der Mannschaft, obwohl einige der Piraten davon ausgingen, dass es sie einen Dreck kümmerte.

„Danke, Udane. Ich habe doch nur die Befehle des Kapitäns weitergegeben."

„Was hat Lean befohlen?"

Marino zuckte mit den Schultern. „Es war … wirr, was er gesagt hat."

„Wiederhole es einfach", forderte Udane.

„Er sagte, wir müssen Prisen machen und keine Flauten einfahren. Flauten sind der Untergang und der Fluch dürfte sich keineswegs gegen ihn richten. Prisen sind alles, was aktuell zählt. Mehr gibt es nicht. Also ändert den Kurs auf Steuerbord und direkt zur englischen Küste. Dort werden wir fette Beute machen und keine Flaute erleben. An all dem ist ohnehin nur …" Marino brach ab und schielte zu Udane hoch, die vor ihm stand.

„Sag schon."

„Er … Also der Kapitän behauptet, dass an all dem die Erste Maat schuld ist. Sie hat Selina nicht genug ausgefragt, nachdem sie mit ihr vermutlich im Bett fertig war. Also, das hat der Kapitän so gesagt", schob Marino schnell hinterher.

„Verstehe. Es scheint an der Zeit zu sein, Lean zu verdeutlichen, was die Aufgaben eines Kapitäns und einer Ersten Maat beinhalten."

„Ich habe nur wiederholt, was der Kapitän …"

„Sei still, Marino", zischte Udane und beugte sich zu ihm hinunter. „Du wirst jetzt folgendes machen. Du gehst zu Lean und sagst ihm, dass er einen neuen Steuermann hat. Einen, welchen die Mannschaft bestimmt und nicht ein Arschkriecher, der ihm jede Nacht den Schwanz lutscht."

Marino sprang auf die Füße und stolperte über die Bank nach hinten. In seinen grünen Augen ruhte das blanke Entsetzen, während er den Kopf schüttelte. „Er wird mich dafür umbringen!"

Udane zuckte mit den Schultern. „Sollte es dazu kommen, dann räche ich deinen Tod. Und jetzt verschwinde und richte ihm das aus."

Der Schiffsjunge rührte sich nicht. Udane verlor allmählich die Geduld. Sie griff nach dem dürren Oberarm und stieß Marino in Richtung Tür. Zögerlich öffnete der Bursche selbige und verließ mit hängenden Schultern die Kombüse.

„Dafür wird er ihn umbringen", gab José zu bedenken.

„Lean hat dafür nicht die Eier. Und selbst wenn, es gibt

hunderte wie Marino. Es ist an der Zeit, die Flaute in die Höhe zu treiben, José."

Damit wandte sich Udane von dem Mann ab. Sie bemerke Josés besorgten Blick nicht. Selbst wenn sie ihn gesehen hätte, es kümmerte Udane nicht. In einer skrupellosen Welt musste sie herzlos handeln. Anders konnte sie niemals Kapitänin der *St. Juliette* werden und dabei überleben.

KAPITEL 16

„Du elendiger Sohn einer Hure erlaubst dir solche Worte mir gegenüber?"

Lean hielt den Blick auf den Schiffsjungen gerichtet. Sie beide trennte einzig und alleine der Kapitänstisch, auf welchem aufgeschlagen das Buch des Quartiermeisters lag. Den Tumult draußen hatte er zwar mitbekommen, sich jedoch nicht weiter darum geschert. Es lag in der Hand seiner Ersten Maat, für Ordnung auf der *St. Juliette* zu sorgen. Und nun musste er auf solch schmachvolle Art erfahren, dass Koldo nicht mehr lebte. Und das von jenem Burschen, den er erst vor wenigen Tagen als neuen Liebhaber ausgesucht hatte.

Koldo mag das nicht gefallen haben, aber dass die beiden sich gleich an die Gurgel gehen ... Lean dachte den Gedanken nicht zu Ende. Ihm schwebte noch immer Udanes Blick vor Augen, als sie die Tür der Kapitänskajüte geöffnet hatte. Ein sonderbarer Anflug von Freude hatte sich auf ihrem Gesicht abgezeichnet. Beinahe als hatte sie erwartet, dass Lean sich lieber dem fleischlichen Vergnügen hingab, als irgendwelche Schiffsrouten zu überdenken.

Marino räusperte sich in der Sekunde. „Ich … Udane, sagte, dass …"

„Halt dein verlogenes Maul!"

Er schlug mit der Faust auf den Tisch und brachte das Tintenfässchen zum Zittern. In der nächsten Sekunde kam er hinter dem Mobiliar hervor. Seine Faust landete zielsicher in Marinos Gesicht. Der Schiffsjunge stolperte nach hinten und fiel auf den Hintern. Angsterfüllt starrte er zu Lean hoch. In dessen grünen Augen loderte der Zorn. Er hatte genug von seiner aufrührerischen Mannschaft. Auch die Tatsache, dass Marino noch recht jung war, bremste seinen Zorn nicht. Im Gegenteil, solchen Burschen musste man früh Gehorsam und Manieren beibringen. Vielleicht sollte er nicht die übliche Strafe für einen derartigen Ungehorsam bekommen. Diesen Körper mit Peitschenhieben zu übersähen, ließ Lean bereits jetzt innerlich leiden. Ein wenig Schmerz war allerdings dringend notwendig.

„Komm hoch." Lean ließ dem Burschen keine Zeit, dem Befehl zu folgen. Er packte ihn beim Oberarm, zerrte ihn auf die Füße und hinter sich her zur Tür. Selbige öffnete er schwungvoll und stieß Marino hinaus aufs Deck.

Die Piraten reagierten sofort, als der Schiffsjunge bäuchlings auf den Dielen landete und einen Tritt von Lean erhielt. Alle verfolgten das Geschehen, doch niemand sagte etwas. Marino wimmerte zwar, weinte jedoch nicht. Stattdessen blitzte in seinen Augen die Wut auf. Nach einigen Minuten ließ der Kapitän von ihm ab, was bei den Männern leicht bedauerliche Mienen auslöste. Sie schätzten und liebten Scherze und ebenso einen ungleichen Kampf. Selbst, wenn dieser auf dem Rücken eines halben Kindes ausgetragen wurde und sie nur zuschauen konnten. Doch Lean ignorierte diesen Umstand, er musste Udane finden, und zwar so schnell wie möglich. In letzter Zeit war ihm eine gefährliche Veränderung in ihrem Verhalten aufgefallen. Und wenn er es nicht besser wüsste, könnte man glauben …

Nein, Lean schüttelte kaum merklich den Kopf. *Das kann und darf einfach nicht sein.*

Unterschwellige Angst vermischte sich mit mühsam unterdrücktem Zorn, als er nach Udane suchte. Diese Frau konnte sich auf etwas gefasst machen. So viel stand fest. Und ihr vermeintlicher kleiner Helfer ebenfalls. Wahrscheinlich wäre ihm Marino gar nicht weiter aufgefallen. Udane hatte ihn jedoch als neuen Schiffsjungen angeworben und mehrmals in Leans Gegenwart mit ihm gescherzt. Alleine das hatte ihn interessant gemacht. Abgesehen davon, dass Lean eine Vorliebe für junge Burschen besaß.

„Wo bist du, du Hure? Komm her und sieh dir an, was ich mit deinem kleinen Boten anstelle!", rief Lean über die Köpfe der Anwesenden hinweg.

Er wartete nicht ab, ob Udane auftauchte. Sie stand irgendwo in der Menge oder verkroch sich im Frachtraum. Das passte in Leans Augen vortrefflich zu solch einer hinterhältigen Ratte. Zudem musste er seinen Frust an irgendwem auslassen. Marino wollte eben aufstehen, als Lean sein Messer zog und es auf Höhe der Niere durch das Muskelgewebe und Sehnen rammte. Der Schiffsjunge stieß einen erbärmlichen Schrei aus. Lean stach neuerlich zu. Diesmal etwas höher und mit mehr Wucht. So viel, dass von der Klinge ein Stück fehlte, als er das Entermesser aus der Wunde zog. Unmittelbar darauf griff er nach Marinos Bein und zerrte den Burschen übers Deck.

Die Piraten wichen zur Seite. Sie warteten darauf, dass jemand Marino zu Hilfe kam. Der Junge schrie jetzt nicht mehr, er gab lediglich röchelnde Laute von sich. Lean zog ihn weiter zur Reling, hievte den Körper in die Höhe und sah über die Schulter. Seine Augen waren geweitet, als würden sie auf den Tod warten.

„Noch kannst du sein wertloses Leben retten, Erste Maat. Na los, komm her und stell dich mir!"

Speichel tropfte von Leans Lippen. Sein Gesicht war zu einer Grimasse verzogen, während er unter den Piraten Udane suchte.

„Du hast dich verkrochen, was? Warte nur, bis ich mit dem Kleinen hier fertig bin. Dann scheuche ich dich schon aus deinem Versteck. Hinterher wirst du mich anbetteln dich umzubringen, um deinem Leiden zu entgehen. Ich bin mir sicher, die Mannschaft weiß es zu schätzen, wenn ich dich mit ihnen teile!"

Er suchte nach Zustimmung unter den Männern. Einige grinsten zwar, die Mehrheit zeigte jedoch keinerlei Regung. Sie wichen lediglich zu allen Seiten aus.

Lean verabscheute jeden Einzelnen von ihnen. Sobald er einen Hafen erreichte, würde er sie alle in ein nasses Grab schicken und eine neue Mannschaft anheuern.

Noch blieb dafür keine Zeit. Erst mal hieß es, Marino loszuwerden. Er rollte den röchelnden Schiffsjungen über die Reling. Sein Fall dauerte nicht lange, ehe er auf der Meeresoberfläche aufschlug.

In dem Moment traten die letzten Piraten beiseite und gaben den Blick auf Udane frei. Die Erste Maat stand mit einem selbstbewussten Ausdruck und einer ebensolchen Körperhaltung vor ihm.

„Du hast auf dich warten lassen, Udane. Ich musste mich deines Handlangers alleine entledigen."

„Wer sagt, dass Marino meiner war? Genauso gut könnte er deiner gewesen sein, Kapitän."

Lean trat zwei Schritte auf die Frau zu. Er bemerkte, wie einige der Piraten seinem Beispiel folgten. Sie versuchten jedoch, sich ihm in den Weg zu stellen. Ein sonderbarer Umstand, da er Kapitän der *St. Juliette* war. Trotzdem hielt er inne und musterte seine Erste Maat.

Habe ich mich so sehr in ihr getäuscht? War ich derart geblendet von ihrem Eifer, dass ich nicht gesehen haben, wonach ihr tatsächlich der Sinn steht?

Bei der Überlegung kam Lean nicht umhin ein Lachen auszustoßen. Auf die Mannschaft wirkte die Geste befremdlich, Udane jedoch verzog die Lippen zu einem spöttischen Grinsen.

Der gleiche Hohn durchzog ihre Stimme, als sie fragte: „Erkennst du es endlich?"

„Oh ja. Ja, ich sehe, was du beabsichtigst. Es wird dir nur nicht gelingen. Die *St. Juliette* gehört mir. Sie ist mein Besitz und ebenso diese Mannschaft. Du kannst mir weder das eine noch das andere streitig machen", murrte Lean.

„Du hast dich bereits selbst um deine Position gebracht, Lean. Marino … Ach, der arme Junge. Wie viele von euch waren seine Freunde? Jeder hatte etwas gut bei ihm – die einen mehr, die anderen weniger. Und jetzt? Wir können nur hoffen, dass er einen Platz an der Seite des Meeresgottes findet."

„Der Meeresgott? Was redest du da für einen Schwachsinn, Udane? Es gibt nur einen einzigen, verdammten Gott und der schert sich um niemanden von uns."

Die Erste Maat deutete mit dem Armstumpen in die Runde. „Hört ihr das, Männer? Für Lean gibt es Neptun nicht. Er hat sich vom Dasein eines Piraten deutlich entfernt. So jemand soll euch zur nächsten Prise führen? Ich sehe nichts als Flauten und das seit vierzehn Tagen. Jede Beute, die ihr bisher gemacht habt, verdankt ihr mir und meinem Wissen. Was nützt euch also ein Kapitän, der an einen Gott glaubt, den keiner jemals gesehen hat?"

Lean schnaubte verächtlich. „Neptun persönlich hat sich aber auch keinem von euch jemals gezeigt. Oder bist du dessen persönliche Hure, meine Liebe?"

Augenblicklich bereute er seine Frage. Mehrere Steinschlosspistolen und Entermesser richteten sich auf Lean. Über Gott und den Teufel durfte hergezogen werden, doch bei Neptun hörte es sich auf. Er hatte tatsächlich unterschätzt, über welches Ansehen die Erste Maat verfügte. Ihre Verstümmelung hatte dem keinen Abbruch getan. Eine trügerische Annahme, welche er nun möglicherweise mit dem Leben bezahlte. Außerdem schien Marinos Tod die Mannschaft zu berühren. Woran er ebenfalls nicht gedacht hatte. Prügeleien und Strafen waren die Männer gewöhnt. Denn sie gehörten zum rauen Leben auf See dazu. Aber der Tod eines Kindes war etwas anderes.

Verflucht. Damit bin ich tatsächlich zu weit gegangen. Ich hätte erst Beweise für den Verrat der kleinen Kröte finden sollen.

Dafür war es nun zu spät. Denn gegen so viele Messer war selbst Lean machtlos. Nur knapp unterdrückte er den Impuls, seine Augen zu schließen. Einen solchen Triumph wollte er weder der verräterischen Mannschaft noch der Ersten Maat gönnen.

Erstaunlicherweise hob Udane den linken Arm und sagte: „Nein, so leicht findest du dein Ende nicht, Lean. Es wäre zu einfach und würde keinem von uns die nötige Befriedigung verschaffen. Steckt die Waffen weg, Männer."

„Aber, Udane, er hat …"

Die braunen Iriden der Frau richteten sich auf einen kräftigen, halbnackten Piraten. Lean entsann sich aktuell nicht des

Namens. Er erinnerte sich lediglich, dass er den Kerl mal in Selinas Taverne angeheuert hatte. Es war gleich nach seiner Ernennung zum Kapitän gewesen.

„Ich habe gehört, was er gesagt hat, Mann. Das gibt ihm dennoch nicht das Recht für einen schnellen Tod. Und schon gar nicht durch einen von euch. Er wird seine Schuldigkeit bei jedem hier abbezahlen, aber erst gilt es, einen neuen Kapitän zu wählen."

„Was brauchen wir da abstimmen?", drang es aus der Menge hervor. „Für mich steht fest, dass Lean nicht länger mein Kapitän ist."

„Aye!", erschallte es aus einer Vielzahl von Mündern.

Lean suchte verzweifelt nach einem einzigen Verbündeten. Er wollte seine Stellung nicht verlieren. Ihm verdankten es die Männer, dass ihre Namen auf ewig mit seinem in Verbindung gebracht wurden. Seinem Wissen gebührte es, Alejandros Leben zur Hölle umzugestalten. Was der falsche Pirat im Moment durchlebte, konnte sich Lean nur vage ausmalen. Doch wie sollte er das diesem wilden Haufen begreiflich machen?

„Ich stimme für Udane", verkündete José just.

„Aye!"

„Aye!"

„Nein!", schrie Lean dazwischen.

„Aye!"

„Aye!"

„Verdammt, ich sagte nein!"

Niemand kümmerte sich um seine Worte. Die Piraten gaben, einer nach dem anderen, ihre Zustimmung für die Erste Maat.

Diese Wahl stellte nichts als eine Farce dar. Die Stimmabgabe geschah niemals öffentlich – auf keinem Piratenschiff. Als einzige Ausnahme geschah dies auf der *St. Juliette*, weil

Lean sich seiner Stellung immer sicher gewesen war. Niemand hatte diese jemals angezweifelt und somit keinerlei Bedenken an seiner Person geäußert.

Udane nickte zufrieden. Lean sah den Stolz in ihrem Gesicht. Sie würde an dieser Aufgabe zerbrechen. Er wünschte es ihr aus tiefstem Herzen.

Die nunmehrige Kapitänin gebot um Ruhe, als sie sagte: „Ich nehme eure Abstimmung hin und werde euch gute Prisen einbringen. Doch wir können uns nur aus der Flaute befreien, wenn wir uns von ihm befreien." Dabei deutete sie mit einer Kopfbewegung zu Lean. „Er wird leiden, so wie ein jeder von uns gelitten hat. Er wird ertragen und erdulden, was Marino zustieß. Tausendmal schlimmer wird sein Tod ausfallen und er wird ihn nicht abwenden können. Mit keiner Finte, die er zu besitzen glaubt."

„Was hast du schon vor, was mich noch schrecken könnte?"

Udane neigte den Kopf, musterte ihn und sagte: „Bringt mir ein Messer und die Zange. Und bindet ihn an den Mast."

Lean begriff sofort, was sie beabsichtigte. Er warf das Entermesser in Udanes Richtung. Die Klinge schlug eine Handbreite vor ihr in den Boden, während die Piraten ihn überwältigten.

„Das kannst du nicht machen, Udane! Ich befehle euch, mich loszulassen!"

Verzweifelt wehrte sich Lean gegen die Hände. Er wurde zum Mast gezerrt. Sein Blick glitt zu José. Der kräftige Afrikaner händigte Udane ein Entermesser aus. Die scharfe Klinge fing die wenigen Sonnenstrahlen des Tages ein, als die Frau auf ihn zutrat. Er weigerte sich, sie Kapitänin zu nennen. Sie hatte ihm dieses Amt gestohlen und war jetzt dabei, ihn mit einem einzigen Hieb seiner wahren Macht zu berauben.

„Das kannst du nicht! Du kannst es nicht!" Lean wiederholte das Mantra unablässig.

„Sei still. Schweige einfach und lass es über dich ergehen, wie ein wahrer Pirat", zischte Udane. Sie tätschelte dabei seine Wange und trug ein herablassendes Lächeln auf den Lippen. Lean kannte selbiges. Häufig war es über sein Gesicht geglitten, wenn er einen festgesetzten Kapitän die Qualen am Mast zuteilwerden ließ. Jemals selbst in diese Lage zu geraten, überwältigte nun seinen Verstand.

José nahm die geforderte Zange von einem aus der Mannschaft entgegen. Lean trieb es den Schweiß auf die Stirn, als zwei kräftige Hände seinen Kopf packten. Er versuchte, sich aus dem Klammergriff zu befreien, erreichte jedoch nur, dass noch fester zugepackt wurde. Stricke hielten ihn am Mast, als Udane ihm einen bedauernden Blick schenkte.

„Du hattest einen so guten Start als Kapitän. Die Prisen, welche wir gemacht haben. Wir waren angesehen unter den anderen Piraten. Wer wollte nicht auf der *St. Juliette* segeln und …" Sie unterbrach sich und schüttelte den Kopf. „Du hast dein Ziel aus den Augen verloren, Lean. Dieses Versagen holt dich nunmehr ein."

„Nein!"

„Ich bedaure beinahe, hierzu gezwungen zu sein. Du lässt mir keine andere Wahl. Du hast Marino auf dem Gewissen."

Lean erkannte die Lüge. Udane hatte ihm wissentlich Marinos Ableben in die Hände gelegt. Sie hatte gewusst, wie er auf die Worte des Schiffsjungen reagieren würde. Er war in ihre Falle getappt und trug durch die übereilte Ermordung zu Udanes Aufstieg bei – und zu seinem persönlichen Ende.

Er presste die Lippen aufeinander. Der Druck auf seine Kiefergelenke wurde stärker. Es knackte hörbar und ließ ihn entsetzt den Atem einziehen. Für den Bruchteil einer Sekunde gab Lean seinen Widerstand auf. Diesen Moment nutzte José und fischte mit der Zange nach seiner Zunge. Udane setzte gleich darauf das Messer an und zog es schwungvoll nach unten.

Entsetzt schielte Lean auf die Klinge und stieß einen dumpfen Laut aus. Augenblicklich wich die Kapitänin zurück, als Lean Blut spuckte. Einige Tropfen trafen ihr Gesicht und das gräuliche Hemd. Lean lallte unverständliche Laute, während Udane ihm die Wange erneut tätschelte.

„Nicht überanstrengen, mein Lieber. Wir fangen gerade erst an. Aber für den Moment muss das hier genügen. Es gilt Prisen einzufahren, meine Herren!", rief sie an die Mannschaft gewandt. „Steuermann, hart Backbord und Kurs aufs offene Meer. Ausguck, backbordseitig nach Handelsschiffen aller Größen Ausschau halten. Hisst das Hauptsegel und die englische Fahne. Wir befinden uns an einem guten Ort, um reichlich Beute zu machen."

Lean starrte auf die Zunge, die zu seinen Füßen lag. Er wollte nicht wissen, was Udane noch mit ihm beabsichtigte. Sollte sich die Gelegenheit bieten, würde er seinem Leben ein Ende setzen. Udane bekäme nicht die Genugtuung, sich an seinem Leiden zu weiden. Im Stillen jedoch schwor er ihr eiskalte Rache und wenn dies als Geist passieren musste. Zwar hatte Lean keine Ahnung, was ihn erwartete. Seine Aussage, nicht an Neptun zu glauben, war nicht gelogen gewesen. Der Pirat hatte von Anfang an nur auf sich selbst vertraut. Er glaubte nur das, was er mit eigenen Augen sah. Doch jetzt? In diesem Moment? Kaum merklich schüttelte Lean den Kopf. Er wusste nicht, wer oder was ihn erwartete. Aber in dieser Angelegenheit war das letzte Wort noch nicht gesprochen. Und wenn er einen Pakt mit dem Teufel persönlich schließen musste.

KAPITEL 17

Obwohl sie die Küste Englands längst hinter sich gelassen hatten und jetzt mehr oder weniger ziellos über das Meer fuhren, befiel Alejandro eine merkwürdige Unruhe. Eine, für die es keine Erklärung gab.

Es sind mehr als fünf Tage vergangen, seit wir dieses verdammte Buch aus dem Kloster geholt haben. Und trotzdem ist noch immer keine Erlösung für die Mannschaft und mich in Sicht. Wie soll das weitergehen? Uns rennt doch die Zeit davon.

Ohne lange zu überlegen, beugte der Kapitän sich ein wenig mehr über die Reling. Im verzweifelten Versuch, sein eigenes Spiegelbild auf der Meeresoberfläche zu erkennen. Was natürlich nicht funktionierte. Nur ein paar dezente Schaumkronen streckten sich ihm entgegen. Früher hatte Alejandro das Spiel der Wellen als tröstlich und entspannend empfunden. Jetzt machte es ihn noch unruhiger. Zumal …

… höre ich da jemanden singen?

Wie in Trance beugte sein Oberkörper sich weiter nach vorne, sodass er kurz davor war, das Gleichgewicht zu verlieren.

Egal. Ich muss herausfinden, was das ist.

Alejandros Blick fokussierte die tiefblaue Oberfläche und sein Mund öffnete sich zu einem lautlosen Schrei. *Das kann doch nicht wahr sein. Ich muss träumen oder der Fluch vernebelt meinen Verstand.*

Dass dies im Bereich des Möglichen lag, zeigte das Verhalten seiner Mannschaft ganz deutlich. Zwar war bisher keiner von ihnen grundlos aggressiv geworden oder hatte verbotene Dinge getan. Aber ihre Mienen zeigten klar, dass es unter der Oberfläche brodelte. Insbesondere, da sie seit dem unglücklichen Zusammentreffen mit den Kaufleuten auch keine Raubzüge mehr begangen hatten. Bis zu einem gewissen Grad hatte Alejandro selbst die Anordnung gegeben. Er musste verhindern, dass sie erneut in eine Falle von Lean tappten. Über den düsteren Piraten waren sowieso einige Gerüchte im Umlauf, die ihnen selbst jetzt deutlich zu Ohren kamen.

Die letzten Neuigkeiten stammten von einem kurzen Landgang an der französischen Küste. Die Männer hatten sich in den Hurenhäusern amüsiert, während Wiss den Proviant aufgestockt hatte. Für die Mannschaft und Alejandro spielte Essen eine sehr wichtige Rolle. Sogar Obst und Gemüse führten sie mit sich. Eben in dieser Küstenstadt war ihnen einiges über Lean zu Ohren gekommen.

Es heißt, dass Lean langsam, aber sicher den Verstand verliert. Er tötet, sobald jemand ein falsches Wort sagt, und raubt jeden aus, der ihm vor den Schiffsbug kommt. Egal, ob das andere Schiff stärker ist oder nicht. Auch die möglichen Verluste innerhalb seiner Mannschaft sind ihm gleichgültig. Er will nur rauben, plündern und seinen Trieb befriedigen. Ich frage mich, wie seine Erste Maat das mit ihrem Gewissen vereinbaren kann. Sie muss doch sehen, in welchem Zustand sich die Piraten der St. Juliette befinden. Ist es ihr gleich? Ich hatte

von Udane eigentlich immer ein anständiges Bild vor Augen.
Sie besitzt unter den Leuten in Cádiz einen guten Namen.

Gegen seinen Willen schauderte Alejandro. Es gab nur eines, was gefährlicher war als ein blutrünstiger Pirat. Ein Pirat, welcher sich dem Wahnsinn hingab.

Werde ich so enden?

Momentan sah alles danach aus. Auch stand Alejandro mit seinem Schicksal nicht alleine da. Bis auf Carmen litten alle an Bord der St. Elizabeth unter dem Fluch und wenn sie nicht bald eine Lösung fanden …

… werden wir wie Lean enden.

Im Stillen schwor Alejandro sich sofort, dass er lieber auf dem Grund des Meeres ruhen würde, anstatt so zu werden. Eine solche Existenz konnte man kaum Leben nennen. Von jenem bezaubernden Gesang ganz zu schweigen.

Vielleicht gibt es Neptun und sein Zauberreich ja wirklich.

Seitdem der Fluch über ihn gekommen war, glaubte Alejandro an viel mehr als je zuvor. In dieser Sekunde war ihm klar geworden, dass es Dinge zwischen Himmel und Erde gab, welche für die bloßen Augen nicht sichtbar waren.

„Alejandro, was treibst du da?"

Falos tiefe Stimme holte ihn so plötzlich in die Wirklichkeit zurück, dass er gefährlich schwankte. Erst in diesem Moment wurde Alejandro bewusst, wie weit er sich über die Reling gebeugt hatte. Ein oder zwei Schritte weiter und er hätte das Gleichgewicht verloren.

„Warte, ich helfe dir."

Ohne lange zu überlegen, rannte Falo los und schlang seinen Arm um Alejandros Taille, bevor dieser ein Wort sagen konnte. Und genauso schnell zog Falo ihn weiter an Deck. Allerdings war der Schwung so stark, dass Alejandro unsanft auf den Planken landete.

„Umpf", machte er, rappelte sich jedoch sofort wieder auf und schnappte nach Luft. Erst jetzt merkte der Kapitän, dass sein ganzer Körper zitterte. In der Sekunde wurde ihm deutlich bewusst, dass er sich beinahe in den Tod gestürzt hätte.

„Was, im Namen Neptuns, ist in dich gefahren?", keuchte auch Falo und packte ihn an der Schulter. „Ich weiß, die Situation ist für uns alle nicht einfach. Aber das ist doch noch kein Grund, die Nerven zu verlieren. Du bist unser Kapitän und wir brauchen dich, verdammt noch mal."

Alejandro nickte stumm und fasste den Entschluss, seinem alten Freund nichts von dem merkwürdigen Gesang zu erzählen. Falo war derjenige unter ihnen, der mit solchen Dingen am wenigsten anfangen konnte und gerade jetzt …

„Ist Carmen schon weitergekommen? Du weißt schon, mit dem Buch."

Dieses kritische Thema schien perfekt, um von sich selbst abzulenken. Einerseits war die Mannschaft froh darüber, dass es überhaupt eine Möglichkeit gab, diesen Fluch zu brechen. Andererseits hatte die Euphorie über das Auffinden sich schnell wieder gelegt. Denn das Buch verhielt sich recht störrisch und alles andere als willig seine Geheimnisse preiszugeben.

Was hatte Carmen bei unserem letzten Gespräch gesagt? Das Ding ist mindestens doppelt versiegelt?

Obwohl es ihn nicht sonderlich überraschte, zeichnete sich auf Alejandros Stirn eine deutliche Wölbung ab. Diese Tatsache konnten sie nicht gebrauchen, denn mit jeder Stunde, die verging, ergriff der Fluch stärker von ihnen Besitz. Zwar hatte Carmen sich sofort bereit erklärt, ihr Wissen anzuwenden und dabei nichts unversucht zu lassen. Jedoch wurde dieses Warten langsam aber sicher zur Qual.

Ich darf ihr keinen Vorwurf machen. Sie gibt ihr Bestes und außerdem wären wir ohne sie noch nicht so weit wie jetzt. Und immerhin gab es einen kleinen Teilerfolg.

Ein Schwall von Stolz begleitete diesen Gedanken. Zumindest hatte Carmen es geschafft, die zwei äußeren Buchdeckel zu öffnen. In einer kleinen Tasche zwischen den Deckeln hatte sich ein versteckter Zettel mit einem lateinischen Spruch befunden, welchen sie, mithilfe von Wiss, aus seinem Versteck geholt hatte. So weit, so gut. Aber kaum war diese Hürde gemeistert, lachte ihnen das erste Siegel des Buches entgegen. Obwohl Alejandro nicht dabei gewesen war, hatte er ihr Fluchen über das ganze Schiff hinweggehört.

„Es muss doch eine Möglichkeit geben", hatte die ehemalige Nonne gezischt und seitdem versuchte sie alles, dieses verfluchte erste Siegel zu öffnen. Nur leider bisher ohne Erfolg.

Niemand ist ihr böse. Aber die Unruhe greift um sich und irgendwann kommt es zu einer Explosion. Verdammt noch mal, lass dir etwas einfallen, Carmen.

Beide Hände ballten sich zu Fäusten. Trotzdem tobte in Alejandro mehr Verzweiflung als Wut. Es musste doch einen Ausweg geben.

„Alejandro", tönte es plötzlich über das ganze Deck.

Wie vom Blitz getroffen, drehte sich der Angesprochene um und musterte Carmen, die wie von einem Teufelsrochen gestochen auf ihn zu rannte. Ohne lange zu überlegen, nahm er sie in die Arme und presste den drallen Körper an seine Brust. Obwohl es in Sachen Liebe keine Fortschritte gab, wollte Alejandro die ehemalige Nonne nicht verlieren.

Ich darf die Hoffnung nicht aufgeben. Weder bei ihr noch wegen des Fluchs.

Leider war Letzteres leichter gesagt als getan, weswegen er sich etwas schneller als gewöhnlich von ihr löste.

„Hast du etwas herausgefunden?"

Er versuchte, seine Stimme neutral klingen zu lassen, was jedoch misslang. Außerdem scharte der Rest der Mannschaft sich um sie. Carmen presste die Lippen zusammen und für den Bruchteil einer Sekunde befürchtete Alejandro eine negative Antwort. Aber warum sollte sie dann so schnell aus der Kabine stürmen? Sein Griff um ihre Schultern verstärkte sich. Sie richtete den Blick auf das Buch, welches sie in der Hand hielt. Der braune Ledereinband war abgegriffen. Das Relief aus Goldplättchen hatte über die Jahre merklich gelitten und war an einigen Stellen gesprungen. Es besaß sonst keinerlei Auffälligkeit. Nicht mal einen Titel trug es. Für Alejandro sah es geradezu unvollkommen aus. Und doch lag darin der Schlüssel zu seinem weiteren Überleben.

Nicht nur zu meinem, korrigierte er sich im Gedanken. *Jeder aus der Mannschaft ist von diesem Fluch befallen. Ich sehe es in ihren Augen. Eine Mordlust, die noch nie so tragend war, wie in den letzten Tagen. Sie werden schon bald danach streben, Prisen zu machen. Ich kann sie in dem Punkt nicht mehr lange hinhalten. Das hat sogar Falo letzte Nacht noch einmal angesprochen. Einmal zu oft, für meinen Geschmack. Aber für ihn zählt die Mannschaft und seine Verantwortung ihnen gegenüber.*

Alejandro schüttelte den Gedanken eiligst ab. Sie mussten ihrem Ziel endlich näher gekommen sein. Das wurde ihm bewusst, als er Carmens Blick folgte und auf ein ausgefranstes Stück Papier richtete. Mehrere Zeilen standen darauf. Einige Stellen waren ausgeblichen. Wortfragmente wurden von rußgeschwärzten Flecken umgeben, deren Anlass sich ihm nicht erschloss.

„Nun, auf dem Zettel stand nicht nur der Spruch zum Öffnen des Buches. Sondern auch eine Anleitung, wie man das

Siegel bricht. Leider war diese mit einer Flüssigkeit geschrieben worden, die man nur mithilfe einer Flamme sehen kann. Es hat bedauerlicherweise eine Weile gedauert, ehe ich darauf kam. Verzeih bitte."

„Das ist doch in Ordnung." Plötzlich strahlte Alejandro über das ganze Gesicht. „Sag uns, was müssen wir tun, um das Siegel zu brechen?"

Die ehemalige Nonne schwieg wieder und langsam bekam er Panik.

Müssen wir jemanden opfern oder wie?

Angst stieg in ihm auf und ein Blick auf die Mannschaft verriet ihm, dass es ihnen nicht anders ging.

„Nicht ganz", beantwortete Carmen die unausgesprochene Frage, als hätte sie seine Gedanken gelesen. „Wir brauchen das Blut eines Wissenden."

„Wie bitte? Einer von uns soll sich die Kehle aufschlitzen lassen für dieses verdammte Siegel? Das kann nicht dein Ernst sein, Weib!", brüllte Petro.

„Doch, es ist mein Ernst", wiederholte Carmen unbeirrt und blickte dem jungen Mann kämpferisch in die Augen. „Nur das Blut eines Wissenden kann das Siegel brechen."

„Was ist ein Wissender?", fragte Alejandro und ignorierte den Schiffsjungen komplett.

„So jemand wie er." Carmens Augen fixierten Wiss, der erschrocken zurückwich.

„Diese Frau ist verrückt", keifte Petro und fuchtelte mit den Armen herum, als würde jemand nach ihm greifen. „Sie bringt nur Unglück. Erst der Fluch und jetzt sollen wir unseren Quartiermeister töten."

Leider verfehlten seine Worte ihre Wirkung nicht. Mehrere Piraten schnitten eine Grimasse oder versuchten, die ehemalige Nonne mit Blicken zu töten.

Petro schüttelte zudem aufgebracht den Kopf. „Niemals werde ich zulassen, dass einer von euch Wiss ein Haar krümmt. Das könnt ihr vergessen."

Viele Männer schlossen sich seiner Meinung an und einige zogen sogar ihre Säbel. Jeder von ihnen war bereit, sein Leben für das von Wiss zu geben. Der Quartiermeister genoss unter den Männern ein nicht minder beachtliches Ansehen als Falo. In einer Mischung aus Fassungslosigkeit und Sorge warf Alejandro einen Blick auf Carmen. Zum ersten Mal seit ihrer Begegnung erkannte er so etwas wie Unsicherheit in den Gesichtszügen der ehemaligen Nonne.

Kein Wunder. Schließlich ist Petro drauf und dran, eine Meuterei gegen sie anzuzetteln.

Reflexartig legte Alejandro den Arm um ihre Schultern, wohlwissend, dass sie diese Geste in der Öffentlichkeit nicht mochte. Aber eines stand für ihn fest, er würde seine Liebste beschützen. Notfalls gegen die ganze Meute.

„Ich auch nicht. Außerdem lasse ich mir bestimmt nicht von einer Frau sagen, was ich tun soll oder nicht", begehrte ein weiterer Mann auf.

Der Kapitän verdrehte die Augen und verstärkte seinen Griff. Allmählich war es genug. Sie musste zu einem Ende kommen.

Ich dachte, über diesen Punkt wären wir längst hinaus. Aber Petro war Carmens Anwesenheit schon immer ein Dorn im Auge. Er kann nichts als Unruhe stiften.

Innerlich verfluchte Alejandro sich dafür, diese Gefahr nicht eher erkannt zu haben. Zumal Petro schon immer irgendwo der Meinung gewesen war, etwas Besseres zu sein als die anderen.

„Vielmehr sollten wir diese Nutte endlich über die Planken jagen", legte der Schiffsjunge noch einmal nach und grinste triumphierend. „Sie ist sowieso nur da, um für unseren Kapitän die Beine breitzumachen. Auch wenn es anders scheinen soll. Aber was hat ihre Anwesenheit uns bisher gebracht? Nichts außer Ärger. Außerdem würde es mich nicht wundern, wenn sie wirklich heimlich mit Lean unter einer Decke steckt."

Diese Behauptung brachte das Fass zum Überlaufen.

„Genau. Auf die Planke mit ihr!"

Ein Pulk, bestehend aus fünf Männern sowie Petro, löste sich aus der Menge und machte Anstalten, sich auf Carmen zu stürzen. Aus ihrem Gesicht wich alle Farbe und zum ersten Mal klammerte sie sich an Alejandro.

Eine schöne Geste, aber ich hätte mir andere Umstände gewünscht, dachte er, bevor seine wütend blitzenden Augen sich auf die Männer richteten.

„Seid ihr von allen guten Geistern verlassen?", herrschte er sie an und packte noch im gleichen Augenblick das Handgelenk eines Mannes, der seinen Säbel bereits erhoben hatte. „Ihr werdet Carmen nichts tun. Dafür sorge ich."

„Diese Nutte hat unseren Kapitän verhext", spie Petro ihr regelrecht entgegen und nicht wenige nickten zustimmend.

„Genau, vielleicht hat er einfach zu lange nicht mehr zwischen den Schenkeln einer richtigen Frau gelegen. Sie ist ja doch nur eine Hexe", behauptete einer und grunzte abfällig in Carmens Richtung.

Für diese Aussage wäre Alejandro dem Mann aus der Takelage am liebsten an die Gurgel gegangen. Natürlich war seine Beziehung zu Carmen noch nicht das, was er sich wünschte. Aber es gab Hoffnung und solange würde er nicht aufgeben.

„Seid ihr eigentlich von allen guten Geistern verlassen?", rief jemand aus, mit dem die Mannschaft nicht gerechnet hatte.

Mit großer Kraft drängelte Wiss sich durch die Menge und stellte sich, zur Verwunderung aller, zu Carmen und Alejandro.

„Wie … Wie kann das sein?", stammelte Petro und seine Augen wurden tellergroß. „Wiss, was ist denn in dich gefahren? Die will dich umbringen lassen. Und das alles nur wegen diesem blöden Buch. Wie kannst du sie verteidigen?"

Einige reagierten mit dem gleichen Unverständnis. Wut zeichnete sich in den Gesichtern der Männer ab. Zwei hielten noch immer ihre gezogenen Entermesser in den Händen. Die Klingen glänzten im Schein der Sonnenstrahlen hell. Doch der Quartiermeister blieb gelassen und legte ebenfalls seinen Arm um die ehemalige Nonne.

„Will sie nicht, du Dummkopf. Hast du dein Hirn versehentlich im Meer versenkt, oder was?"

Mindestens zwölf Augenpaare schauten den Quartiermeister fragend an. Offensichtlich verstand niemand von ihnen, was er meinte.

„Lies die Worte noch einmal, Carmen", bat Alejandro daraufhin.

Dem Kapitän dämmerte es langsam und Carmen kam der Aufforderung nach.

„Seht ihr", schrie Wiss, nachdem sie geendet hatte. „Da steht etwas von *BLUT* und nicht von *LEBEN,* du Spinner." Im gleichen Atemzug löste sich Wiss von Carmen und versetzte Petro einen Stoß gegen die Brust. Der Schiffsjunge taumelte nach hinten. Aus seinem Gesicht wollte die Überzeugung, dass Carmens Worte anders gemeint waren trotz allem nicht weichen.

Einige Männer schlugen sich jedoch seufzend gegen den Kopf, andere schauten betreten auf die Planken und niemand achtete mehr auf Petro, der trotzig die Faust ballte.

„Wie könnt ihr nur …"

Weiter kam er nicht, weil Alejandro ihm das Wort abschnitt.

„Es ist besser, wenn du jetzt unter Deck gehst, Petro. Über dein Verhalten reden wir später noch."

Da sich niemand für ihn einsetzte, tat der Schiffsjunge, was ihm gesagt wurde. Nachdem der Tumult sich wieder gelegt hatte, ergriff Wiss erneut das Wort.

„Wir brauchen also mein Blut, um das Siegel zu brechen, ja?"

Carmen nickte. „Ich habe die Schrift wieder und wieder gelesen. Ein Fehler ist nahezu ausgeschlossen."

„Dann soll es sein."

Noch während er sprach, zog Wiss ein Messer und ritzte sich einmal quer über das Handgelenk. Blut quoll aus der Wunde und Carmen beeilte sich, ihm das Buch zu reichen. Drei Tropfen fielen auf das scheinbar massive Siegel. Doch es reagierte, als würde es leben, und zerbrach schließlich.

„Bringe dem Quartiermeister sofort einen Verband, damit die Wunde nicht unnötig lange blutet", herrschte Alejandro einen weiteren Schiffsjungen an, der losrannte.

„Fang schon an, zu lesen, Carmen", drängelte Falo.

Selbst dem an sich ruhigen Ersten Maat merkte man die Aufregung an. Von der Mannschaft ganz zu schweigen. Offensichtlich hatten sie vergessen, dass sie die ehemalige Nonne noch vor wenigen Minuten ins Meer werfen wollten.

„Steigt hinab zum Gott des Meeres, schließt Freundschaft mit ihm und den Scharen seines Heeres. Reicht ihm einen guten Preis und folgt, was immer es auch sein mag, dem Geheiß. Auf dass ihn eure Geste gnädig stimmt und er den Fluch von euch nimmt."

„Was … Was bedeutet das?" Falo wurde noch unruhiger und Wiss ebenso.

Auch Alejandro kratzte sich am Kinn. Im Gegensatz zu seinen Gefährten dämmerte ihm zumindest, was das Gedicht ihnen mitteilen wollte. Obwohl es unglaublich klang.

„Bist du sicher, dass du dich nicht verlesen hast?"

Kaum merklich schüttelte Carmen den Kopf. Ihre Haut war weiß wie ein Leichentuch und die schmalen Hände zitterten.

„Nein, habe ich nicht. Abgesehen von der lyrischen Ausdrucksweise hat der Verfasser einfaches Latein benutzt."

Der Kapitän erstarrte ebenfalls. Alles, selbst sein immer mächtiger werdender Drang nach Beute, schien vergessen. Auch die Mannschaft schwieg, obwohl sie die Bedeutung des Gelesenen nicht verstanden.

„Was bedeutet es?", erkundigte Wiss sich leicht ungeduldig. Um seine rechte Hand prangte ein dicker Verband.

„Es bedeutet", antwortete Carmen mit belegter Stimme. „Dass wir Neptun beschwören …"

„… oder zu ihm reisen müssen", vervollständigte Alejandro den Satz. „Nur er kann den Fluch von uns nehmen."

KAPITEL 18

Nachdenklich betrachtete Udane den ehemaligen Kapitän der *St. Juliette*. Seit einigen Tagen rührte er sich kaum mehr. Gelegentlich trat Udane an ihn heran, schlug ihm ins Gesicht und verursachte damit wenigstens den Anflug einer Regung.

„Genießt du es noch immer?", wollte der neue Erste Maat wissen.

Sie gab José keine Antwort darauf. Eigentlich fragte sie sich selbst, wie weit sie dieses Spektakel genoss. Lean litt in ihren Augen viel zu wenig. Er hatte der Mannschaft seine Grausamkeit über zwei Jahre hinweg aufgezwungen. Nun schien jeder darauf zu warten, dass sie die Erlaubnis erteilte, diese Haltung ihm gegenüber einzunehmen.

Aktuell zauderte sie. Udane gestand sich ein, dass niemand von ihnen eine wirkliche Ahnung davon besaß, wie mit Gefangenen umzugehen war. Auf der *St. Juliette* hatte es Derartiges nie gegeben. Also was würde mit Lean passieren, sobald sie die Männer auf ihn losließ?

Die Frage ließ sich schlicht nicht abschütteln. Er durfte jedenfalls nicht sterben. Ganz gleich, was die Männer mit ihm beabsichtigten, es musste qualvoll sein und lange andauern.

Um zu einer Entscheidung zu gelangen, stieß Udane sich von der Reling ab und ging zur Kapitänskajüte. Hinter ihr erklangen Josés Schritte. Die Mannschaft hatte sich in einer langen Abstimmung letztlich für ihn entschieden. Udane respektierte das Ergebnis, obwohl sie nicht damit gerechnet hatte. José war der einzige gewesen, der sich nicht selbst zur Wahl vorgeschlagen hatte. Wahrscheinlich stellte dies einen Mitgrund dar, warum die Piraten ihn zu ihrem Ersten Maat ernannt hatten. Eine solche Stellung erhielt man durch eindrucksvolle Taten oder überzeugende Worte. José hatte keines der beiden Dinge vollbracht. Seine allgemeine Haltung Lean gegenüber genügte den Männern bereits. Der Erste Maat ergötzte sich nicht an dessen Leid, verhinderte aber auch nicht, dass es der Rest der Mannschaft konnte.

„Er stinkt. Sorgt dafür, dass unser werter Gast besser riecht! ", rief Udane von der Tür aus.

Bereits Sekunden später stieß Lean einen dumpfen Laut aus, als ein Eimer Meerwasser gegen den nackten Oberkörper geschüttet wurde. Udane verfolgte die Szene mit Genugtuung. Die trockene Haut brach an mehreren Stellen durch das Wasser auf. Einer der Piraten spuckte Lean ins Gesicht, bevor er sich abwandte und den Eimer neuerlich füllte.

„Also, was glaubst du, José? Dass es mir gefällt, ihn so zu sehen?", ging sie endlich auf die zuvor gestellte Frage ein.

„Darauf muss ich dir gewiss keine Antwort geben, oder?"

Udane zuckte mit den Schultern und trat an den Kartentisch heran. Sie betrachtete den Sextanten, ehe sie geräuschvoll den Atem ausstieß. „Was erwartet mein Erster Maat denn? Dass ich Lean unbehelligt am Mast stehen lasse? Wir wissen beide, dass dies nicht möglich ist."

„Dann werden wir ihn eben los", schlug José vor und setzte sich auf einen der Stühle.

„Das wäre zu einfach. Es muss etwas sein, was Lean nicht erwartet. Eine Situation, die so unvorbereitet über ihn kommt, dass ..." Udane brach ab.

„Was?", fragte José und rutschte auf dem Stuhl herum. Der Pirat war es nicht gewohnt, längere Zeit still zu halten. Das traf auf niemanden in der Mannschaft zu, abgesehen von Lean. Er schien seine Zurschaustellung sogar zu genießen.

Als Udane dieser Gedanke kam, stieß sie sich hastig vom Kartentisch ab, eilte zur Tür und riss selbige auf. Sie betrachtete die Männer und gelangte zum Entschluss, dass Lean Demut lernen musste. Egal, was sie ihm noch alles auf dem Rückweg nach Cádiz an Schmerz zufügte, nichts konnte einen Mann derart brechen wie Demütigung. Und zudem war Marinos Ableben noch immer ein ungesühnter Umstand, der unter den Männern wie ein Geschwür schwoll.

„Du!", rief sie einem schlaksigen Kerl zu, der eben ein Seil aufwickelte. „Binde unseren Gast los und bring ihn unter Deck. Die Mannschaft lebt schon viel zu lange enthaltsam. Sorg dafür, dass er am Ende noch am Leben ist. Wer ihn umbringt, der geht über die Planken."

„Udane", ertönte es überrascht hinter ihr.

„Ay, Kapitänin", erwiderte der Pirat und ließ das Seil fallen. Er gab den Befehl an zwei Männer weiter. Die Nachricht ging von einem Ohr zum nächsten, bis sie offenbar sogar Lean erreichte.

Erstmals, seit er an den Mast gefesselt war, änderte sich Leans Körperhaltung. Er kämpfte gegen das Lösen der Seile an, schien sich daran zu klammern und warf Udane einen ängstlichen Blick zu. Mit einem Grinsen winkte sie ihm zu und kehrte dem Schauspiel den Rücken. Dies führte dazu, dass sie José in die Augen blicken musste. Abscheu und

Bedauern wechselten sich ab. Doch Udane fing den kurzen Funken von Belustigung auf.

„Mir erscheint es sehr extrem, was du hierbei treibst, Kapitänin."

„Ich zwinge dich ja nicht dazu, mitzumachen oder ein Auge auf die Männer zu haben."

„Dafür bin ich dir äußerst dankbar, denn es wäre nichts, an dem ich teilhaben möchte."

„Du bist zu weich, José", warf Udane ihm vor.

„Vielleicht hat mich die Mannschaft deswegen gewählt? Damit ich ausgleichend auf dich einwirke."

„Solltest du dem dann nicht nachkommen?"

Der Erste Maat zuckte mit den Schultern. „Wenn du ihn am Ende umbringst und seine Leiche über Bord wirfst, betrachte ich meinen Teil an der Sache als erfüllt."

Udane schüttelte den Kopf. „Das wäre zu einfach. Ein solches Ende hat er nicht verdient."

„Dann sag mir doch, was dir eher vorschwebt."

Sie schwieg, betrachtete den Kartentisch und dachte an die vergangenen Tage. Die *St. Juliette* hatte mehrere Handelsschiffe der Engländer überfallen. Der Frachtraum quoll über von Stoffen, Gewürzen und Geschmeide. Unter der Beute hatte sie ein Logbuch entdeckt und Stunden darin geblättert. Namen wurden aufgeführt, welche von der Obrigkeit gesucht wurden. Es winkten hohe Summen, je bekannter oder berüchtigter ein Name ausfiel.

Udane ballte die Hand zur Faust, als sie sich neuerlich darauf besann, dass Lean ebenfalls in diesem Buch stand. Auf seine Ergreifung waren eintausend Goldstücke ausgesetzt. Für die gesamte Mannschaft stellte die spanische Obrigkeit noch einmal das doppelte der Summe in Aussicht. Ein verlockendes Angebot, welchem niemand widerstehen konnte.

Doch Udane beabsichtigte keineswegs, die Piraten auf den Galgen zu schicken. Nein, Lean genügte und mit ihm die Möglichkeit auf Straffreiheit. Manche Freibeuter stellten sich sogar in den Dienst der Krone.

„Udane?" Josés Tonfall spiegelte einen Hauch von Verunsicherung wider.

„Wir liefern ihn aus", sagte sie teilnahmslos.

„Was?"

„Die spanische Obrigkeit sucht ihn, die Mannschaft und die *St. Juliette*. Warum sollen wir alle am Galgen baumeln? Seine Entscheidungen haben uns erst in den Fokus der Gerichtsbarkeit geführt. Wir verdanken diese ungewollte Aufmerksamkeit ihm. Also was liegt da näher, als …" Ein hoher Schrei ließ Udane verstummen. Sie wechselte einen raschen Blick mit José, während neuerlich ein Schrei ertönte.

Genervt rollte Udane mit den Augen und verließ die Kapitänskajüte. Sie machte sich nicht die Mühe, unter Deck zu steigen. Der Lärm von grölenden und grunzenden Männern drang zu ihr hoch. Er wurde gelegentlich von einem Wimmern unterbrochen, was sie veranlasste, hinunterzurufen: „Meine Herren, er soll am Ende noch leben und aufrecht stehen. Ich habe nichts davon, wenn ihr ihn umbringt!"

„Die Männer sind nur etwas …"

„Ich will es gar nicht wissen", unterbrach Udane jeglichen Erklärungsversuch. „Sorgt dafür, dass er schlichtweg nicht stirbt, ansonsten teilt der Mörder sein aktuelles Schicksal."

Die Worte wirkten. Der Lärm unter Deck ließ nach, einzig ein unablässiges Stöhnen und Wimmern stieg empor. Udane beneidete Lean nicht. Egal wie viele Männer sich heute an ihm vergingen, jeder von ihnen war für den Verstand des Mannes um einen zu viel. Auf der anderen Seite hatte er die Mannschaft systematisch in eben solche Bestien verwandelt.

Udane erinnerte sich an eine Zeit, als auf diesem verdammten Fischkutter eine strenge Ordnung vorherrschte. Damals waren die Fronten eindeutig: Der Kapitän hatte das Sagen, die Crew gehorchte. Vergnügungen aller Art fanden einzig an Land in den Tavernen statt. Anders hätte Udane ihre Tarnung niemals aufrechterhalten können.

„Du willst ihn an die Obrigkeit ausliefern?"

Ihr war nicht aufgefallen, dass José sie begleitet hatte. Udane beließ es bei einem Nicken, lauschte auf das Wimmern und wandte sich letztlich ab. Sie ließ Lean aktuell das Schicksal zuteilwerden, welches er ihr so oft angedroht hatte.

„Warum nicht?", fragte sie auf dem Weg zurück zur Kapitänskajüte. „Sobald er stirbt, wird die Obrigkeit die Suche nach ihm dennoch nicht einstellen. Wir können so immer noch einen Profit daraus schlagen und … vielleicht stellen wir uns sogar in den Dienst der Krone."

„Für die Spanier plündern?"

„Wir wären straffrei. Ganz gleich, welche Handelsschiffe wir entern, es geschähe im Namen der Krone."

José schüttelte hektisch den Kopf. „Darauf lassen sich die Männer niemals ein."

„Ach nein? Wenn sie die Wahl haben zwischen dem Ende auf dem Galgen und einem Leben auf See, welche Entscheidung werden sie da treffen?"

„Erst mal musst du ohnehin jemanden von der Obrigkeit finden, der nicht *dich* sofort in den Kerker wirft."

„Selina", erwiderte Udane unumwunden.

Der Erste Maat runzelte die Stirn, was Udane dazu trieb, zu erklären: „Selina kennt einige aus dem Adel von Cádiz. Sie hat Verbindungen zur Stadtwache und somit zur Obrigkeit. Also was liegt näher, als dass ich mich mit jemandem in der Taverne *Zum sinkenden Schiff* treffe?"

„Das mag ja sein, aber …"

„Vorher bieten wir den Einwohnern von Cádiz noch ein Schauspiel", kam Udane jeglichen weiteren Bedenken zuvor.

„Und wie soll das aussehen?"

„Wir treiben Lean durch die Gassen der Stadt. Jeder soll sehen, was aus dem einstmals so glanzvollen Kapitän der *St. Juliette* wurde."

„Du stellst damit deine eigene Grausamkeit zur Schau", gab José zu bedenken.

Udane schüttelte den Kopf. „Ich lasse ihm all das zukommen, was er mir innerhalb von zwei Jahren androhte. Ist das grausam? Von mir aus, nenne es so. Ich betrachte es als ausgleichende Gerechtigkeit."

„Die Mannschaft wird es nicht verstehen", hielt José dagegen.

„Sie werden", erwiderte Udane. „Es sei denn, der Erste Maat sieht sich nicht in der Lage, ihnen die Vorteile schmackhaft zu machen. Allerdings drängt sich dann die Frage auf, wie sinnvoll ein Erster Maat überhaupt ist."

Ihr Blick ruhte eindringlich auf José, der sich merklich unwohl fühlte. Er sah schließlich zur Seite und verließ die Kapitänskajüte.

„Kann ich mich auf meinen Ersten Maat noch verlassen?", fragte Udane.

Sie bemerkte das Zögern, ehe José nickte. Zugleich sah er über die Schulter und sagte: „Für den Augenblick. Aber mute diesem Ersten Maat nicht noch mehr Dinge zu. Nicht mehr, als du selbst bereit bist zu ertragen, Kapitänin."

Unmittelbar darauf schlug er die Tür zu. Udane blieb alleine am Kartentisch zurück. Es handelte sich um die richtige Entscheidung. Der Wunsch, Lean an ein Seil zu binden und ihn um den Rumpf des Schiffes zu zerren, war übermächtig.

Doch sie musste mit Vernunft und Weitsicht handeln. Eine kurzzeitige Befriedigung führte langfristig nicht zu einem besseren Leben für die Piraten. Unter der spanischen Krone konnten sie noch immer segeln, wohin sie wollten. Vielleicht auch in die Neue Welt. Ein Weg, welchen Lean bisher gescheut hatte.

Draußen wurden Stimmen laut. Es hörte sich an, als stritte die Mannschaft. Udane beschloss, nachzusehen. Eigentlich die Aufgabe des Ersten Maats, doch gerade Josés Stimme ertönte voller Zorn.

„Was habt ihr euch dabei gedacht, ihr Hunde? Wenn ihn die Kapitänin so sieht, dann …" José brach ab, als er hörte, wie sich die Tür öffnete.

Udane stand auf der Schwelle und verfolgte, wie zwei Männer Lean zum Mast schleiften. Er hing regungslos zwischen ihren Armen, seine Kleidung war zerrissen und er blutete aus mehreren Wunden auf der Brust. Die Mannschaft hatte sich offenbar nicht nur an ihm vergangen, sondern auch einige Male auf ihn eingestochen.

„Erster Maat?"

José drehte sich zu ihr um und suchte vergeblich nach Worten. Möglicherweise hatte er recht und diese Piraten konnten nicht unter der spanischen Krone als Freibeuter segeln. Udane würde es darauf ankommen lassen und zur Not neue Männer anheuern. Es genügte vielleicht sogar, sich einiger weniger zu entledigen.

„Es …"

„Keine Ausflüchte", unterbrach sie den Ersten Maat. „Wer trägt für die Stichwunden die Verantwortung?"

„Diese drei", erklärte José und wies auf eine Gruppe kräftiger Männer. Unter ihnen der Erste Kanonier der *St. Juliette*.

Udane ließ den Blick von einem zum anderen schweifen. Schließlich schielte sie zum Rest der Mannschaft, welcher eben unter Deck hervorkam. Es war Zeit, ihre Position zu festigen.

„Bindet sie an Steine und werft sie über Bord."

„Was?", rief einer der Verantwortlichen entsetzt. „Nein, du hast gesagt, wir dürfen ihn ..."

„Ich sagte, vergnügt euch mit ihm, aber lasst ihn am Leben", unterbrach Udane jeglichen Einwand. „Und der dort geht ebenfalls über die Planke." Dabei nickte sie auf den kräftigen Kerl, der zuvor das Seil aufgewickelt hatte.

Niemand in der Mannschaft hinterfragte den Befehl. Sie kamen ihm eifrig nach, was Udane darin bestärkte, dass es immer einige Aggressoren gab, derer man sich entledigen musste.

Während die Piraten ihre verurteilten Kameraden überwältigten, trat Udane an den bewusstlosen Lean heran. Seit Tagen stand das Salzfass neben dem Mast. Die letzte Prise hatte die Mannschaft dazu gezwungen, das weiße Gold, ebenso wie Dörrfleisch und eine Kiste Zitrusfrüchte an Deck zu lagern. Jetzt brach Udane das Fass auf, griff hinein und rieb das Salz zwischen den Fingern. Ihre Lippen zuckten unablässig, als sie handelte und das Salz auf den offenen Wunden von Lean verteilte. Der brennende Schmerz trieb sein Bewusstsein ein wenig zurück an die Oberfläche. Er stöhnte gequält. Tränen liefen über seine Wangen, während er sich auf die spröden Lippen biss.

„Du bist so gut wie tot, Lean", flüsterte Udane ihm zu. „Aber noch kann ich dich gebrauchen. Du wirst der spanischen Obrigkeit eine Menge Freude bereiten, da bin ich mir sicher. Und ich werde dir zu Ehren einen Becher Rum vergießen, sobald die Mannschaft für deinen Verkauf Straffreiheit erhält. Wir werden die Segel setzen und in die Neue Welt aufbrechen. Orte sehen, an die *du* uns nie geführt hast. Aber *ich* bringe die Männer dorthin. Sie werden Reichtümer anhäufen und dich schon bald vergessen."

Lean bewegte die Lippen, in dem verzweifelten Versuch, etwas zu sagen. Teilnahmslos betrachtete Udane das Vorhaben. Es berührte sie nicht. Lean erfüllte nur noch einen kurzen Zweck. Einen wichtigen zwar, doch danach konnte sich die Mannschaft der *St. Juliette* dem wahren Leben der Piraterie verschreiben.

KAPITEL 19

Obwohl Alejandro nach außen hin gelassen wirkte, schlug sein Herz bis zum Hals. Ein Gefühl, welches ihm nahezu fremd war. Als Pirat hatte er schon viele gefährliche Situationen und Kämpfe meistern müssen. Mehr als einmal hatte er dabei dem Tod ins Auge geblickt und war trotzdem bis jetzt siegreich daraus hervorgegangen.

Aber so etwas wie jetzt habe ich noch nie erlebt. Verdammt, bis vor Kurzen habe ich nicht einmal geglaubt, dass der Meeresgott tatsächlich existiert.

Natürlich hatte er diese Gedanken nie ausgesprochen. Wieso auch? Alejandro akzeptierte jeden Glauben und es wäre für ihn in Ordnung gewesen, wenn jemand an Bord die Auffassung nicht geteilt hätte.

Im Gegensatz zu Lean, der die Existenz Neptuns gezielt verleugnet und nicht nur das, er verhöhnt jeden, der anders denkt.

Die Gerüchte um seinen gefährlichen Blutrausch rissen nicht ab. Erst im letzten Hafen hatten einige Männer ein Gespräch in einer Taverne belauscht. Darin wurde berichtet, dass der Kapitän der *St. Juliette* langsam, aber sicher dazu überging, seine eigenen Leute skrupellos über die Planke zu jagen oder sie mitten auf dem Schiff zu ermorden. Und das nicht in einem fairen Kampf, sondern ohne Warnung oder aus dem Hinterhalt. In Alejandros Augen die schlimmste Art überhaupt, jemanden zu töten. Und dann noch aus den eigenen Reihen. Die Männer, welche das Gespräch unfreiwillig mitangehört hatten, zögerten keine Sekunde, ihm davon zu berichten. Und er hatte die Unruhe, gepaart mit Angst, in ihren Blicken deutlich erkannt.

Ich konnte es ihnen nicht verübeln. Lean ist ein Teufel, der ohnehin schon vor nichts zurückschreckt. Und jetzt mit dem Fluch wird er noch gefährlicher. Habgier und Blutrausch steigen mit jedem Tag. Bald wird er komplett wahnsinnig werden.

Die Vorstellung, eines Tages auch so zu enden, ließ Alejandro schaudern. Nein, das wollte er auf keinen Fall. Nicht mal, wenn sein Leben davon abhinge. Er schaute zum Himmel. Der Wettergott war ihnen heute ebenfalls nicht wohlgesonnen. Zwar blieb das Meer ruhig und sie von einem heftigen Sturm verschont, aber es war kalt und regnerisch.

Es ist sehr passend für unsere Stimmung, dachte er und stützte seine Arme auf die Reling. *Obwohl Carmen die Lösung für unser Problem gefunden hat, kann noch niemand hoffen. Eher im Gegenteil.*

Keinem aus der Mannschaft war die Aussicht geheuer, auf den leibhaftigen Neptun zu treffen. Zum einen, weil sich die persönlichen Bilder unter den Männern sehr voneinander unterschieden und zum anderen fühlten sich viele damit überfordert. Einige, allen voran Petro, der seine Bitterkeit und das Misstrauen gegenüber der ehemaligen Nonne noch immer nicht ganz abgelegt hatte, verstanden es oft, Zweifel zu schüren. Glücklicherweise erzielten diese nicht den erhofften Erfolg, zumal Wiss und Falo ihn schnell zum Schweigen brachten. Ebenso war Alejandro erleichtert, dass seine ältesten Weggefährten in dieser Sache hinter ihm standen. Sowohl seine Liebe zu Carmen als auch ihre Rolle an Bord akzeptierten sie mittlerweile ohne Widerspruch. Selbst die Offenbarung hatte diesen Zusammenhalt nicht auf die Probe gestellt. Im Gegenteil, Wiss hatte die ehemalige Nonne sogar vor der Unwissenheit seiner Mannschaft geschützt.

Hoffentlich schaffen wir es, grübelte der Kapitän und stieß die Luft aus.

Er spürte, wie seine eigene Unruhe wuchs und der Herzschlag sich beschleunigte. Wie einfach wäre es jetzt, den Kurs zu ändern und das nächstbeste Schiff auszurauben? Sein Säbel, seine Seele lechzten nach Blut und er wollte die Angst in den Augen seines Gegners sehen. Unbedingt und um jeden Preis. Seine Hand ballte sich zur Faust. Es schien, als ob eine gute und eine böse Seite miteinander kämpften.

„Hier bist du."

Wie vom Blitz getroffen, drehte Alejandro sich um. Carmen steuerte direkt auf ihn zu. Ihre warme, relativ züchtige Kleidung wehte im Wind und wie meistens trug sie ein Lächeln auf den Lippen. Sein Herz machte einen Sprung und die finsteren Gedanken rückten in den Hintergrund.

„Ja, jetzt wo wir fast am Ziel sind, wollte ich ein wenig für mich sein. Ich muss einiges überdenken."

„Soll ich wieder gehen?" Betroffen senkte Carmen den Blick und ohne zu wissen, warum, bekam Alejandro Panik.

„Nein, bitte. Bleib bei mir." Die ehemalige Nonne schrie auf, als er sie grob an den Armen packte. Für den Bruchteil einer Sekunde flackerte Angst in ihren Augen, was Alejandro sofort tief berührte. Reflexartig ließ er sie los und eine starke Abscheu stieg in ihm auf. „Verzeih mir bitte. Es tut mir leid."

Am liebsten wäre er vor ihr auf die Knie gegangen, aber das konnte er sich an Deck nicht erlauben. Seine Mannschaft würde sofort die falschen Schlüsse ziehen.

„Schon gut." Carmen schüttelte sich, ohne ihr Lächeln zu verlieren. „Wir sind alle etwas aufgeregt, um es mal vorsichtig zu sagen. Und glaube mir, ich bin da keine Ausnahme."

Alejandro hob die Augenbrauen. Dieses Geständnis überraschte ihn doch einigermaßen. Bisher hatte er gedacht, dass Carmen in solchen Dingen noch die meiste Erfahrung besaß.

„Das stimmt auch. Als ehemalige Bewohnerin eines Klosters kenne ich mich mit den Mysterien mehr oder weniger aus", antwortete sie auf seine unausgesprochene Frage. „Aber das bedeutet nicht, dass ich schon mal einem Gott begegnet bin."

Der Kapitän nickte und schwieg. Denn es brannte ihm noch etwas anderes auf der Seele. „Carmen, du weißt, wie viel du mir bedeutest, nicht wahr?"

„Ja, das weiß ich."

Glücklich wirkte die ehemalige Nonne mit dieser Aussage nicht. Aber ihre Stimme klang fest.

„Und empfindest du genauso?"

Seine Lippen zitterten und selbst, dass der Wellengang rauer wurde, bemerkte Alejandro nicht. Tagelang hatte er dieses Thema verschwiegen. Zum einen, um Carmen nicht zu bedrängen, und auch, weil es wichtigere Sachen gab. Aber hier und jetzt wollte er es wissen. Wer wusste, ob es noch eine Gelegenheit gab.

Carmen seufzte. „Alejandro, du weißt …"

„Nein, weiß ich nicht", unterbrach er sie so sanft wie möglich.

„Ist es so schwer zu erkennen, was ich fühle?", versuchte Carmen es anders. „Zeige ich es dir nicht jede Nacht?"

„Doch", musste Alejandro zugeben. „Aber das ist nicht genug. Ich liebe dich, Carmen und ich möchte mein Leben mit dir teilen. Sofern wir später noch leben. Deswegen möchte ich wissen, ob du es auch willst. Denn zwingen kann und möchte ich dich nicht."

Zwar schnürte die Vorstellung, ohne die ehemalige Nonne an Land oder später wieder auf See gehen zu müssen, ihm die Kehle zu. Doch diesen Schmerz musste er in Kauf nehmen, denn eine Frau wie Carmen ließ sich nicht zähmen, geschweige denn fesseln. Die Stille zwischen ihnen dauerte ihm viel zu lange. Dennoch wartete Alejandro, bis sie zuerst sprach.

„Das, was du hören willst, kann ich dir nicht sagen. Es hat Gründe, die nichts mit dir zu tun haben", erwiderte Carmen und vermied es, ihn anzuschauen. „Doch ich kann dir etwas anderes sagen. Ich möchte von Herzen gern an deiner Seite bleiben und mit dir das Leben teilen. Reicht dir das fürs Erste, ja?"

Die flehenden grünen Augen musterten ihn eindringlich und so gab Alejandro nach. Sein Herz lag schwer in der Brust. Trotzdem klangen Carmens Worte besser als eine Abfuhr und wer weiß, vielleicht …

„Hart Kurs halten", holte Falos Brüllen sie in die Realität zurück.

Carmen und Alejandro wandten die Köpfe und bemerkten, dass sie ihr Ziel beinahe erreicht hatten. Die Koordinaten des Ortes, von wo sie den Meeresgott beschwören konnten, hatte das Buch ihnen mitgeteilt und nun … Erst jetzt merkte Alejandro, dass die See unruhig wurde und der Himmel sich gespenstisch verdunkelt hatte. Er ähnelte einer Gewitternacht, obwohl es weder donnerte noch regnete.

Ein schlechtes Omen? Der Kapitän hoffte nicht. Er strich seine Haare hinter das Ohr, während die Mannschaft sich an

Deck versammelte und Carmen das Buch holte. Um den Meeresgott zu rufen, war eine Beschwörungsformel notwendig. Alejandro warf einen Blick in die Runde. Wiss und Falo wirkten gelassen, während sich in den übrigen Gesichtern Angst widerspiegelte. Alle waren unruhig und er betete, dass niemand die Nerven verlor. Aggression oder gar einen Kampf konnten sie gerade nicht gebrauchen. Seine größte Sorge diesbezüglich galt Petro. Zwar hatte der Schiffsjunge sich in den letzten Tagen, von einigen Spitzen in Richtung Carmen abgesehen, zurückgehalten. Doch wer konnte wissen, was hinter seiner Stirn vor sich ging?

Als die ehemalige Nonne zurückkehrte, breitete sich ein tiefes Schweigen aus. Carmen stellte sich an die Reling. Ihr Blick war stur auf das mittlerweile tiefschwarze Wasser gerichtet. Mit ernster Miene und trotzdem leuchtenden Augen sprach sie die Worte:

„Alles ist aus dem Wasser entsprungen!

Alles wird durch Wasser erhalten!

Ozean, gönn uns dein ewiges Walten.

Neptun, höre uns nun,

denn wir flehen dich an, etwas zu tun.

Schenke uns deine Gunst,

und erlöse uns vom bösen Fluch."

Minutenlang geschah nichts. Lediglich die See wurde immer unruhiger, ebenso wie die Mannschaft. Einigen stand die Panik mittlerweile ins Gesicht geschrieben. Zumal die kurze Zeitspanne wie eine Ewigkeit schien.

„Seht ihr? Es passiert nichts", nutzte Petro die Gunst der Stunde, um zu wettern. „Diese falsche Nonne hat uns alle hinter das Licht geführt."

„Wirst du wohl still sein, Junge?" Noch während er sprach, gab Falo Petro einen starken Faustschlag, sodass dieser taumelnd zu Boden ging. Obwohl er Gewalt nicht besonders mochte, musste Alejandro grinsen. Der Erste Maat hatte genau richtig gehandelt. So konnte der aufmüpfige Schiffsjunge sie nicht mehr stören. Abgesehen davon hatte er schon daran gedacht, Petro im nächsten Hafen aus seinen Diensten zu entbinden und ihn von Bord zu schicken. Zwar kannte er die Rebellion der Jugend noch gut, aber er ging allmählich zu weit.

Besorgt schaute der Kapitän aufs Wasser und im nächsten Augenblick weiteten sich seine Augen.

Was geschieht hier? Normal ist das nicht.

„Schnell", schrie er. „Haltet euch irgendwo fest oder werft euch auf den Boden."

Kaum hatte Alejandro die Worte gesprochen, kam er seiner eigenen Aufforderung nach. Und das keine Minute zu früh, die *St. Elizabeth* schwankte und schaukelte, als bestünde sie aus Papier. Einige Männer schrien, doch alle blieben wohl an ihren Plätzen. Synchron starrten Alejandro und Carmen auf das Schwarze Meer und auch der ehemaligen Nonne wich alle Farbe aus dem Gesicht. Vor ihren entsetzten Augen baute sich eine über zehn Meter hohe Wassersäule auf, welche sich nach und nach zu einer menschlichen Gestalt formte. Zeitgleich wurde das Meer ruhiger, sodass die Mannschaft der *St. Elizabeth* ihre Deckung wieder verlassen konnte.

„Puhh", seufzte Wiss erleichtert und wischte sich mit der Hand über die Stirn.

Im Stillen stimmte Alejandro ihm zu. Doch seine Augen verfolgten das Schauspiel. Mittlerweile hatte das Meer die Umrisse eines breitschultrigen Mannes angenommen.

„Was führt euch zu mir, Sterbliche?"

Alejandro erstarrte mitten in der Bewegung. Konnte das wahr sein? Er wechselte einen Blick zu Carmen, die wie in

Trance nickte. Es bestand kein Zweifel. Vor ihnen thronte der Meeresgott Neptun. Einem ersten Impuls folgend knieten alle Männer auf den Planken. Einzig allein Carmen blieb stehen und schaute dem Meeresgott mitten ins Gesicht, sofern man davon sprechen konnte.

„Verfluchtes Weibsbild. Ihre Unhöflichkeit wird uns noch in Schwierigkeiten bringen", zischte Falo und für den Bruchteil einer Sekunde wollte Alejandro ihm recht geben. Nicht mal einem Gott gegenüber zeigte Carmen Respekt. Wobei es Neptun gar nichts auszumachen schien. Im Gegenteil, als die ehemalige Nonne ihren Arm ausstreckte, sah es so aus, als würde der Meeresgott ihr die Hand küssen.

„Wir sind zu dir gekommen, weil ein anderer Pirat uns mit einem Fluch belegt hat", begann Carmen zu erzählen.

„Um so etwas kümmere ich mich nicht", entgegnete Neptun sofort unwirsch. „Die Belange von Sterblichen sind für mich uninteressant."

„Das glaube ich in diesem Fall nicht", erwiderte Carmen herausfordernd und Alejandro zog die Luft ein. „Denn bei dem Übeltäter handelt es sich um niemand anderen als um Lean."

„Der berüchtigte Pirat, welcher in letzter Zeit sämtliche Regeln bricht?"

Die ehemalige Nonne nickte und Alejandro löste sich aus seiner Erstarrung, um sich neben sie zu stellen.

„Ja", sprach Carmen unverblümt weiter. „Er pflastert deine Tafel und den Meeresboden mit Unschuldigen."

„Und als wir ihn aufhalten wollten, hat er meine Mannschaft und mich verflucht", ergänzte Alejandro von plötzlichem Mut beseelt. „Wenn Ihr uns nicht helft, werden wir bald genauso wie er. Und glaubt mir bitte, das will niemand von uns."

Ein zustimmendes Nicken ging durch die Mannschaft und sie alle hofften, dass Neptun es zur Kenntnis nahm.

„Normalerweise halte ich mich tatsächlich aus euren Angelegenheiten raus. Jedoch habt ihr in einem Punkt recht." Es schien, als würde er sich den Bart kratzen. „Dieser Lean ist mittlerweile zu einer regelrechten Plage geworden. Alleine seine Kämpfe um den Kapitänsposten haben schon mehrere Opfer gefordert, die nicht hätten sein müssen. Es ist normal, wenn jemand ertrinkt, im Sturm über Bord geht oder vereinzelt im Meer entsorgt wird. Doch er geht entschieden zu weit. Und niemand wagt es ernsthaft, ihn dafür zur Rechenschaft zu ziehen. Sämtliche Handlungen sind halbherziger Natur und einzig auf den eigenen Vorteil ausgerichtet."

Carmen und Alejandro nickten. Nur mühsam konnten sie sich zurückhalten, den Meeresgott nicht zu unterbrechen.

„Also gut. Ich werde euch erlösen. Es ist im Grunde nicht schwer." Alejandro hätte am liebsten einen Luftsprung gemacht, doch seine Euphorie währte nicht lange. „Doch ich verlange eine Gegenleistung."

Während dem Kapitän sämtliche Gesichtszüge entgleisten, fragte Carmen ruhig. „Was für eine Gegenleistung?"

„Vor Kurzem hat Lean einen unschuldigen Schiffsjungen auf grausame Art und Weise in mein Reich geschickt. Nachdem er zuvor mit ihm das Bett geteilt hatte."

„Wie bitte?", rief Alejandro dazwischen und schlug sich die Hand vor den Mund. Niemals … Niemals hätte er gedacht, dass Lean so weit ging. Ein flüchtiger Blick zu Falo ließ ihn ahnen, dass zumindest dieser etwas geahnt hatte.

„Es ist wahr, Kapitän Alejandro", fuhr Neptun fort. „Und ich möchte Marino gern eine zweite Chance geben. Als Schiffsjunge auf der *St. Elizabeth*. Jedoch müsstet ihr dafür euren Schiffsjungen Petro opfern. Er soll an Marinos Stelle an meiner Tafel sitzen."

Der Angesprochene wurde kreidebleich und stieß einige Flüche aus. Auch ein paar aus der Mannschaft schüttelten die Köpfe, obwohl sie wussten, es blieb kaum eine Wahl. Alejandro presste die Lippen zusammen. Er mochte Verluste nicht und hasste solche Entscheidungen bis aufs Blut. Doch wenn sie es nicht taten, blieb der Fluch an ihnen haften und die ganze Mannschaft würde dem Wahnsinn verfallen. Oder es gäbe einen Massenselbstmord.

Was ist das gegen ein einziges Leben, fragte seine innere Stimme. *Außerdem hat der Junge euch in letzter Zeit nur Ärger gemacht.*

Dem konnte Alejandro nichts entgegensetzen. Selbst als die Lage immer ernster wurde, hatte Petro lediglich gegen Carmen und ihre Anwesenheit gewettert. Woher seine feindliche Einstellung kam, konnte der Kapitän nicht sagen. Doch es war nicht davon auszugehen, dass er diese ablegte.

„Also gut", sagte er mit belegter Stimme und warf einen Blick zu seinen engsten Freunden, die sofort verstanden. „Ihr könnt Petro haben."

„Nein, Kapitän!"

Als Wiss und Falo ihn an den Schultern packten, kam auf einmal Leben in den Schiffsjungen. Trotz seines blauen Auges schlug er wie wild um sich und versuchte sogar, Falo zu beißen.

„Für den werde ich mich nicht opfern lassen. Dieses Weibsbild hat doch den Verstand verloren."

„Mit solchen Worten hast du dein Todesurteil erst recht unterschrieben. Leider wirst du keine Zeit mehr haben, darüber nachzudenken", sprach Falo und schleifte Petro an die Reling.

„Ihr könnt ihn haben", richtete Alejandro sein Wort nach Neptun und schloss die Augen.

Ein seltsames Gefühl stieg in ihm auf. Fast, als würde sein Körper in zwei Stücke gerissen werden. Jedoch blieben die Schmerzen aus. Plötzlich spürte er eine warme Hand in seiner und lächelte in dem Wissen, dass es Carmen war. Erst nach einer Viertelstunde öffnete Alejandro seine Augen wieder und schaute sich um.

„Was ist passiert?", fragte er und tastete seinen Kopf nach Verletzungen ab.

Auch die Mannschaft schien verwirrt, zumal Neptun verschwunden und das Meer wieder ruhig war. Nur der regungslose Körper eines Jungen, den sie noch nie zuvor gesehen hatten, lag auf den Planken. Augenscheinlich schien er zu schlafen. Carmen und Alejandro wechselten einen Blick.

„Marino", sagte Erstere und eilte zu ihm. Sie bettete seinen Kopf in ihren Schoß und einer der Männer trug ihn in die Kajüte.

„Also, wenn er bei uns ist ...", schlussfolgerte Wiss.

„Dann ist der Fluch von uns genommen" ergänzte Falo und lächelte.

„Ich fühle mich auch wieder besser", meinte Alejandro und strahlte übers ganze Gesicht.

„Wir haben es geschafft", rief Carmen und fiel dem Kapitän um den Hals.

KAPITEL 20

Eine Nebelwand zog vom Meer in Richtung Hafen von Cádiz. Das kleine Beiboot wurde von einer Welle erfasst, während sich die Gestalt am Bug umdrehte und die Stützmasten der *St. Juliette* betrachtete. Eigentlich waren selbige nur zu erahnen, doch die Kapitänin kannte ihr Schiff. Sie hatte den Großteil ihres Lebens darauf verbracht. Die Vorstellung, dass die *St. Juliette* schon bald in die Neue Welt aufbrach, bereitete Udane noch immer Gänsehaut.

Das Schiff wirkt von hier aus wie ein Geisterschiff, überlegte sie, als die letzten Laternen entzündet wurden. *Und ich? Ich treibe dunkle Dinge in einer finsteren Nacht voran. Ist das ein Omen für die Zukunft dieser Mannschaft?*

Udane suchte nicht nach der zugehörigen Antwort. Sie wollte nicht wissen, was das Schicksal für die Besatzung bereithielt. Es zählte einzig, dass die Männer am Ende nicht auf dem Galgen landeten.

Die Ruder schlugen ein letztes Mal auf dem Wasser auf, ehe das Boot gegen den Anlegesteg rumpelte. Udane kletterte unbeholfen auf den Hafensteg und sah noch einmal zum Schiff hinüber. Sie hatte niemanden aus der Mannschaft mitgenommen. Der Bootsmann würde hier warten. Was sie zu erledigen hatte, bedurfte keiner weiteren Zeugen. Es genügte, dass die Männer wussten, welche Absichten sie hegte.

Als José ihr Vorhaben heute Nachmittag verkündet hatte, waren zornige Rufe laut geworden. Manche der Seefahrer hatten sich durch ihren Entschluss verraten gefühlt. Andere wollten sich damit überhaupt nicht auseinandersetzen. Die Aussicht, als Spanier in die Neue Welt aufzubrechen, löste nur bei einer Hand voll wahre Begeisterung aus.

Ob sie sich jemals damit anfreunden können für die Krone zu plündern? Die Prisen werden am Ende die gleichen sein. Möglicherweise sogar mit mehr Gewinn, als wir jetzt einfahren, überlegte Udane.

Es war eines der Argumente, welches die Mannschaft letztlich überzeugte. Die Aussicht auf Gold und Silber ließ am Ende bei jedem die Bedenken schwinden. Einzig José machte sich in dem Punkt nichts vor. Er besaß einen wachen Verstand, der seine Stellung als Erster Maat allemal rechtfertigte.

Was er jedoch so wenig wie die Mannschaft wusste, war, warum die *St. Juliette* nicht im Hafen ankerte. Sie lag in der Einfahrt der Hafenbucht und blockierte den großen Handelsschiffen beinahe den Weg. Udane entlockte dieser Anblick ein Grinsen, als sie sich endlich losriss und den Steg entlang ging.

Sie handelte keinesfalls willkürlich, indem sie den halben Hafen blockierte. Die spanische Obrigkeit sollte darauf aufmerksam gemacht werden, was geschah, wenn sie den Forderungen nicht nachgab. Udane hatte Zeit, und Gelegenheit, den Handel zum Erliegen zu bringen – und das ohne eine einzige Salve abzufeuern.

Der Wind zerrte an ihrer Jacke, als sie den Hafensteg verließ und auf den eigentlichen Marktplatz trat. Einige Huren standen bei den verwaisten Ständen herum. Aus einer Gasse drang ein anhaltendes Stöhnen. Der Laut erinnerte sie daran, wie lange es zurücklag, dass sie mit jemandem das Bett geteilt hatte.

Über die Jahre war ihr Liebesleben zu einer Legende geworden. Lean hatte letztlich das Gerücht in die Welt gesetzt, sie unterhalte eine Liebschaft zu Selina. Eine Wahrheit, welche einzig in den Köpfen der Männer existierte und Udane zugleich etwas Hartes bei diesen verlieh. Wer eine Frau von Selinas Format herumbekam, dem stellte sich nichts in den Weg.

Ich hätte vom ersten Tag an mit diesem beschissenen Gerücht aufräumen sollen. Heute ist es dafür zu spät und Selina ... Vielleicht empfindet sie ja wirklich was. Aber da sie nie ein Wort diesbezüglich verloren hat. Ach was soll's. Heute habe ich andere Sorgen.

Ihr Weg endete abrupt vor der Taverne. Plötzlich überkam sie ein Zaudern. Wagte sie hier das Richtige? Konnte sie verantworten, dass Leans Leben für das eigene Überleben geopfert wurde?

Verdammt, warum zögere ich jetzt? An meiner Stelle würde er genauso handeln. Verflucht, wahrscheinlich hätte er mich bereits im nächstbesten englischen Hafen ausgeliefert. Zorn wallte bei der Überlegung in ihr hoch. Sie beabsichtigte keinen weiteren Anflug von Mitgefühl aufkommen zu lassen. Stattdessen näherte sie sich der Tür und stieß selbige auf.

Die Taverne war leer. An den Tischen saß niemand, doch im Kamin brannte ein Feuer. Selina ließ sich nicht blicken, als Udane den Tresen ansteuerte. Ihre Augen fokussierten den Hund, der an seiner gewohnten Stelle lag und schlief. Das Tier hob nicht mal den Kopf, als Udane sich gegen den Tresen lehnte und rief: „Selina!"

Einige Sekunden rührte sich nichts. Schließlich ertönten Schritte die Treppe hoch. Selina hielt den Rock gerafft, als sie auf der Schwelle innehielt.

„Was machst du hier?"

„Hast du heute keine Kunden?", fragte Udane und sah sich in der leeren Taverne um.

„Nun, ich hatte Gäste. Solange, bis heute Nachmittag ein Schiff gedachte, den Hafen zu blockieren. Die Kapitäne haben ihre Männer zurück auf die Schaluppen beordert. Es wird überlegt, ob man mit Kanonen gegen diese Blockade antritt. Du weißt nicht zufällig etwas darüber?"

Der schnippische Unterton entging nur einem Idioten. Udane verzog das Gesicht und führte sich vor Augen, dass José recht gehabt hatte. Die *St. Juliette* mit der Breitseite auf den Hafen auszurichten, war kein kluger Schachzug gewesen.

Zu Neptun mit all den Neunmalklugen. Ich habe richtig entschieden, beschloss Udane für sich und zuckte mit den Schultern. Sie setzte ein gleichgültiges Gesicht auf, als sie fragte: „Was willst du hören, Selina?"

„Vorzugsweise die Wahrheit und was du beabsichtigst."

„Das Offensichtlichste ist wohl deutlich: Ich blockiere den Handel von Cádiz."

„Und warum?"

„Weil ich eine besonders wertvolle Fracht an Bord habe."

Selina zuckte merklich zusammen. „Hast du Alejandro …?"

„Ich bitte dich. Es gibt Wichtigeres als einen verfluchten Piraten. Sollen sich andere um den kümmern, ich habe meine eigenen Sorgen und die tragen den Namen Lean."

„Was ist passiert?"

Udane tippte mit einem Finger auf den Tresen. Sie betrachtete das Gesicht der Tavernenbesitzerin eingehend, bevor sie antwortete: „Du solltest der neuen Kapitänin der *St. Juliette* einen ausgeben."

In den braunen Augen spiegelte sich Unverständnis wider. Je länger die Frau Udane betrachtete, desto mehr wandelte sich der Ausdruck in Unglauben. Letztlich wich Selina sogar ein Stück in den Durchgang zurück, ehe sie sich dazu überwand, den Tresen anzusteuern. Sie griff nach einer Flasche, entkorkte selbige und nahm direkt einen Schluck daraus. Schweigend reichte sie das Gefäß an Udane weiter und stützte sich mit beiden Händen auf dem Holz ab.

„Du bist …? Wie konnte es dazu kommen?"

Die Frage stellte sich Udane ebenfalls. Sie kannte die Ereignisse. Sie war dabei gewesen. Doch dass Lean tatsächlich nicht den eigenen Untergang vorhergesehen hatte, überraschte sie nach wie vor.

Er war auf einem so guten Weg. Verdammt, wem mache ich hier was vor? Wir waren dabei, wegen ihm in den Abgrund zu schlittern. Er hat nichts für diese Mannschaft geleistet, aber diese Männer alles für ihn.

Unschlüssig zuckte Udane mit den Schultern. „Was willst du hören? Es gab Flauten und dann noch mehr Flauten. Lean hat seine Stellung als Kapitän einmal zu oft missbraucht. Ich konnte ihm das nicht länger durchgehen lassen."

„Und die Mannschaft hat das einfach so hingenommen?"

Udane hörte den Zweifel in Selinas Stimme. Sie war nicht gewillt, sich vor der Tavernenbesitzerin zu erklären. Zugleich brauchte sie deren Verbindungen zur Obrigkeit. Somit hielt sie sich an einem Nicken.

Misstrauisch betrachtete Selina die neue Kapitänin. „Einfach so?"

Udane stellte die Weinflasche geräuschvoll auf den Tresen. „Verdammt, Selina, was soll ich dir sagen? Willst du es wirklich wissen? Er hat den Bootsjungen umgebracht! Für ihn gab es seit dem Verlassen der *St. Elizabeth* nichts anderes als seine verfluchte Rache. Er hätte die ganze Mannschaft damit ins Unglück gestürzt, also musste ich handeln. Bin ich stolz darauf? Nein. Aber irgendwer musste die Eier besitzen, sich ihm in den Weg zu stellen."

Die Tavernenbesitzerin sagte nichts. Sie hielt einzig den Blick auf Udane gerichtet, bis diese frustriert über ihren Kopf fuhr. Sie riss das graue Kopftuch herunter und warf es auf den Tresen. Die schwarzen Haare kräuselten sich darunter, während Udane den Kopf schüttelte. „Du warst nicht dabei, Selina. Du hast das alles nicht miterlebt."

„Das mag sein, aber warum blockierst du jetzt den Handel? Was willst du?"

„Verschaff mir ein Treffen mit der Stadtwache."

„Was?"

„Ich muss mit der spanischen Obrigkeit reden. Aber ich bin nicht dumm und weiß, dass sie mich sofort wegen Piraterie verhaften würden. Also muss ich ihnen etwas liefern, das sie dazu bringt, mit mir zu verhandeln."

„Worüber verhandeln?"

„Straffreiheit für die Mannschaft der *St. Juliette*."

Selina reagierte wie erwartet. Sie öffnete den Mund, setzte zu einer Erwiderung an und schloss ihn letztlich. Im gleichen Atemzug drehte sie Udane den Rücken zu und stemmte die Hände in die Seiten. Sie wiegte sich nach links und rechts. Gelegentlich hörte Udane sie murmeln. Es waren Wortfetzen, die an ihre Ohren drangen.

„Nein, den kann ich nicht fragen, aber … Sie vielleicht, sie … Ausgeschlossen. Möglicherweise wäre … Nein, das geht auch nicht, der ist gerade in einer schlechten Verhandlungsposition. Aber wenn ich …" Ruckartig fuhr die Tavernenbesitzerin herum und musterte Udane. „Wie lange hast du vor, den Handel zu blockieren?"

„Bis ich mit jemandem geredet habe. Da Cádiz in den letzten Jahren zu einem guten Handelsort geworden ist, sollten die Gespräche bald stattfinden. Die Gefahr besteht, dass sich die Handelsschiffe sonst auf den Weg nach Sevilla machen. Du bist in einer Position, wo du mit angesehenen Leuten reden kannst. Also verschaffe mir dieses Treffen."

„Du erpresst eine ganze Stadt, wegen eines einzigen Piraten!"

„Nein, wegen einer Mannschaft, die es nicht verdient hat am Galgen zu baumeln!"

„Ach bitte, diese Männer interessieren dich so wenig, wie sie Lean interessiert haben. Ich sehe dir bereits jetzt an, dass du beginnst, die gleichen Fehler zu machen. Du glaubst, mit Angst etwas zu erreichen. Letztlich solltest du aufpassen, nicht so zu enden wie er. Wenn du auch nur einen Funken von Schwäche zeigst, werden die Männer über dich herfallen."

„Ich bin nicht Lean, Selina. Ich kann es mir erlauben Schwäche zu zeigen, wenn sie angebracht ist. Gerade ist sie es jedoch nicht. Ich bereue keine Sekunde, was ich in all den Jahren getan habe. Eigentlich sah ich in dir eine Freundin. Zwinge mich nicht, diesen Umstand überdenken zu müssen. Und jetzt organisiere das Treffen mit der Stadtwache. Ich werde Lean persönlich bei ihnen abliefern. In zwei Tagen, drei Wegstunden vom Kerker entfernt. Dann will ich, dass dort jemand steht, der weiß, wer ich bin und meine Forderung umsetzen kann. Schick mir keinen einfachen Soldaten, Selina. Ich will zumindest einen Oberst. Beschaff mir das und ich gebe bei meiner Rückkehr aufs Schiff den Befehl, die *St. Juliette* in den Hafen zu segeln. Wir werden friedlich anlegen und Lean ausliefern."

„Ohne jegliche Feuersalve?"

„Ohne einen einzigen Kanonenschuss", versicherte Udane.

Die Tavernenbesitzerin schloss die Augen und schüttelte den Kopf. Letztlich leckte sie sich über die Lippen, öffnete die Lider und trat hinter dem Tresen hervor. Udane kämpfte den Instinkt, sich auf die Frau zu stürzen, hinunter. Dafür verfolgte sie angespannt mit, wie Selina die Tavernentür öffnete. Sie sah zu allen Seiten, winkte schließlich jemanden heran und flüsterte einer Frau etwas zu.

Udane konnte die Person nicht erkennen. Sie hielt sich in den Schatten. Möglicherweise irgendeine Hure, die mit einem Soldaten oder Oberst regelmäßig das Bett teilte. Udane war es gleich, solange ihre Forderung umgesetzt wurde.

Nach wenigen Minuten kehrte Selina hinter den Tresen zurück und nickte. Mehr gab es zwischen ihnen nicht mehr zu sagen. Am besten sie ging nun und gab die Order in den Hafen zu segeln an ihre Leute weiter. Doch etwas ließ Udane zaudern. Es war der Blick, welchen Selina ihr zuwarf. Darin war ein Anflug von Bedauern zu erkennen.

„Es tut mir leid, dass es so gekommen ist."

„Nein, tut es nicht", erwiderte die Tavernenbesitzerin. „Du hast viel von ihm, weißt du das?"

„Von Lean?"

Selina schüttelte den Kopf. „Von Djego. Jeder behauptet immer, er hätte Alejandro erst zu dem Kapitän gemacht, der er bis heute ist. In Wahrheit hat er dich genauso geformt. Nicht bewusst, aber durch sein Verhalten Lean gegenüber. Djego war ein harter Kerl, der keine Widerworte duldete. Ich kann mich nicht mal erinnern, dass er je eine Träne vergossen hat. Nicht beim Tod von Alejandros Vater und erst recht nicht bei dem seines Kindes. Er war in der Hinsicht genau wie du. Er hat seine Gefühle hinter einer Maske und dunklen Worten versteckt. Und die Leute haben ihn dafür respektiert und manche sogar verehrt."

Die Tatsache, dass Djego angeblich ein Kind gehabt hatte, überraschte Udane. Niemand hatte darüber jemals ein Wort verloren. Sie wollte bereits so weit gehen Selina zurechtzuweisen, als sie die Frau eingehender betrachtete.

Selina wich ihrem bohrenden Blick aus, griff erneut nach der Weinflasche und trank daraus. Tränen schimmerten in den dunklen Augen, während eine Hand merklich zitterte.

„Du und er?", fragte Udane.

Die Tavernenbesitzerin gab ihr keine Antwort. Sie kratzte sich am Ohr, sah hinüber zu dem Steuerrad, welches an der Wand hing. Das lächerliche Ding hatte Udane schon immer abgestoßen. Es besaß eine unverhältnismäßige Größe, die zu keinem Schiff passte, welches sie kannte.

„Es war unser Traum, diese Taverne gemeinsam zu führen", sagte Selina just. „Wir lernten uns hier in der Taverne meiner Großmutter kennen. Djego war ... Er wollte nicht, dass es irgendjemand von der *St. Elizabeth* erfuhr. Seiner Ansicht nach machte es einen Piraten angreifbar, wenn er eine Frau hatte. Darum war er so wütend, als Alejandros Vater den Burschen nach dem Tod seiner Mutter aufs Schiff mitnahm. Das war auch der Grund, warum sein eigener Vater ihn zuweilen nicht an Bord haben wollte. Ein unliebsames Anhängsel, welches er an Djego abschob. Es brach mir an manchen Tagen das Herz, wenn sie hier auftauchten und Djego den Burschen auf der Schulter sitzend hier rein trug. Er gab Alejandro die Zuneigung, welche unser Kind niemals erfahren konnte. Die *St. Clara*, so hatte Djego das Schiff nach dem Tod von Alejandros Vater nennen wollen. Ich habe ihn angefleht, es nicht zu tun. Gestritten haben wir und letztlich konnte ich mich durchsetzen. Ein einziges Mal. Es genügte für Djego, sich hier nicht mehr sehen zu lassen. Er behandelte mich wie eine Fremde und ich schloss mich schweigend diesem Pakt an."

„Euer Kind hieß Clara, nicht wahr?"

Selina nickte. „Sie wurde nicht älter als ein Jahr. Danach … Ich habe nie wieder zurückgesehen. Für uns beide wurde mit Claras Tod deutlich, dass unsere Ehe, oder das, was wir als solches betrachteten, nichts weiter als eine Farce darstellte. Djego hatte längst sein Kind gefunden – in Alejandro. Vielleicht habe ich deswegen Lean so bereitwillig meinen Kontakt zu dem Ordensbruder verschafft. Ein kleiner Teil in mir wünschte ihm ein erbärmliches Ende. Für den Bruchteil einer Sekunde nur, aber es reichte aus, nicht wahr? Lean hatte sich dadurch verändert. Du bist aus diesem Grund nun die Kapitänin der *St. Juliette* und Alejandro … Ich darf wohl froh sein, noch hier zu stehen. Die Tatsache, dass du mich noch nicht umgebracht hast, spricht dafür, dass du Djego wirklich sehr ähnlich bist. Er hätte mich mit der gleichen Missgunst und demselben Schweigen gestraft."

Udane versuchte, die Worte zu verarbeiten. Letztlich hatte alles irgendwie mit Alejandro zu schaffen. So sehr sie sich von dem Piratenkapitän distanziert betrachtete, so musste sie zugeben, dass seine Existenz für all das Chaos verantwortlich war. Kurz kam in Udane der Impuls auf, Selina zu töten. Im gleichen Augenblick trat sie vom Tresen zurück. Sie konnte es nicht, obwohl es sicherlich die richtige Entscheidung wäre. Jeder in der Mannschaft würde ihr in diesem Punkt beipflichten. Doch Udane sah vor sich nichts weiter als eine einsame Frau. Jemand, der durch Schicksalsschläge gezeichnet war. In der Hinsicht bedeutete es schon viel, dass Selina überhaupt so offen gesprochen hatte.

„Ich muss gehen", sagte Udane plötzlich.

„Muss ich mit meinem Ende irgendwann rechnen?"

„Jeder von uns stirbt eines Tages. Aber wenn du mich fragst, ob ich für dein Ableben verantwortlich sein werde, dann lautet die Antwort: Nein."

„Udane, ich …"

Sie drehte sich um und ließ Selina stehen. Eiligst durchquerte Udane die Taverne, trat hinaus in die nebelverhangene Gasse und machte sich auf zum wartenden Beiboot. Sie hatte das alles niemals erfahren wollen. Die Tatsache, dass sie einem Piratenkapitän glich, der sie nicht kannte, war Udane zuwider. Sie wollte sich nicht mit dem Gedanken befassen, was genau das bedeuten mochte. Bestand die Gefahr, dass Djego weitere Kinder gezeugt hatte und sie ein Spross von diesem Kerl war? Udane schüttelte hektisch den Kopf. Ihr Vater konnte jeder sein. In einer Welt wie dieser scherte sich niemand darum, welche Hure ein Kind gebar. Keiner stellte Fragen nach einem Vater, manchmal nicht einmal nach der Mutter. Udane würde damit jetzt nicht anfangen. Sie war zu weit gekommen, um sich damit herumzuschlagen.

Sie wusste ohnehin, wer sie war – nämlich die Kapitänin der *St. Juliette*. Das genügte ihr vollkommen.

KAPITEL 21

*W*as ist Scham? Wo fangen die Selbstzweifel an und an welcher Stelle verliert man jegliches Gefühl derselben? Irgendwo, auf meinem Weg zum absoluten Ansehen, habe ich mich verloren. Meine Bestrebungen, der bekannteste Pirat aller Zeiten zu werden, sind mir abhandengekommen. Ich kann nicht behaupten, den Grund dafür nicht zu kennen. Mein Glaube hat mich zu Fall gebracht. Dieser und meine Erste Maat. Vielleicht lag es auch an meinen Vorlieben. Bei wie vielen Männern bin ich in all der Zeit gelegen? Mir ist nicht mal klar, welche Anzahl von ihnen alleine durch meine Hand aus dem Leben schied. Und wie oft musste ich Udane bitten, diese unliebsamen Anhängsel am Ende einer Nacht loszuwerden. Wie konnte ich derart töricht sein und ihr vertrauen? An irgendeinem Punkt habe ich sie offenbar zu hart rangenommen. Wobei, nein, das stimmt so nicht! Udane war es. Sie hat vom ersten Tag an gegen mich gearbeitet. Wollte bereits vor zwei Jahren Kapitänin werden, besaß aber nicht die Courage, es mir ins Gesicht zu sagen. Und ich? Ich habe falsche Prioritäten gesetzt. All mein Denken und Handeln waren darauf ausgerichtet, meinen schlimmsten Widersacher

*niederzustrecken. Alejandro sollte sich an meiner Stelle be-
finden, stattdessen habe ich ihn verflucht. Was habe ich von
diesem verdammten Fluch? Meine gesamte Existenz steht
kurz vor der Auslöschung und trotzdem ... Mir drängt sich
die Frage auf, wie sehr dieser falsche Pirat gerade leidet. Ist
sein Körper bereits dabei, sich zu verändern? Hat er es womöglich und versucht dies nun schamhaft vor seiner Mannschaft zu verstecken? Da wären wir wieder bei der Scham
und der Frage dessen, was genau dies ist. Eigentlich fehlt
mir die Kraft, mich dieser Überlegung zu stellen. Aber ...*

Leans Gedanken endeten abrupt, als ihn ein Dreckklumpen
an der Schläfe traf. Es lag keine Kraft hinter dem Geschoss,
dennoch geriet er ins Taumeln. Die Wochen auf See, die Tage
an den Mast gefesselt und die Erniedrigung unter Deck der
St. Juliette hatten ihre Spuren hinterlassen.

Der einst stolze Pirat wurde von den kräftigen Händen
Josés gestützt. Der Erste Maat schob ihn vorwärts. Lean war
ein Schatten seiner selbst. Abgemagert, mit rissigen Lippen
und in Lumpen gehüllt. Er strauchelte barfuß durch die engen
Gassen von Cádiz.

„Verdammter Hurensohn!", rief eine Frauenstimme aus einem Fenster herab. Gleich darauf ergoss sich der Inhalt eines
Nachttopfes über ihn.

Lean kniff die Lider zusammen. Tränen liefen seine Wangen hinab. Die Demütigungen nahmen schlicht kein Ende,
während hinter ihm Udane und ein Teil der Mannschaft gingen. Soweit er es bemerkte, steckte die Kapitänin einigen
Frauen kleine Lederbeutel entgegen. Vermutlich handelte es
sich dabei um Almosen. Das Leben auf der Straße war Udane
nach wie vor vertraut. Sie hatte als Erste Maat stets irgendeinem alten Weib ein paar Silbermünzen aus ihrem Anteil
der Beute überlassen. Eine Geste, welche Lean sogar jetzt

nicht nachvollziehen konnte. Er hätte sein Gold zusammengehalten. In dem Punkt unterschieden sie sich. Vielleicht war Udanes Handeln jedoch ein klügeres. Sie erkaufte sich damit das Vertrauen der Leute.

„Auf dem Galgen sollst du hängen! Ihr alle sollt hängen!"

„Ja, hängt sie auf!"

„Weg mit den Piraten!"

Lean erlaubte sich ein Grinsen, als ihn ein Stoß in den Rücken weiter vorantrieb. José wollte so schnell wie möglich der bedrückenden Enge entkommen. Sogar Udane beschleunigte ihre Schritte und schloss zu ihnen auf. Hinter der abenteuerlichen Gruppe versammelten sich die Menschen zu einer Mauer, während vor ihnen ein ähnliches Bild Gestalt annahm. Der Unterschied bestand jedoch darin, dass die Männer vor ihnen eindeutig spanische Soldaten waren.

„Halt!", rief ein großgewachsener Kerl und legte die Hand an seinen Säbel.

„Wir bringen jemanden für den Kerker", sagte Udane und ging ungehindert auf den Mann zu.

Lean versuchte, über den aufkommenden Lärm hinter ihm etwas zu verstehen. Doch das Einzige, was er mitbekam, war, dass Udane mit dem Armstumpen immer wieder in seine Richtung wies. Der oberste Offizier, Lean schlussfolgerte dies aufgrund der Kleidung und der Orden an der Jacke des Mannes, warf ihm verwunderte Blicke zu.

Was erstaunt dich, Soldat? Dass Piraten ihresgleichen ausliefern? Die Obrigkeit wird mich mit Handkuss und einer Schleife um den Arsch auf den Galgen schicken, wenn es sein muss. Diesen fetten Fisch lassen sie sich nicht entgehen. Aber was wird dann aus dir, meine Liebe?

Bei der Überlegung schielte Lean zu Udane. Was hatte die Kapitänin der *St. Juliette* vor? Die Frau ließ sich nicht in die

Karten schauen. Vielmehr nickte sie unverhofft, als der Offizier das Wort an sie wandte. Er schien unsicher zu sein, wie er mit der Situation umzugehen hatte. Darauf bereitete einen nichts vor. Eine Mannschaft, welche den eigenen Kapitän an die Gerichtsbarkeit aushändigte. Udane hielt damit einen großen Trumpf in der Hand. Ganz gleich, wie sie diesen ausspielte, Lean ahnte, dass die Kapitänin irgendwie den Kopf aus der Schlinge zog.

Sicherlich nicht übers Bett. Dafür ist das Weib zu einfallslos. Immerhin hätte ich sie sonst dazu anstiften können Alejandro auf den Zahn zu fühlen und ihn während des Aktes zu erstechen. Was für ein peinliches Ableben.

Ein wenig stimmte es Lean traurig, dass er auf diesen Einfall nicht eher gekommen war. Er musste jedoch zugeben, dass ihm der Gedanke erst unter Deck kam, nachdem sich der dritte oder vierte Mann an ihm vergangen hatte. Noch immer konnte er das Gegrunze hören, sobald er die Augen schloss. Übelkeit stieg in ihm hoch, doch er unterdrückte den Impuls auf die Straße zu kotzen. So weit reichte sein Schamgefühl noch. Was ihm mehr zusetzte, war die brennende Hitze, die an diesem Nachmittag auf ihn herabbrannte.

Lean hielt die Augen geschlossen und spürte, wie sein Verstand dabei war, sich in einen dunkleren Teil seiner selbst zu flüchten.

„Na los!"

Erschrocken fuhr er zusammen, hob ruckartig den Kopf und geriet ins Wanken. Vor seinen Augen verschoben sich die Bilder. Er sah die Gesichter doppelt und dreifach. Eine Hand packte ihn an der Schulter, während eine andere die Eisen an seinen Handgelenken prüfte. Sie saßen noch genauso fest, wie vor einer Stunde, als er die *St. Juliette* verlassen hatte.

„Ich bedaure beinahe, dass ich dich auf deinem letzten Weg hinab in die Hölle nicht begleiten kann, Lean." Udane stand so knapp vor ihm, dass er ihr ins Gesicht spucken konnte. Er widerstand auch diesem Verlangen und starrte sie stattdessen schweigend an. „Ich habe noch eine Unterredung mit einem wichtigen Mann. Er ist schon bald dafür verantwortlich, dass die Mannschaft ein besseres Leben führen wird. Sie werden es mir danken und dich vergessen. Niemand wird sich mehr an einen Kapitän Lean von der *St. Juliette* erinnern. Deine größte Angst wird somit zur Realität, Lean: Du wirst unbedeutend. Eine Notiz am Rande einer Geschichte, die in Wahrheit nichts mit dir zu schaffen hat."

Er hätte ihr gern so viel gesagt. So blieb ihm nichts weiter, als sich an einem spöttischen Grinsen zu versuchen.

Verflucht sollst du sein, meine Liebe. Du hast mir die Zunge genommen, aber das ändert nichts. Jeder wird sehen, unter welchen Voraussetzungen du Kapitänin sein willst. Hältst du mich für dumm? Glaubst du, ich ahne nicht, was du vorhast? Du willst Teil einer Welt sein, welche nicht bereit für dich oder diese Mannschaft ist. Ihr könnt nicht darin leben, weil ihr es nicht versteht, euch zu verstellen. Jeder von euch glaubt, dass er mit Ehrlichkeit weit kommt. Welch ein Unsinn. Lügen sind das Einzige, was diese Welt aufrechterhält. Man wird die Mannschaft hintergehen und du rennst sehenden Auges in diesen Untergang. Doch sei es drum. Mach was du willst, es ist nicht länger mein Belangen. Am Ende wirst auch du am Galgen baumeln, dessen bin ich mir sicher.

Seinen Augen entging keineswegs, wie Udane ihn ansah. Ein Anflug von Unsicherheit zeichnete sich auf ihrem Gesicht ab. Im nächsten Moment drehte sie sich um und sagte an den Offizier gewandt: „Sie wissen, wo man mich findet."

Die Kapitänin der *St. Juliette* ließ ihrem Gegenüber keine Zeit für eine Antwort. Sie stolzierte an den Soldaten vorbei und weiter in die nächste Gasse. José folgte ihr mit einigem Abstand. Er warf Lean einen letzten Blick zu, ehe er ebenfalls aus dem Leben des einstigen Piratenkapitäns verschwand.

Was nun folgen würde, wären qualvolle Stunden auf der Streckbank oder Tage in einem feuchten Kerker. Lean vermutete, dass bis zu seiner Hinrichtung die *St. Juliette* bereits aus Cádiz ausgelaufen wäre. Udane würde in dem Punkt keine Zeit verlieren und sich dieses Spektakel gewiss nicht ansehen. Es konnte ihre Stellung als Kapitänin gefährden. Denn vermutlich stand nicht jeder hinter der Frau, davon ging Lean aus. Doch möglicherweise überraschte ihn die einstige Erste Maat.

Er rechnete mit allem und nichts, während zwei Soldaten ihn auf einen Karren hievten, um ihn aus der Stadt zu schaffen. Vielleicht fand seine Seele in der Zelle sogar einen Funken von Frieden.

Was aus Alejandro nun wurde, kümmerte ihn erstaunlicherweise nicht. Der falsche Pirat würde sein Ende finden, dafür hatte er gesorgt. Mehr konnte er beim besten Willen nicht von Gott erwarten.

Gewiss würde man ihm im Kerker den Wunsch nach einem Priester nicht versagen. Er musste seine Sünden beichten. Denn Lean Martínez González wollte frei von jeglicher Schuld in den Tod gehen, um der Hölle und ihrem finsteren Fürsten zu entgehen.

Doch letztlich ... Welchen Unterschied würde es ausmachen? Der Karren ruckelte über die unebene Straße, während Lean sich in seinen Überlegungen verlor.

Sie werden mich hinrichten. Ich hege nicht mal die Überzeugung, dass mir irgendwer einen fairen Prozess zugesteht.

Das würde bedeuten, dass ich nicht in Vergessenheit geraten kann. Abgesehen davon zwänge es Udane zum Verbleib in Cádiz. Und was hätte die Obrigkeit schon von einem solchen Spektakel. Vor ihnen stünde nicht mehr ein gefürchteter Piratenkapitän. Nicht mal ein angesehenes Mitglied der Kaufmänner. Schon meine Familie würde alles daran setzen, dass ein öffentlicher Prozess ausbleibt. Diese Schmach können sie sich in Sevilla nicht leisten. Sie sind von ihren Handelspartnern abhängig. Besser ein toter Sohn als einer, der wegen Piraterie verurteilt und gehängt wird. Aber Udane ... Sie kommt viel zu gut hierbei davon. Dieses Weib hat mir alles genommen und nun soll ich hinnehmen, dass sie so einfach in die Neue Welt aufbricht? Von mir aus soll sie es doch. Aber sie wird nicht glücklich werden als Freibeuterin für die Krone. Nein, sie wird daran zerbrechen, Meutereien erleben und am Ende ebenso alles verlieren. Das wünsche ich ihr und fordere ich vom Teufel persönlich ein. Ich gebe meine Seele in dessen Hände, damit Udane alles wie Sand durch die Finger rieselt. Mag sie erst noch Erfolg mit ihrem Unterfangen haben, aber am Ende ... Sie wird einsam sterben. Sie wird leiden für den hinterhältigen Verrat an mir und dafür, sich die St. Juliette einfach so ergaunert zu haben. Ja, ergaunert, denn nicht anders kann man diese Meuterei gegen mich nennen. Ein hinterlistiges Weib, welches letztlich dazu verdammt sein wird, eines Tages nach Cádiz zurückzukehren. Und dann wird sie hier sterben. Diesen einen Wunsch soll mir der Teufel erfüllen.

Angespannt verfolgte Lean bei seiner Überlegung den Nachmittagshimmel. Vom Meer zogen dunkle Wolken auf. Landseitig bildete sich eine ebenso finstere Wolkenbank. Sie trafen auf halbem Weg zum Kerker aufeinander und entblößten einen heftigen Sturm. Sogar auf diese Entfernung hin erahnte Lean die wogende See. Die Schiffe wurden wie Spielzeuge in alle Richtungen geneigt. Er glaubte, die Fensterläden jener Häuser klappern zu hören, welche sie erst vor Minuten passiert hatten. Aufgeregte Rufe drangen von einem nahen Feld an seine Ohren. Bauern liefen mit Sensen und Mistgabeln in Richtung einer Holzbaracke. Faustgroße Hagelkörner trafen auf den harten Erdboden und brachen diesen auf. Einige schlugen durch die engen Gitterstäbe des Eisenkarrens.

Lean zog die Schultern hoch und grinste boshaft. Wenn Gott und der Teufel ihm eine Zustimmung überbrachten, so fiel diese in seinen Augen eindeutig aus. Ein weiterer Fluch war dabei, aufzukommen. Nicht heute oder morgen, aber in diesem Punkt musste sich Lean wegen der Zeit keine Sorgen mehr machen. Zeit war für ihn nunmehr ein relativer Begriff.

KAPITEL 22

Ein Lied erschallte durch die Taverne *Zum sinkenden Schiff*. Udane versuchte, den Text zu verstehen, gab es aber wegen der vorherrschenden Lautstärke im Hauptbereich unter ihr auf. Sie überlegte, wann es sie zum letzten Mal auf die offene Galerie verschlagen hatte. Die Erinnerung daran traf sie wie ein Faustschlag und führte den bitteren Geschmack von Galle mit sich. Schwer legte er sich auf ihre Zunge.

Ihre Augen suchten die Umgebung ab und fanden den schmierigen Tisch in der hintersten Ecke. Zwei Stühle standen sich gegenüber. Auf einem nahm eine jüngere Udane Gestalt an. Sie saß vor einem Kerl, der ein breites Lächeln zeigte und immer wieder zuversichtlich nickte.

„Und du glaubst, du kannst es? Ein Mann, der ... Was eigentlich? Bist du Pirat oder Kaufmannssohn? Hast du überhaupt eine Ahnung von einem Schiff?"

„Ich bin lange genug unter Djegos Fuchtel gesegelt auf der St. Elizabeth."

„Und das soll mich jetzt beeindrucken? Da stellt sich vielmehr die Frage, warum du nicht mehr dort bist."

„Das kann dir gleich sein. Aber du wirst sehen, ich kann aus der Schaluppe mehr herausholen, als sich die Mannschaft vorstellt, meine Liebe."

„Das sagst du so einfach, Lean. Erst mal heißt es, den alten Kapitän loszuwerden. Danach müsste dich die Mannschaft zu ihrem Kapitän bestimmen und dann ... Wie willst du ihnen schmackhaft machen, andere Schiffe zu überfallen und ein ehrloses Leben zu führen?"

„Nenne mir einen auf diesem Schiff, der ehrenvoll ist. Ein einziger Name und ich werde dich nicht weiter behelligen."

Sogar heute fiel Udane kein Mann ein, der jemals ehrenhaft gelebt hatte. Es erstaunte sie somit nicht, dass Lean ihr letztlich den Kopf verdrehte und sie ihm unbehelligt einen Platz in ihrem Leben zugestand. Alles hatte sie diesem Mann anvertraut: ihr Leben, ihre Geschichte und einen kleinen Teil ihrer Zukunft. Doch ab sofort war damit Schluss. Sie ließ sich nicht länger von irgendwem verbiegen. Udane oblag es, die Männer der *St. Juliette* in eine bestimmte Richtung zu bewegen. Bei einigen müsste sie vermutlich mit mehr Druck arbeiten als bei anderen. Im Augenblick war die Mannschaft allerdings damit beschäftigt, den Rum die Kehlen hinablaufen zu lassen.

„Wir fahren zur See, ihr Hunde!"

Udane rang sich ein Lächeln ab. Die Worte erschallten in einem wiederkehrenden Echo. Die einzige Zeile des Liedes, welche sie einwandfrei verstand. Das lag daran, weil nur ein Mann sie immer wieder grölte, während die anderen mit einem lautstarken *„Aye, Käpt'n"* antworteten.

„Wir fahren zur See", murmelte Udane. „Wir fahren auf ewig zur See."

Sie versuchte, sich an den Rest des Liedes zu erinnern, bekam es jedoch nicht zusammen. Ohnehin blieb ihr keine Zeit für derlei Müßiggang. Schritte näherten sich ihrem Tisch. Eine enge Samtjacke, ausgestellte Hosenbeine und weiße Strümpfe lenkten den Blick vom markanten Gesicht des Ankömmlings ab. Der Mann besaß eine durchschnittliche Größe, gelocktes, braunes Haar und ebenso dunkle Augen. Er rümpfte bei Udanes Anblick merklich die Nase, setzte sich trotzdem auf den freien Stuhl und rutschte damit so weit als möglich vom Tisch fort.

„Die spanische Gerichtsbarkeit lässt sich nicht an jeglichen x-beliebigen Ort zitieren. Es gibt Regeln, die …"

„Schluss!", unterbrach Udane ihr Gegenüber. „Zum einen sitzt Ihr hier, weil Eure Auftraggeber sich dessen zu fein sind. Ich wäre gern in deren Palast stolziert, aber mir steht nicht der Sinn danach, möglicherweise in Ketten zu enden, wie ein gewisser Pirat. Zum anderen, und das ist in meinen Augen das Wichtigste überhaupt, Ihr könnt Eure Regeln nehmen und Euch damit den Arsch abwischen. Ich habe euch nicht ohne Grund hierher *zitiert*, wie Ihr so schön behauptet."

„Dann sprecht, aber macht schnell."

Udane starrte einmal mehr in den Becher mit schalem Bier. Sie würde das Gesöff nicht vermissen. Die Neue Welt hatte gewiss Besseres zu bieten.

„Wenn ich nur hier bin, um Euer Schweigen zu ertragen, dann …"

„Ihr wisst, was ich verlange. Wenn Ihr es tatsächlich nicht wisst, dann ahnt Ihr es immerhin", kam sie dem Mann neuerlich zuvor. „Mit wem habe ich übrigens die Ehre?"

„Namen sind etwas Gefährliches. Sie verleihen einem anderen Menschen Macht über das eigene Leben. Betrachtet mich lediglich als jemanden, der Euch als Juan bekannt sein muss. Mehr müsst Ihr nicht wissen."

„Na dann, Juan. Wisst Ihr, warum Ihr hier seid?"

„Der Offizier hat es an die Gerichtsbarkeit übermittelt. Ihr verlangt Straffreiheit für die Piraten der *St. Juliette*."

„Es sind keine Piraten, es sind Männer. Eine Mannschaft, welche sich nicht zu schade ist, der spanischen Krone in so manchen Belangen helfend zur Hand zu gehen."

„Ihr redet von Freibeuterei. Und Eure Männer sind nichts weiter als Piraten, redet diesen Umstand nicht klein. Die spanische Krone hat tausende von Goldstücken und Edelsteinen wegen der *St. Juliette* verloren."

„Es ehrt uns beinahe, dass wir der Krone einen derartigen Verlust beschert haben. Ein Gewinn stünde jedoch in Aussicht, wenn wir unter spanischer Flagge segeln."

„Um wessen Schiffe zu entern?", fragte Juan mit einer Spur zu viel Neugierde.

Udane zeigte ihr triumphierendes Lächeln nicht. Sie hatte den Mann am Haken. Vermutlich trug er in der Innentasche seiner Jacke bereits die unterzeichneten Dokumente. Aber es galt einem Spiel zu folgen, dessen Regeln Udane nicht kannte, dafür umso schneller begriff: Alles drehte sich um Macht und Einfluss.

„Fragt nicht so töricht, Juan. Ihr kennt die Antwort."

Der Mann schlug die Beine übereinander und zupfte an einem losen Faden herum, während er sagte: „Diese Engländer sind … Am besten nennen wir sie eine Plage. Würdet Ihr …?"

„… dem entgegenwirken?", half sie ihm aus.

Ein knappes Nicken folgte, wobei Juan schließlich über die Schulter zur Treppe blickte. Er hinterließ den Eindruck eines gejagten Tieres. Vielleicht fühlte sich der Mann tatsächlich verfolgt. Als Bote für die spanische Gerichtsbarkeit oder die Krone gelangte man wohl zwangsläufig in solch ein Verhaltensmuster.

„Nun gut, Freibeuter im Dienst der spanischen Krone", erwiderte Juan. „Ich vermute, um die Herkunft der Piraten müssen wir uns keine Gedanken machen? Es handelt sich um Spanier?"

„Natürlich", antwortete Udane überzeugt. Das zwei der Männer Holländer und einer von ihnen Engländer war, verschwieg sie. Alles musste die Obrigkeit nicht erfahren.

In der nächsten Sekunde landete ein cremefarbiger Umschlag mit rotem Wachssiegel vor ihr. Juan stand noch im gleichen Atemzug auf, strich sich über die Samtjacke und ging.

Drei Herzschläge vergingen, ehe Udane die Papiere, für die Straffreiheit und die Freibeuterei im Namen der spanischen Krone, an sich nahm. Gleich darauf trank sie den Rest des schalen Biers und verfolgte, wie Selina die Treppe hochkam. Sie hielt einen Krug in der Hand. Vermutlich enthielt dieser ebenfalls Bier und war von der Mannschaft hochgeschickt worden.

„Noch etwas Bier?", fragte die Frau.

„Nein", antwortete Udane und schob den Becher von sich.

Selina nickte verhalten. Auf ihrem Gesicht zeichnete sich ein Anflug von Bedauern ab. Vermutlich wusste sie bereits, dass dies die letzte Unterhaltung zwischen ihnen war.

„Du gehst also tatsächlich", stellte Selina in dem Moment fest.

Udane zuckte mit den Schultern. „Diese Männer brauchen ein anderes Leben, Selina. Sie müssen frei sein."

„Und zu welchem Preis? Du hast ihr Leben mit dem von Lean erkauft. Mag sein, dass er nicht der beste Kapitän war. Jedenfalls nicht der beliebteste, aber was treibst du? Du verfluchst ihn nicht. Nein, du lieferst ihn aus und führst ihn sogar vor. Du hast ihn durch die Stadt getrieben, Udane. Warum?"

Sie gab der Tavernenbesitzerin keine Antwort. Warum sollte sie sich vor dieser Frau erklären? Jeder kannte den Grund, der Augen im Kopf besaß. Lean hatte sie zerstört. Ihren Körper und ihren Geist gebrochen. So viele Male, dass ihr nichts anderes geblieben war, als beides immer wieder neu zusammenzusetzen. Und bei jedem Mal war ein kleines Stück der kindlichen Udane verloren gegangen.

„Ich muss mich vor dir nicht rechtfertigen, Selina. Denk mal darüber nach, was du getan hast. Du lebst dank meiner Gnade. Stell dir vor, ich gehe da hinunter und erzähle den Männern davon, dass du es warst, die Lean erst mit den Schriften in Verbindung brachte. Oder noch besser, ich lasse diese Nachricht der Mannschaft auf der *St. Elizabeth* zukommen. Was meinst du? Wie lange wirst du dann noch leben?"

Sie sah die aufkommende Furcht in Selinas Augen. Die Frau versuchte, selbige mit einer aufrechten Haltung zu überspielen, doch es gelang ihr schlecht. Ein Umstand, welcher Udane einen Anflug von Schuldgefühlen bereitete.

Sie konnte sich davon jedoch nicht überwältigen lassen und sagte somit: „Die einzigen, denen ich irgendetwas schulde, sind die Männer dort unten in deiner Taverne. Du verdienst gut mit ihnen, nutze das noch für die heutige Nacht. Morgen stechen wir in See."

„Die *St. Juliette* wird nicht mehr in diesen Hafen zurückkehren, nicht wahr?"

„Vielleicht eines Tages", antwortete Udane ausweichend.

Selina schüttelte den Kopf. „Nein. Nein, du brichst auf in die Neue Welt. Die Männer folgen dir jetzt, aber habe immer einen Gedanken im Hinterkopf: Es ist nur *jetzt* der Fall. Irgendwann wird dich die gleiche Flaute einholen wie Lean und dann …"

„Dazu wird es nicht kommen", unterbrach Udane sie entschlossen.

„Ach nein? Warum sollte es bei dir anders sein? Führe dir sein Schicksal vor Augen, Udane. Bleib noch, bis er gehängt wird. Komm danach zu mir und sag mir noch einmal, dass dir niemals das gleiche zustoßen wird."

Für einen Moment erlag sie der Versuchung. Was konnte es schaden Lean auf seinem letzten Weg zu begleiten? Doch Udane war keineswegs dumm. Sobald sie vor Leans Galgen stand, würde sie ihn von dort befreien und dann bliebe der *St. Juliette* wieder nichts als die Flucht vor der Obrigkeit.

Somit schüttelte sie den Kopf. „Ich bin nicht er. Ich vergleiche mich nicht mit einem anderen Piraten. Es ist mir egal, was andere Kapitäne von mir und meiner Entscheidung halten. Wichtig ist diese Mannschaft. Die Männer, welche dort unten deinen Wein und Rum trinken. Sie muss ich an meiner Seite halten und ihnen gegenüber trage ich die Verantwortung. Jeder einzelne von ihnen kann mich abwählen, aber sie werden es nicht. Am Ende wird man meinen Namen kennen. Nicht weil ich es darauf anlege, sondern weil ich die Zeichen der Zeit erkenne. Die Welt verändert sich, Selina. Heute stehen dort unten räudige Piraten, aber morgen sind es Edelmänner."

„Gold und Silber macht sie nicht zu besseren Menschen."

„Aber zu wohlhabenderen, das alleine zählt", erwiderte Udane und stand auf. „Ich möchte nicht im Streit mit dir gehen, aber wenn es sich nicht vermeiden lässt, dann ist das so. Leb wohl. Vielleicht segelt die *St. Juliette* irgendwann wieder in den Hafen von Cádiz ein. Dann komme ich auf ein schales Bier in die Taverne *Zum sinkenden Schiff*."

Sie ging an Selina vorbei und auf die Stufen zu. Von hier oben wirkte der Haufen ihrer Mannschaft noch bunter zusammengewürfelt. Jedes Alter und jede Herkunft waren vertreten. Eine eingeschworene Gemeinschaft, welche Udane nicht missen wollte.

„Wir fahren zur See. Wir fahren auf ewig und immer zur See. Die Geliebte steht einstweilen am Steg …"

Das Lied erklang nun deutlicher für Udane. Sie bekam den Rest der Zeilen dennoch nicht mit, da Selina sagte: „Du hast gar nicht nach ihm gefragt!"

Udane drehte sich um. „Nach wem?"

„Alejandro."

„Nun, ich nehme an, er wird irgendwie zurechtkommen. Was immer ihn ereilt hat, es ist nicht länger mein Belangen."

Um Selina keine weitere Gelegenheit auf ein Gespräch zu geben, schritt Udane die Treppe hinab. Sie drängte sich zwischen den Piraten vorbei hinaus auf die Straße. Die Tür fiel hinter ihr zu und dämpfte den Gesang. Um den Kapitän der *St. Elizabeth* mussten sich andere Mächte und Kräfte kümmern. Udane zog es bereits in die Neue Welt. Doch heute Nacht sollte die Mannschaft noch einmal ordentlich zechen.

Neue Abenteuer warteten auf sie.

KAPITEL 23

Es war ein ruhiger Tag auf der *St. Elizabeth*. Das Schiff segelte zurück nach Cádiz. Falo sehnte sich bereits jetzt nach einem deftigen Braten, den Brüsten einer schönen Rothaarigen und einem Krug Wein.

Vielleicht nicht in der Reihenfolge, aber irgendwie wird es sich schon ergeben, überlegte er mit einem zufriedenen Lächeln.

Eigentlich kam es ihm wie ein Wunder vor, dass die Mannschaft dieses Abenteuer überlebt hatte. Natürlich musste man stets mit Verlusten rechnen, aber diese hätten weit höher ausfallen können.

Beispielsweise in Form einer Meuterei, ging es dem Ersten Maat durch den Kopf.

Der Gedanke, was mit Petro geschehen war, ließ Falo dennoch nicht los. Er hatte die Aufgabe, schützend vor die Mannschaft zu treten, aber bei dem Schiffsjungen war alles verloren gewesen. Petro hatte sich in seinem Zorn auf Carmen durch nichts bremsen lassen. Viel zu oft hatte Falo auf ihn eingeredet. Sogar die erniedrigendste Arbeit hatte ihm nicht das vorlaute Maul gestopft. Es war schade um Petro. Der

Bursche war kein schlechter Mensch gewesen, jedoch vom Leben gezeichnet. Eigentlich musste sich Falo in der Sekunde eingestehen, dass er nichts über Petro gewusst hatte. Der Kerl war eines Tages in der Taverne *Zum sinkenden Schiff* an ihn herangetreten und hatte angeheuert. Das war kurz nach Alejandros Ernennung zum Kapitän und Leans Beginn auf der *St. Juliette*.

Der Gedanke ließ ihn just den Kopf vom Wellengang losreißen. Falo schlug wütend auf die Reling und erweckte damit Carmens Aufmerksamkeit. Die einstige Nonne schlenderte mit einem ausladenden Hüftschwung zu ihm herüber und lehnte sich mit dem Rücken gegen die Reling.

„Was hast du? Dir ist doch gerade etwas durch den Kopf gegangen, Falo."

„Petro."

Carmen richtete den Blick zum Segel und sagte: „Es tut mir leid, wie es mit ihm kam."

„Mir nicht", murrte Falo.

„Warum? Ich dachte, du hättest so große Stücke auf ihn gesetzt. Wiss hat etwas Derartiges erst heute Morgen erwähnt."

„Da habe ich aber noch nicht geahnt, dass er vielleicht gar nicht zufällig zu uns auf die *St. Elizabeth* gekommen ist."

„Worauf willst du hinaus?"

Falo sah die ehemalige Nonne eindringlich an. „Ich glaube, dass Lean uns den Bastard untergeschoben hat. Es würde mich nicht mal wundern, wenn meine Vermutung der Wahrheit entspricht."

„Was bringt dich auf diesen Gedanken?"

Der Erste Maat rieb sich das Kinn. „Als Petro anheuerte, sagte er ständig, Neptun wäre eine fiktive Gestalt. Etwas bösartiges. Ein Untier, das es aus den Köpfen der Piraten zu vertreiben gilt. Im nächsten Moment sah er mich an, lachte herzhaft und schlug mir auf die Schulter. Ich dachte mir damals nichts dabei. Viele Burschen und Männer heuern stockbesoffen bei uns an. Am nächsten Morgen sind sie nüchtern und stellen fest, dass sie sich einem Piratenschiff angeschlossen haben. Aber Petro … Er … Ich kann es nicht genau erklären, Carmen. Der Bursche hatte was Hinterhältiges an sich. Zudem habe ich ihn einmal mit Udane reden gesehen. Das mag nichts heißen, aber … Mein Bauchgefühl sagt mir …" Geräuschvoll stieß Falo den Atem aus. „Ach, lassen wir das."

Carmen schien diesen Umstand nicht so ohne weiteres abtun zu wollen. Sie berührte Falos Arm und schenkte ihm ein aufmunterndes Lächeln. „Was sagt dir dein Bauchgefühl?"

„Dass er uns hintergangen hat. Möglicherweise wusste Lean durch Petro über jeden unserer Schritte Bescheid. Als wir unterwegs waren nach England haben wir zwar nur in diesem kleinen Städtchen haltgemacht, aber wer sagt uns, dass er da nicht eine Nachricht an Lean übermittelt hat. Und die vielen Male davor. Wir waren zwölf Monate auf See, Carmen. Wir haben in diversen Häfen angelegt und jedes Mal war angeblich kurz davor die *St. Juliette* in den Gewässern gesichtet worden. Das kann kein Zufall sein."

„Hast du es ihm gesagt?" Auf Falos fragenden Blick hin fügte Carmen hinzu: „Alejandro. Hast du ihm von deiner Vermutung erzählt?"

„Nein."

„Warum nicht?"

Der Erste Maat zuckte mit den Schultern. „Alejandro ist eben erst dabei, das Erlebte zu verarbeiten. Es wäre nicht richtig, ihn mit Mutmaßungen zu bedrängen. Noch dazu da Petro tot ist. Es ist also gleich. Außerdem ist die Mannschaft eben dabei, sich mit Marinos Anwesenheit auf dem Schiff anzufreunden. Das ist Aufregung genug."

Carmen schenkte ihm ein verständnisvolles Lächeln. Er fragte sich, ob sie wirklich verstand, wie es in ihm gerade aussah. Die letzten Gerüchte eines heruntergekommenen Piratenschiffes besagten, dass Lean von seiner eigenen Mannschaft verraten worden war. Verkauft an die spanische Obrigkeit. Die Vorstellung jagte Falo noch immer einen kalten Schauder über den Rücken. Auf der anderen Seite gebührte einem Mann wie Lean nichts anderes. Ein Tod, der ihn in Vergessenheit geraten ließ.

„Handelsschiff voraus!", rief in dem Moment der Ausguck.

Die Worte zeichneten ein Lächeln auf Falos Lippen. Es war Zeit für neue Prisen.

„Bereitmachen, Männer!", kam es gut gelaunt von Alejandro, während Carmen ein lautes Lachen ausstieß.

EPILOG

Verehrte Sterbliche,

nun sind wir am Ende der Geschichte angekommen. Ich hoffe, sie hat euch gefallen. Wenn nicht, so es mir eigentlich gleichgültig, denn im Gegensatz zu euch, hat Zeit für mich keine Bedeutung. Wie bereits gesagt, war das Schreiben eine neue Methode von mir, die Ewigkeit zu vertreiben. Ihr glaubt gar nicht, wie lang und qualvoll sie sein kann. Ich verstehe mitunter wirklich nicht, wie ihr euch so sehr nach der Unsterblichkeit sehnen könnt.

Aber das ist etwas, was ich wohl nie verstehen werde. Zumindest glaube ich nicht daran. Auf der anderen Seite hat Alejandro im Grunde auch nie wirklich an Neptuns Existenz geglaubt. So lange, bis die beiden sich begegnet sind. Irgendwo bin ich der Meinung, dass ihr Zusammentreffen etwas dramatischer hätte verlaufen können. Aber die beiden wissen noch, was das Prinzip von *Mann zu Mann* oder auch *Ehre* bedeutet. Im Gegensatz zu Udane und Lean. Erstere wollte nichts anderes als Macht, ebenso wie der andere. Wobei es bei Lean mehr oder weniger in seinem offen gelebten Geheimnis begründet lag. Anders zu sein als andere ist nie einfach … schon gar nicht als Pirat. Und glaubt mir, ich weiß genau, wovon ich rede.

Nun, sie haben den Preis bezahlt und existieren auf ihre Weise nicht mehr. Was mich irgendwie in diebische Freude versetzt. Es macht mir mehr Spaß, die Guten zu quälen und sie auf die Probe zu stellen, wisst ihr? Zwar sind beide Arten von Menschen mitunter gleich stark, aber die Gierigen verschließen lieber die Augen und rennen immer wieder irgendwo gegen die Wand. Während die *Guten* mitunter noch auf die Vernunft hören und nachdenken, bevor sie etwas tun. Das ist zwar interessant, aber auf der anderen Seite auch langweilig.

Was? Ich höre euch da flüstern. Was meint ihr mit, *ihr habt noch nicht genug von Alejandro und Carmen?* Wollt ihr jetzt etwa unhöflich werden? So etwas schätze ich ja gar nicht. Trotzdem habt ihr irgendwie recht, es gibt noch viele Fragen oder zu viele Unklarheiten? Besonders in Bezug auf Carmens Geschichte und wie es mit den beiden weitergeht. Ihr wollt also unbedingt wissen, wie es mit den beiden weitergeht? Und besonders, wie Carmen zu der Frau wurde, die sie ist? Außerdem glaubt ihr nicht, dass die Abenteuer der St. Elizabeth schon beendet sind?

Bei meiner Treu. Ich muss zugeben, ihr habt recht. Es sind noch viele Punkte offen und …

Ach verdammt … ihr habt mich überredet. Ich werde euch die Geschichte von Carmen und Alejandro weitererzählen. Schließlich haben sie nur einen Bruder von mir in die Hölle zurückgeschickt. Ich hingegen bin noch hier. Unsichtbar für eure Augen und mit der Feder in der Hand.

DANKSAGUNG

Als das Jahr 2023 begann, wusste ich noch nicht, dass es ein sehr emotionales werden würde. Die Ahnung hatte ich zwar und wer mir auf den Social – Media Seiten folgt, der weiß den Grund für diese einleitenden Worte.

Einen damaligen Schreibplan hatte ich ebenso wenig, wie die wirkliche Muse, überhaupt ein größeres Projekt in Angriff zu nehmen. In dem Punkt gestaltete es sich als Vorteil, dass Asmodina Tear mich wegen eines Gemeinschaftsprojektes anschrieb.

Die Überlegung, mal etwas mit Piraten als Hauptfiguren zu schreiben, stand bei mir schon länger fest, aber aus unerklärlichen Gründen wollte sich da keine Story schreiben lassen. Bis eben zu dieser Anfrage und als ich Asmodina die Idee betreffend Piraten vorschlug, war sie sofort dabei.

Ich muss sagen, es ist meine erste Zusammenarbeit mit einer anderen Autorin. Seit 2014 habe ich immer wieder alleine Geschichten verfasst und diese bei Verlagen untergebracht. Ein Gemeinschaftsprojekt ist da noch mal etwas ganz anderes, da die Erzählstränge teilweise bereits während des Schreibens mit dem Gegenüber abgestimmt werden müssen.

In dem Punkt bin ich begeistert, wie gut es bei uns geklappt hat. Vermutlich werden die Leser am Ende nicht mal sagen können, wer von uns welchen Abschnitt geschrieben hat.

Neben diesem Dank an Asmodina, dass ich nun doch noch im Jahr 2023 ein Großprojekt verfasst habe, geht der nächste an den Silberkrone – Verlag, an welchen wir mit unserer Idee bereits vor der eigentlichen Schreibarbeit herantraten. Hier zeigte sich das erste Interesse an der Story und als wir so weit waren, einen gewissen Umfang vorzulegen, kam prompt die Zusage, das Buch zu übernehmen.

Im weiteren Verlauf lief das Cover der entstehenden Geschichte sogar voraus und wir kamen zu dem Entschluss, dass ein Buch nicht genügt.

So abgeschlossen die Erzählung von Alejandro und Carmen ist, so viele Ereignisse gibt es doch noch, über die wir schreiben müssen. Die Story fordert es von uns und so sitzen Asmodina und ich bereits am nächsten Werk, welches einen ganz neuen Abschnitt beleuchten wird.

Ein weiterer Dank geht zudem an meine Mama. Ohne sie, welche die alltäglichen Dinge des Lebens meistert, ginge sich das Schreiben für mich niemals aus. Ich danke dir dafür.

Auch ich möchte mich sehr gern bei Monika und dem Silberkrone – Verlag bedanken. Ohne ihre tatkräftige Arbeit und Unterstützung wäre dieses Projekt nicht möglich gewesen.

Ferner danke ich meinem Verlagspapa Torsten für seine Ermutigungen, meinen Kollegen (ihr wisst, wer ihr seid), die mir mit Rat und Tat zur Seite stehen, meinen Freunden, die mich nie im Stich lassen und meinen beiden Schutzengeln.

August, 2023

ÜBER DIE AUTORINNEN

Monika Grasl wurde 1986 in Wien geboren und lebt nach wie vor in dieser Stadt. Nach Ihren technischen Ausbildungen wagte sie sich daran eine Reihe zu starten. Daraus resultierte „Die Chronik der Dämonenfürsten", welche auf 7 Bücher ausgelegt ist. Im Bereich Dark-Fantasy fühlt sich die Autorin nach wie vor am wohlsten, das hält sie keineswegs davon ab in neue Gefilde vorzudringen, wie Ihre Mafiathriller und Ihr Mysterieroman beweisen, für welchen Sie mit dem 4. Platz des Radioplanet Berlin Awards 2018 in der Kategorie Horrorbuch des Jahres belohnt wurde. Mittlerweile ist Sie auch im Genre Historienkrimi zu finden. Woran sie gerne mitwirkt sind Anthologien mit verschiedenen Themenschwerpunkten und Genres, um neue Wege zu bestreiten.

Asmodina „Asmo" Tear ist das Pseudonym einer jungen Autorin. Geboren 1985 in Helmstedt (Niedersachsen), wandte sie sich schon im Alter von 9 Jahren dem Lesen von Erwachsenen-Literatur zu, was mit 15 Jahren zu ihrer ersten Begegnung mit Anne Rice führte. Diese brachte ihr das Genre der Fantasy nahe. Nach einer Ausbildung im Verwaltungsdienst und dem Erlernen von drei asiatischen Sprachen, entschied sie sich endgültig für das Schreiben und veröffentlicht Gedichte sowie Romane.
Als Amanda Partz widmet sie den Genres Romance, Dramen und Krimis.

DIE GESCHICHTE GEHT WEITER

Titel: Das Leid der Nonne

Autor*innen: Monika Grasl, Asmodina Tear

ISBN: 9783903387119

Erscheinungstermin: Oktober 2024

Die Geschichte rund um Carmen und Alejandro
geht in einem neuen Abenteuer weiter. Band 2
ist unabhängig von Band 1 lesbar.

Titel: Das Gesang der Meerjungfrau

Autor*innen: Monika Grasl, Asmodina Tear

ISBN: 9783903387768

Erscheinungstermin: April 2025

Die Geschichte rund um Carmen und Alejandro
geht in einem neuen Abenteuer weiter. Band 3
ist unabhängig von Band 1 und Band 2 lesbar.